U0566118

André Gide
Les Caves du Vatican

梵蒂冈地窖

〔法〕安德烈·纪德 著

徐和瑾 译

人民文学出版社
PEOPLE'S LITERATURE PUBLISHING HOUSE

图书在版编目(CIP)数据

梵蒂冈地窖 /(法)安德烈·纪德著；徐和瑾译.
—北京：人民文学出版社，2020
(纪德作品系列)
ISBN 978-7-02-014648-2

Ⅰ.①梵… Ⅱ.①安… ②徐… Ⅲ.①长篇小说-法
国-现代 Ⅳ.①I565.45

中国版本图书馆 CIP 数据核字(2018)第 251928 号

责任编辑　朱卫净　何炜宏
装帧设计　钱　珺

出版发行　人民文学出版社
社　　址　北京市朝内大街 166 号
邮　　编　100705
网　　址　http://www.rw-cn.com

印　　刷　杭州钱江彩色印务有限公司
经　　销　全国新华书店等

字　　数　180 千字
开　　本　889×1194 毫米　1/32
印　　张　9
版　　次　2020 年 1 月北京第 1 版
印　　次　2020 年 1 月第 1 次印刷

书　　号　978-7-02-014648-2
定　　价　45.00 元

如有印装质量问题,请与本社图书销售中心调换。电话:010 - 65233595

译　序

　　在《梵蒂冈地窖》一九一四年的序言中，纪德对自己的作品重新分类，把"故事"[《违背道德的人》(1902)、《窄门》(1909)、《伊莎贝尔》(1911)］和"傻剧"[也是三部，即《帕吕德》(1895)、《未被锁好的普罗米修斯》(1899)、《梵蒂冈地窖》(1914)］区分开来。他在《致雅克·科波》中写道："为什么我把这本书称为'傻剧'？为什么把前面三本称为'故事'？这是为了表明，它们不是严格意义上的'小说'。"不过，在《梵蒂冈地窖》中，纪德并没有采用戏剧的形式，而是使用了小说式的叙述，具有明显的戏谑笔调，从而抛弃了传统小说或现实主义小说的形式。这表明纪德在探索新的叙述形式，《梵蒂冈地窖》，特别是《伪币犯》，是这种探索的终结。

　　《梵蒂冈地窖》于一九一四年一月一日至四月一日分四次在《新法兰西评论》杂志上发表，同年夏天出版单行本，评价褒贬不一。法国作家科克托、普鲁斯特等对该书表示赞赏。普鲁斯特在一九一四年三月六日给纪德的信中写道："自从巴尔扎克和《交际花盛衰记》之后，还没有人如此客观地写出如此的邪恶。"

克洛岱尔和弗朗西斯·耶麦则表示气愤。保守的天主教作家亨利·马西斯在《闪电报》上发表口气强硬的文章，发起抨击该书的运动："《梵蒂冈地窖》中什么事也没有发生。我不知道有什么小说比这部惊险小说更不惊险……纪德先生歪曲并玷污了我们的信仰。"对这部作品的不同反应，说明它的形式新颖，使某些人感到不知所措。

这部作品构思于一八九三年。同年十一月十五日，纪德在《十字架报》上看到一则轰动一时的社会新闻：一帮骗子散布谣言，说利奥十三世被囚禁在梵蒂冈，教皇被人冒名顶替，目的是向虔诚的信徒骗取六万法郎。作品的写作计划在一九○二年至一九○三年得到落实。一九○五年，雅克·科波在居韦维尔逗留，纪德把作品的故事情节说给他听。写作持续了好几年，从一九一○年写到一九一三年，作者阅读了陀思妥耶夫斯基、笛福、菲尔丁等人的作品。

《梵蒂冈地窖》分为五卷。在第一卷中，坚定的共济会会员昂蒂姆·阿尔芒-杜布瓦出人意料地在罗马皈依天主教，时间是一八九三年三月，即利奥十三世大赦之时。第二卷把读者带到信奉天主教的贵族巴拉利乌尔在巴黎的家庭。昂蒂姆的襟弟尤利乌斯·德·巴拉利乌尔是小说家，也是法兰西语文学院院士的候选人。他从父亲给他的一封信中得知他父亲有个私生子，名叫拉弗卡迪奥·卢基。这个年轻人没有财产，同一个可疑人物普罗托斯有联系，并和情妇卡萝拉一起住在一幢肮脏的房子里。尤利乌斯去看望拉弗卡迪奥，说要请他当秘书，并约好在第二天见面。尤利乌斯走后，拉弗卡迪奥立刻到图书馆去查阅尤利乌斯的情况，查到尤利乌斯的父亲曾在十九年前，即他出生那年在布加勒斯特任外交官，猜到伯爵是他的生父，就准备去拜访他。路上他看到一幢房子着火，就爬到上面救出两个孩子。当时尤利乌斯的长女热纳维埃芙在场，把他看做英雄。第二天，拉弗卡迪奥来到尤利乌斯家赴约，向尤利乌斯讲述了他的童年和他受到的教育。在这卷的结尾，尤利乌斯的父亲去世，留给拉弗卡迪奥四万法朗的年金收入。

不久之后，在第三卷的开头，普罗托斯乔装打扮成维蒙塔尔议事司铎萨吕教士，从尤利乌斯的妹妹居伊·德·圣普里伯爵夫人那里骗取了六万法郎，说是用于十字军东征，以拯救被囚禁在梵蒂冈地窖里的真教皇。得知这一消息之后，尤利乌斯的襟弟阿梅代·弗勒里苏瓦尔决定前往罗马，以恢复真教皇的地位。

第四卷情节起伏跌宕。弗勒里苏瓦尔于三天后来到罗马，在不知不觉中被普罗托斯领导的诈骗组织千足帮所利用。他认识了卡萝拉，成了她的情夫。他从罗马前往那不勒斯，想去见圣费利切红衣主教，却落入普罗托斯设下的圈套，见到了假红衣主教，并答应去罗马的银行为千足帮取出骗得的钱款。他在罗马遇到刚见过教皇的尤利乌斯，把他的秘密使命告诉了尤利乌斯。

在第五卷，拉弗卡迪奥在前往意大利南部途中，在火车的一节车厢里和弗勒里苏瓦尔不期而遇，对这个小老头看不顺眼，就在天黑后把他推出车门，犯下无动机谋杀罪，留下犯罪痕迹，但被当时在火车里的普罗托斯消除。拉弗卡迪奥在死者的上衣口袋里找到库克旅行社的火车本票，看到上面有尤利乌斯的名字，就在那不勒斯下车，于第二天乘火车回罗马。他在大饭店找到了尤利乌斯，尤利乌斯请他去那不勒斯把弗勒里苏瓦尔的遗体运回罗马。在火车上，他见到乔装成波尔多法学院教授的普罗托斯，后者威胁要揭发他的罪行，并要他去敲诈尤利乌斯。与此同时，卡萝拉去警察局告发了普罗托斯，说他是杀害弗勒里苏瓦尔的凶手。卡萝拉去找普罗托斯时被他杀害，包围大楼的警察听到叫声，就冲进去把普罗托斯逮捕归案。在参加了弗勒里苏瓦尔的葬礼之后，昂蒂姆重新加入共济会。尤利乌斯的女儿热纳维埃芙虽然知道拉弗卡迪奥是杀害她姨夫的凶手，仍在夜里到他房间里去找他，劝他逃走，并委身于他。清晨，拉弗卡迪奥离她而去，去进行新的冒险。

　　这部作品的情节及其人物和题材，反映了一八九〇年至一九一〇年法国社会的状况。在这一时期，天主教徒和世俗人士之间发生激烈的冲突，大部分天主教徒持保守态度，主张恢复君主政体，反对归附共和制度，这显然有悖于利奥十三世劝告法国天主教徒归附共和制度的一八九二年二月二十日的教皇通谕①。与此同时，反教权主义的势力十分强大，法国共济会自一八七七年起采取无神论的观点，进行积极的斗争，导致

---

① 参见皮埃尔·米盖尔《法国史》，蔡鸿滨等译。

法国于一九〇五年十二月二日通过"关于国家和教会分离的法令"[1]。《梵蒂冈地窖》讽刺了尤利乌斯·德·巴拉利乌尔这个天主教徒的厚颜无耻和虚伪，通过昂蒂姆·阿尔芒-杜布瓦这个人物用漫画的手法来描绘共济会和实证主义，反映了当时法国社会的四分五裂。这个社会又因一八九二年至一八九四年无政府主义者的谋杀行动（一八九四年法兰西共和国总统萨迪·卡尔诺遇刺身亡）以及其后的博诺帮对银行的抢劫（首领博诺被击毙，四名黑帮成员于一九一三年被判死刑）而受到动摇。书中的普罗托斯和拉弗卡迪奥就是这种无政府主义和个人主义的代表。

在《梵蒂冈地窖》中，尤利乌斯是实证主义在小说心理学方面的代表，昂蒂姆则是在科学方面的代表。对于这种决定论，拉弗卡迪奥用无动机行为加以反对，而尤利乌斯也逐渐发现，个人不受到他企图阐明的因果关系的约束。应该看到，社会学、心理学和犯罪学在当时得到了发展，意大利犯罪学家隆布罗索于一八七五年发表著作《犯罪者论》，为这些学科奠定了基础，这些学科强调社会或心理因素对个性的影响，企图缩小个人的自律作用。

与纪德以前的作品不同，《梵蒂冈地窖》抛弃了在《违背道德的人》和《窄门》中使用的第一人称叙述，转而采用第三人称叙述，不是在作者隐匿后采用一个兼作人物的叙述者，而是

---

① 出处同上。

描写经历各不相同的众多人物。以前作品中的封闭状态让位于大千世界，对物体、衣着和相貌的确切描写取代了过去的模糊外形。作为资本主义社会标志的金钱，在纪德以前的作品中未被涉及，从此却不断从一个人物流向另一个人物。最后，作品的构建围绕着一系列故事进行，随意增加起伏跌宕的情节，如昂蒂姆起初皈依天主教，最后又重新加入共济会，普罗托斯的被捕，热纳维埃芙委身于拉弗卡迪奥；还有牵强的巧合，如链扣是拉弗卡迪奥买给情妇卡萝拉的，后由卡萝拉送给其情夫弗勒里苏瓦尔，尤利乌斯在罗马和弗勒里苏瓦尔不期而遇，拉弗卡迪奥和弗勒里苏瓦尔在火车车厢里偶然相遇等。因此，这部作品既像现实主义小说和冒险小说，又像报上的连载小说。但这只是表面上的相似，因为纪德把这部作品归为"傻剧"，并在初版时指出该书为"《帕吕德》的作者所著"。

那么，什么是"傻剧"？傻剧属于中世纪的戏剧，源于拉丁文学的讽刺杂感文（satura），据利特雷的《法语词典》，这是"一种寓意讽刺，其人物被认为属于一种称之为傻民或疯民的想象的人民，但在观众看来，他们代表显贵和现实世界中的人物"。傻剧对既定政权进行肆无忌惮的讽刺，对严肃戏剧特别是神秘剧进行滑稽模仿，它把各种体裁混杂在一起，亦庄亦谐，具有巴赫金在《弗朗索瓦·拉伯雷的创作与中世纪和文艺复兴时代的民间文化》[①]中所分析的狂欢节性质，这就是说，它具有

---

① 参见《巴赫金文论选》，佟景韩译。

一种愿望，想要违反正常生活的规则，推翻已建立的等级制度，总之是要把整个世界颠倒过来。

这些特点可以在《梵蒂冈地窖》中找到：它是讽刺杂感文特有的各种笔调的混合（satura 的词源本义为"混合"）。《梵蒂冈地窖》是一部滑稽小说。首先是人物的名字滑稽，如布拉法法斯、弗勒里苏瓦尔、昂蒂姆、卡弗教士等，有些名字与植物有关，如 Fleurissoire（弗勒里苏瓦尔）的意思是 homme en fleurs（花枝招展的男子），他在热那亚的旅馆过夜时被蚊子叮咬，下巴上长出肿块（bouton），而 bouton 一词又可表示"花蕾"。另外，他和植物学家的女儿阿尼卡·佩特拉结婚，arnica（阿尼卡）为植物名，意思是"山金车"。Antime（昂蒂姆）出自希腊语词 anthos（花），Flons（弗隆）则源于同义的拉丁语词。其次是人物外貌滑稽，布拉法法斯和弗勒里苏瓦尔这两个朋友，一个矮胖结实，另一个瘦弱曲背，使人想起塞万提斯笔下的堂吉诃德及其侍从桑丘·潘沙，而弗勒里苏瓦尔"这位滑稽可笑的旅行者，……右手提着灰色帆布手提箱，……左手拿着大雨伞"，样子活像山羊。第三是场景滑稽，如弗勒里苏瓦尔在马赛与臭虫、在土伦与跳蚤、在热那亚与蚊子大战的场景，他到四十七岁才因卡萝拉而失去童贞，他的肿块被剃须匠割破，药铺里却用唾液给他消毒，还有他同普罗托斯乔装打扮的卡弗教士、巴尔多洛蒂和阿孙塔共进午餐的情景。另外，滑稽的题材同严肃的乃至悲剧的题材混杂在一起。拉弗卡迪奥是成长中的青年，属于学习的故事。热纳维埃芙是个动人的少女，在最后一章中摆脱了家庭习俗的约束。卡萝拉是妓女，但心地善良，千方百计保护弗勒里苏瓦尔。纪德把不同的风格混杂在一起，产生了不协和的调子，创造了一种与传统的叙述手法不同的奇特的美学观。

《梵蒂冈地窖》属于傻剧，还因为它对现实主义小说进行滑稽模仿。犹如现实主义小说那样，这部作品中"物"在流动，如卡萝拉的链扣、拉弗卡迪奥的海狸皮帽、被窃的手提箱、他的俄罗斯皮面精装记事册，以及从一个人手中转到另一个人手中的一笔笔钱，但这些物没有任何象征意义，丝毫不会改变人物的命运。与此同时，纪德的这部作品同巴尔扎克的某些作品有相似之处，普罗托斯是伏特冷的化身，千足帮与万字帮相同，甲壳动物和机灵鬼的区别则使人想起法国十九世纪动物学家居维埃研究的自然界和人类社会的区别。

从故事情节来看，这部作品又同报上的连载小说相似。书中有乔装打扮、阴谋诡计、劫持、谋杀以及使人物不时相聚的牵强巧合。从许多方面来看，拉弗卡迪奥属于通俗小说的人物：他是私生子，失去了母亲，却意外找到了父亲，并得到四万法郎的遗产；他又是英雄，从失火的房屋中救出两个孩子。但这些都是偶然的巧合，因此，《梵蒂冈地窖》又像流浪汉小说。在这部作品的结尾，罪犯并未受到惩罚，虽然诈骗犯普罗托斯被逮捕，杀人犯拉弗卡迪奥却逃脱了法律的制裁，而弗勒里苏瓦尔这个唯一的无辜者，成了此案中唯一的牺牲品。

由于和上述体裁的类同，纪德的叙述不断破坏小说家应与他叙述的故事保持的默契。他大量增加题外话，随意缩短描写，如"对昂蒂姆的肿块，就谈这些"，"我不想在此叙述这些仪式，当时，意大利各家报纸都对此作了报道"，对连载小说的悬念进行滑稽模仿，如"这些话如此审慎、如此明智，是否能使昂蒂姆冷静下来"，亲热地同他的人物说话，如"拉弗卡迪奥，我的朋友"，中断故事来通知读者，如"我要老实告诉读者：今天冒充维蒙塔尔议事司铎来此的正是这位仁兄（普罗托斯）"，并多次指出他不知道他那些人物的动机或未来，如"我不能十分肯定，……尤利乌斯……是否对这件丑事感到好玩……我也不能肯定，热纳维埃芙陪同母亲前往罗马，是否因为或主要因为她希望在那里见到拉弗卡迪奥"。这种冷嘲热讽般的叙述，不禁使人想起狄德罗的《宿命论者雅克和他的主人》。

这部作品的主旨，是玩弄真和假的关系，正如书中所说，"当假的取代了真的之后，真的就得隐藏起来"。普罗托斯的谎言使弗勒里苏瓦尔不再相信教皇，瘫痪治愈的假奇迹则使昂蒂姆皈依天主教。在这两种情况下，假的使人怀疑真的：真教皇是冒名顶替的骗子，实证主义无法解释奇迹般治愈的伪科学。但是，小说学的讽刺在于，假教皇实际上是真的，而弗勒里苏瓦尔之死仿佛又使人认为这是个骗子。尤利乌斯惊讶地说道："我见过的教皇，并不是真的。"他从此相信了这一阴谋。一则谎言因一起真实的死亡而变成真实。弗勒里苏瓦尔参加了子虚乌有的十字军，在无意中成了殉教者。

这讽刺是无情的，所有的人都在说谎。普罗托斯是骗子，一直过着乔装打扮的生活。尤利乌斯是因循守旧的小说家，想要成为法兰西语文学院院士，表面上信奉天主教，因此昂蒂姆对他说："您确实说得太轻巧了，因为您没有为他（教皇）而放弃任何东西，因为不管他是真是假，您都有利可图。"教会则利用了昂蒂姆的轻信。布拉法法斯是弗勒里苏瓦尔的好友，却同阿尼卡一起欺骗了他。这已经是《伪币犯》的世界。正如普罗托斯对拉弗卡迪奥说的那样，"社会上的一些人，就像您或我那样，必须在生活中伪装起来"。教皇不管是真是假，都不会对事情有丝毫的改变，因为他的合法性是建立在信仰的基础之上，而信仰是对表象盲从的一种形式。尤利乌斯受到教皇的接见，却说不出教皇是真是假，就对弗勒里苏瓦尔说："您难道不知道，崇敬使我们变得多么盲从？"信仰失去了它的内容和真实性，就只能是虚幻的东西。尤利乌斯由此得出结论："如果那个不是真的：活该！"

　　纪德使真和假的区别变得模糊不清，真的可以被看做假的，这是普罗托斯进行诈骗的结果；假的也会被看做真的，却不会改变世界的秩序。更妙的是，这个世界上人人都在欺骗这一事实，由普罗托斯这个骗子揭示出来。正因为如此，弗勒里苏瓦尔"像在梦中那样往前走，怀疑土地是否结实，墙壁是否牢固，他遇到的行人是否确实存在，特别怀疑他是否在罗马"，甚至怀疑他遇到的尤利乌斯是否真的。在这里，纪德否定的不仅是社会上的虚伪，而且是作为西方文化基础和真理化身的天主。实际上，作者不仅像尤利乌斯承认的那样对教皇是真是假毫不在乎，而且对天主的真假也不在乎，正如昂蒂姆所说："弗勒里苏瓦尔在到达天堂时，是否发现他仁慈的天主也不是真的，这点谁会告诉我呢？"

《梵蒂冈地窖》像存在主义小说那样，提出了自由的问题。拉弗卡迪奥无缘无故地把弗勒里苏瓦尔推下火车的无动机行为，使人想起陀思妥耶夫斯基的《罪与罚》中的大学生拉斯柯尔尼科夫杀死放高利贷的老太婆，他事后和尤利乌斯的谈话也同拉斯柯尔尼科夫和警察分局侦察科长波利菲利·彼得罗维奇的谈话相像。拉弗卡迪奥与实证主义者昂蒂姆和尤利乌斯不同，要求得到一种不受任何约束的自由。他是私生子，没有家庭的束缚，过着清贫的生活，他烧掉他和母亲在一起拍的照片，销毁了他过去的一切痕迹，他辞掉了尤利乌斯请他担任的秘书职务，又顶住普罗托斯的威胁利诱，浪迹天涯，四海为家。他不承认任何权威，一心保持自己的本色。当他流露真情时，就用记事册上的"篷塔"来惩罚自己，就是用刀刺自己的大腿，因为"在这个世界上，不应该过于显露出自己的本来面目"。他想要摆脱来自外部或内心的任何制约，因为屈从于自我就是放弃部分自由。这样一来，他就陷入矛盾之中，正如他对尤利乌斯承认："我不是个始终如一的人"，因为要使自己始终如一，像尤利乌斯那样忠于自己的原则，就是受到使个人扭曲的价值观的束缚，就不能在生活面前毫无拘束，就要对自己说谎。

拉弗卡迪奥的无动机行为，源于这种真诚的伦理。他完成这一行为，是因为他想这样做，而且在他想做的时刻做了。只有在这一时刻，他才完全保持自己的本色，克服了道德上的顾忌和社会上的障碍，把自己的愿望直接付诸实施。这时，他才真正自由，和"一群提线过于明显的木偶"完全不同。"无动机谋杀，这对警察局来说是多么棘手！"因此，尤利乌斯、普罗托斯和热纳维埃芙都竭力去理解这一行为。这行为在天黑后完成，行为者几乎处于幻觉的状态，因为他刚回想起他童年时弗拉基米尔舅舅和他玩的一场游戏，因此，这是纪德受到陀思妥耶夫斯基和尼采的影响而产生的一种关于个人和自由的极端想法，是他在作品中对自由行为的可能性进行的探讨。然而，在一切都受到利益驱使的社会里，个人的行为难免受到社会或他人的影响。拉弗卡迪奥后来发现，他的"谋杀"被普罗托斯"修改"，成为敲诈勒索的一种手段，最后又被后者"窃为己有"，结果被捕的不是真正的杀人犯拉弗卡迪奥，而是骗子普罗托斯。

　　本书于去年八月底开始翻译，今年一月底完成，历时五个月之久。我在翻译过程中遇到不少理解问题，请教了法国尼斯大学文学教师、杜拉斯专家克里斯蒂安娜·布洛-拉巴雷尔（Christiane Blot-Labarrère）女士，均得到十分详细的解答，特别是布拉法法斯和弗勒里苏瓦尔的合称 Blafafoire（布拉法富瓦尔）的构成和书中多处关于领带的描写。对于纪德杜撰的词buciloque，她先后在尼斯和巴黎请教了纪德专家和同行，均得不到明确的回答，于是就根据纪德精通拉丁语的特点，对该词的构成进行分析，得出较为可信的解释。书中的意大利语词，则请教了复旦大学外文系的同事刘厚玲女士。在此谨向她们两位表示衷心的感谢。

二〇〇〇年十一月于海上凉城

献给雅克·科波 ①

---

① 雅克·科波（1879—1949），法国演员、戏剧导演、作家，与纪德等一起创办了《新法兰西评论》。1913 年创办老鸽舍剧院，上演从莎士比亚到克洛岱尔的剧作。

致雅克·科波

　　我很高兴把您的名字写在这本书的第一页上。它一直是属于您的，至少从它开始成形的那天起。您是否记得我对您叙述这本书时进行的那次散步；那是在居韦维尔，当时风很大，我们到埃特尔塔去看大海。您对我的故事感兴趣，在我撰写此书的整个时间里，这对我是很大的支持。

　　最初想写这本书的计划还要早。您使我想起，在您从丹麦旅行回来后来看我的第一天，我已对您谈到过此书。

　　在这仓促生产和生产被扼杀的时代，我知道我很难使人相信，在竭力分娩出这本书之前，我曾在头脑中怀了它这么长的时间。

　　为什么我把这本书称为傻剧（sotie）？为什么把以前三本称为故事（récit）？这是为了表明，它们不是严格意义上的小说（roman）。

　　另外，即使有人把它们看做小说，我觉得也无关紧要，只要他们不指责我违背这种"体裁"的规则，譬如说小说缺乏跌宕起伏和隐晦曲折。

故事，傻剧……在我看来，我写到现在的书都是讽刺性的（或是批判性的，如果您喜欢这样说），这也许是最后一本。

我认为，今天的那些作品有不足之处，是因为它们是早产的，艺术家不再花时间怀着它们。但是，请阿波罗别让我去批评这个时代！人们不满意就要做鬼脸。我在此说这些话，只是为了提请某些人的注意，这些人以为在《地窖》中发现我反复无常、否定自己的旧作，画出我职业生涯的曲线，揭示了它的演变……

对我来说，重要的唯有职业问题，我希望的只是成为优秀的艺术家。

一九一三年八月二十九日于居韦维尔

第一卷

昂蒂姆·阿尔芒-杜布瓦

对我来说，选择已经作出。我选择了社会无神论。这种无神论，我十五年来已在一系列著作中表达出来。

乔治·巴朗特
《法兰西信使》杂志
（一九一二年十二月）哲学专栏

一

一八九〇年，在教皇利奥十三世 [①] 的统治下，风湿性疾病专家X大夫的名声使共济会会员昂蒂姆·阿尔芒-杜布瓦决定前往罗马。

"什么？"他的襟弟尤利乌斯·德·巴拉利乌尔大声说道，"您去罗马是要治疗您的身体！但愿您会在那里发现，您的灵魂病得更重！"

对此，阿尔芒-杜布瓦用十分体谅的口吻回答道：

"可怜的朋友，请您瞧瞧我的肩膀。"

生性宽厚的巴拉利乌尔不禁抬起眼睛，去看他襟兄的肩膀，只见肩膀不断抖动，仿佛是无法克制的暗笑引起。看到这半边瘫痪的宽阔身体，因无法控制肌肉的后遗症而显出这种滑稽可

[①]　利奥十三世（1810—1903），意大利籍罗马教皇。他与前任庇护九世一样，在教皇的世俗权力问题上持保守见解，在教会行政方面仍强调教廷集中统治，但在同世俗政府交涉时采取和解态度，赞同发展科学，主张教会不要对科学进步持反对态度。

笑的样子，真是十分可怜。好吧！显然，他们各持己见，巴拉利乌尔能说会道，却丝毫无法改变这种情况。也许时间可以改变？圣地会暗中出主意……尤利乌斯显得极为失望，就这样说道：

"昂蒂姆，您使我感到十分难受（肩膀立刻停止抖动，因为昂蒂姆喜欢他的襟弟）。但愿我，在三年之后，在大赦年，当我去看您时，但愿我能看到您已经痊愈！"

至少，陪同丈夫前往的韦萝尼克心情完全不同：她同妹妹玛格丽特和尤利乌斯一样虔诚，这次去罗马长期逗留符合她的一个珍贵心愿。她用虔诚而又微不足道的宗教活动来点缀她那单调、失望的生活。另外，她没有生育，就把因没有孩子而不需要作出的关心献给了理想。唉！对于是否能把她的昂蒂姆重新带到天主身边，她并不抱有奢望。她早就知道，这宽阔的前额充满了拒绝，是何等顽固不化。教士弗隆曾提醒过她。

"最不可动摇的决定，"他对她说，"夫人，是最坏的决定。别再指望会有奇迹产生。"

她甚至不再感到伤心。到达罗马后的前几天，夫妇俩就已安排好各自的隐居生活：韦萝尼克忙于家务和祈祷，昂蒂姆忙于科学研究。他们就这样生活在对方身边，却又不赞成对方，彼此忍受，互不理睬。正因为如此，他们之间占支配地位的是一种协调一致，笼罩着他们的是一种相当满意的气氛，他们都在对方的支持下小心翼翼地行善。

他们通过一个办事处的介绍租到的套间，同意大利的大部分住房一样，既有无法预料的优点，又有显而易见的缺点。套间占据了卢奇纳街上福尔杰蒂宫二楼的整个楼面，有一个相当漂亮的晒台，韦萝尼克立刻想到要在那里种植很难在巴黎的套间里长好的蜘蛛抱蛋①，但是，要去晒台，必须穿过柑橘温室，而昂蒂姆马上把温室变成自己的实验室，并规定一天里只有几点到几点才准许别人通行。

　　韦萝尼克悄悄地把门推开，偷偷地溜了进去，眼睛盯着地上，就像杂务修士在乱涂的淫秽画前走过那样，因为她对温室里面坐在斜靠着一根拐杖的扶手椅上的昂蒂姆的宽大背部不屑一顾。昂蒂姆把背弯成拱形，不知在做什么困难的手术。他装着没有听到她走路的声音。但是，等她走过去之后，他笨重的身体立刻站了起来，慢慢地朝门口走去，并怒气冲冲地抿着嘴，威风凛凛地用食指啪的一声把插销插上。

　　跑腿贝波从另一扇门进来拿酬金的时刻即将来临。

　　这个十二三岁的童仆，衣衫褴褛，无父无母，没有住处，昂蒂姆来到罗马后没过几天就注意到他。在这对夫妇最初下榻的位于狮口街的旅馆前，贝波为了引起过路人的注意，把一只蝗虫关在灯芯草做的笼子里，蝗虫上放着一撮草。昂蒂姆花了十个苏买下了这只昆虫，然后在他知道的那点意大利语，勉强让孩子知道，在他将在第二天搬过去的位于卢奇纳街的套间里，

---

　　① 别称"一叶"，多年生常绿草本，春季开花，褐紫色或淡绿色，供观赏。

他不久就会需要几只老鼠。会爬的、水里游的、跑得快的或会飞的东西，都能够为他提供资料。他研究的是活的动物。

贝波是天生的跑腿，连卡皮托利山丘①上的鹰或母狼也能抓来。他喜欢这个行业，因为他喜欢偷窃。他的酬金是每天十个苏，另外，他还帮助做家务。韦萝尼克开始时对他看不顺眼，后来她看到他在屋子北面那个角落的圣母像前走过时在胸前画十字，就原谅了他的褴褛衣衫，准许他把水、煤、木柴和树枝一直拿到厨房里。他陪韦萝尼克去菜场时还拿着篮子，那是每星期二和星期五，他们从巴黎带来的女仆卡萝琳在这两天家务太忙。

贝波不喜欢韦萝尼克，但喜欢科学家，科学家很快就不再吃力地走到楼下的院子里去取动物，而是准许孩子把这些牺牲品送到楼上的实验室里。到那里可以直接通过晒台去，有一道暗梯从院子通到晒台。昂蒂姆独自一人时脾气不好。他听到赤裸的小脚越走越近，在石板上发出轻微的咯噔声，他心跳有点快。他丝毫不让别人看出这点：任何事都不会妨碍他的工作。

孩子没有敲玻璃门，而是在门上擦着。他见昂蒂姆仍俯身桌上没有回答，就往前走了四步，并用天真的声音问道："可以进吗？"他一开口，房间里仿佛出现了一片蓝天。听这声音像是天使，可他却是助理刽子手。他放在行刑桌上的这个袋子里，又带来什么牺牲品？昂蒂姆过于专心致志，往往不立刻打开袋子。他朝袋子迅速地看了一眼，只要袋布在动就好：田鼠、家

---

① 卡皮托利山丘位于罗马，是朱庇特神殿所在地。

鼠、麻雀、青蛙，这只刺蜥都要吃。有时，贝波什么也没有拿来，但他还是进来了：他知道阿尔芒-杜布瓦在等他，即使他两手空空。默不作声的孩子站在科学家旁边，俯身观看某个可恶的实验。我想要肯定地说，科学家并无虚荣心，不想领略假天主的乐趣，即感到孩子惊奇的目光停留在动物身上时充满恐惧，停留在科学家身上时却充满赞赏。

在研究人之前，昂蒂姆·阿尔芒-杜布瓦只是认为可以把他观察的那些动物的活动归结为"向性"①。向性！这个词创造出来之后，人们就无法再理解其他任何东西。一大批心理学家只赞成向性。向性！这些音节会突然射出何等的光线！显然，机体和鸡血石一样屈从于同样的刺激，如植物不由自主地把花转向太阳（这可以轻而易举地归结为几个简单的物理和热化学的定律）。总之，宇宙料到会有一种使人放心的宽容。在生物最出人意料的运动中，人们可以看到的就是对原动力的完全服从。

为了符合他的目的，为了让被制服的动物显示自己的单纯，昂蒂姆·阿尔芒-杜布瓦刚发明了一种复杂的装置，即设有过道、活门、迷宫、分格的盒子，其中一些盒子里有食物，另一些盒子里什么也没有，或是有些引嚏粉末，活门颜色不同或形状不同：这种恶毒的工具很快在德国流行，被称为魔盒②，这使新的心理生理学学校在不信神方面又走出了一步。为了分别作

---

① 向性是植物或某些低等动物针对在某个方向较强的刺激而作出的应答或定向行为，包括向光性、向化性、向水性、向触性、向伤性和向电性。
② 原文为德文。

用于动物的某一感觉和大脑的某一部位，他使一些动物失去视觉，使另一些动物失去听觉，把它们阉割，剥去它们的皮，除去它们的脑子，切除它们的某个器官。这个器官你认为必不可少，但在昂蒂姆看来，动物并不需要。

他的《论"条件反射"公报》刚在乌普萨拉大学引起轰动，出现了激烈的讨论，外国科学家中的精英也参加了讨论。但是，昂蒂姆的思想中产生了新的问题，所以他对同事们的无端指责听之任之，自己则通过其他途径来进行研究，认为这样可以迫使天主躲到更加隐秘的地方去。

任何活动都会消耗精力，他大致上承认这点还不够，同样，大致上承认动物使用肌肉或感觉会消耗精力也是不够的。每次消耗之后，他就问消耗多少。耐心的动物被弄得精疲力竭，想要恢复体力，但昂蒂姆不是给它吃东西，而是称它的重量。增加新的因素会使实验变得过于复杂：六只空腹和被缚住四肢的田鼠每天都要过秤，其中两只双目失明，两只独眼，两只视力正常，有一个机械小风车不停地转动，使后两只田鼠的眼睛感到疲倦。饿了五天之后，它们各自消耗的比例如何？每天中午，阿尔芒-杜布瓦在几块专用的小黑板上得意洋洋地写下新的数字。

二

大赦年即将来临。阿尔芒-杜布瓦夫妇随时等待着巴拉利乌尔夫妇的来临。上午来了电报说他们晚上到达，昂蒂姆就出门去买一条领带。

昂蒂姆很少出门，而且尽量少出去，因为他行走不便，韦萝尼克乐意为他购物，把商人叫到家里，让他根据样品来定购。昂蒂姆现在已不在乎流行的式样，但即使他要的只是简朴的领带（黑色斜纹软绸做的朴实领带），他还是想挑选一下。那条淡褐色缎子做的硬胸般的领带，他是为外出旅行而买的，住在旅馆时一直戴着，它老是要从背心里逃出来，因为他穿背心通常十分敞开。玛格丽特·德·巴拉利乌尔一定会觉得他取而代之的那条乳白色领带太不庄重，现在用别针扣住，活像老掉牙的、鼓鼓囊囊的浮雕玉石，一钱不值。他错就错在丢掉了他平常在巴黎戴的那些系好小领结的黑色领带，而且一条也没有留。店里会向他推荐什么样式呢？他要看了科尔索街和孔多蒂街上好几家衬衫店后才能作出决定。对于五十岁的男人来说，戴蝴蝶领结显得过于轻浮。无光泽的黑色直领带才合适……

午饭要到下午一点才吃。昂蒂姆买了领带，在将近中午十二点时准时回来，以便给他的那些动物过秤。

这并不是因为昂蒂姆爱打扮，但他感到必须在开始工作前试戴领带。地上有一块镜子碎片，他以前用来激发向性。他把镜子碎片的背面靠在一只笼子上，俯身看着自己的影像。

昂蒂姆剃板刷头，头发还很浓密，以前为红棕色，现在呈现不稳定的灰黄色，就像镀金的旧银器那样。他的眉毛乱蓬蓬地往前长，下面的眼睛比冬天的天空更灰、更冷。他的颊髯长到很长才停止，被剃得很短，保存着他粗糙的小胡子的野性。

他用手背擦了一下他宽阔的方下巴上平坦的面颊：

"对，对，"他嘟嘟囔囔地说，"我马上就剃胡子。"

他从包装套里取出领带，放在自己面前，拔掉灰色的别针，然后取下脖子上的领带。他脖子很粗，周围是半高的衣领，衣领的前面部分成凹形，他把领子的尖端翻了下来。虽然我只想在此叙述主要的东西，但我不能闭口不谈昂蒂姆·阿尔芒-杜布瓦的皮脂囊肿。如果我不能确定无疑地把偶然性和必然性区分开来，我又怎么要求我的笔写得准确无误？谁能肯定这个囊肿没有起过任何作用，在昂蒂姆称之为自由思想的决定中没有任何分量？他会自然而然地忘记坐骨神经痛，但对这种小心眼，他决不会原谅仁慈的天主。

这是他结婚后不久长出来的，是怎么长出来的，他自己也说不清楚。开始时，在他左耳的东南方，就是在皮肤上开始长毛的部位，只有一个豌豆那样大的东西。在很长一段时间里，他用浓密的鬈发盖在上面，把肿块给遮住了，连韦萝尼克也没有发现。一天夜里，她用手抚摸他，突然摸到了这个东西。

"啊！你这儿长着什么？"她大声说道。

肿块被发现之后，仿佛不再需要谨小慎微，在短短几个月里就变得像山鹑蛋那样大，然后长得像个珠鸡蛋和鸡蛋，它长在那儿，稀疏的头发分布在它的周围，使它引人注目。到了四十六岁，昂蒂姆·阿尔芒-杜布瓦不要再去取悦于女人，就把头发剃成平顶式，并戴上半高的活硬领，硬领里面有一圈蜂窝状的东西，把皮脂囊肿给遮住了，但同时又使它显露出来。对昂蒂姆的肿块，就谈这些。

他把领带套在脖子上。在领带中央，系带要从金属槽穿过，然后被杠杆般的夹子夹住。这装置十分巧妙，但它只等着系带穿进来，却把领带弃之不管，领带重又落到手术台上。只好请韦萝尼克帮忙。她听到叫声就跑来了。

"喏，给我把这个重新缝一下。"昂蒂姆说。

"缝纫机的活儿：一钱不值。"她低声说道。

"这确实不牢。"

韦萝尼克在里面的短上衣上一直插着两根穿上线的针，针插在左乳下面的部位，一根穿白线，一根穿黑线。在落地窗旁，她不等坐下就开始缝了起来。昂蒂姆看着她。她相当肥胖，脸上有皱纹，同他一样固执，但仍然温柔，大部分时间都面带笑容，所以上唇上面的汗毛虽说有点浓，她的脸并没有显得过于冷峻。

"她有她好的地方。"昂蒂姆看到她取出针时想道，"我要是娶了个卖弄风情的女人，就会戴绿帽子，要是娶个水性杨花的女人，就会被抛弃，要是娶个唠唠叨叨的女人，就会头脑发胀，要是娶个愚蠢的女人，就会怒不可遏，要是娶个脾气执拗的女人，就像我的小姨子那样……"

想到这里，他说话的声音就不像平时那样傲慢了。

"谢谢。"他看到韦萝尼克做完活要走了，就这样说道。

昂蒂姆系上新领带之后，就全神贯注地进行思考。不再有任何声音发出，嘴里没有，心里也没有。他已经给盲鼠过了秤。

有什么可说的？独眼鼠体重不变。他又去称那两只视力正常的田鼠。他蓦地站了起来，使拐杖倒在地上。他惊呆了！视力正常的田鼠……他再次给它们过了秤。不，还是得相信这点：视力正常的田鼠，体重比昨天有了增加！他心里一亮：

"韦萝尼克！"

他把拐杖放好，拼命朝门口冲去：

"韦萝尼克！"

她又跑了过来，显出乐于助人的样子。他站在门口，庄严地说道：

"谁碰了我的田鼠？"

没有回答。他又接下去说，说得很慢，把每个字都说得十分清楚，仿佛韦萝尼克听懂法语已有困难：

"在我出去时，有人给它们吃了东西。是不是您？"

这时，她又鼓起了一点勇气。她转身朝着他时，可以说是咄咄逼人：

"你想让它们饿死，这些可怜的动物。我没有妨碍你的实验，我只是给它们……"

但是，他抓住她的袖子，步履蹒跚地把她拉到手术台旁，指着观察报告表说：

"您看看这几张纸。十五天来，我在上面记载了我对这些动物的观察结果。我的同行波蒂埃等着这几张纸，以便在科学院于五月十七日开会时宣读。今天是四月十五日，我在这几行数字下面能写上什么？应该写什么？"

由于她一声不吭，他食指方形的指尖犹如尖刀一般在纸的空白部分划着。

"那一天，"他接着说道，"阿尔芒-杜布瓦夫人，即观察者的妻子，由于心肠软，就做出……您要我怎么写呢？笨拙的事？冒失的事？愚蠢的事？……"

"您不如这样写：由于怜悯这些可怜的动物，即荒唐的好奇心的牺牲品。"

他直起身子，神态严肃地说道：

"如果您是这样想的，夫人，您就要知道，从此之后，您要去照料您的植物，我必须请您走院子里的那个楼梯。"

"您以为我喜欢走进您的破房间？"

"那您以后就别再进来。"

说这话时，他做了个富有表情的手势。然后，他拿起观察报告表，把它们撕成碎片。

"十五天了。"他说道。实际上，他那些田鼠只饿了四天。他对损失夸大其词，他的气也许随之消了，因为他在手术台前坐下时，他的脸已显得十分平静。他甚至达观到如此地步，把他的右手和解地伸向他的老婆。他和韦萝尼克一样，不想让思想正统的巴拉利乌尔夫妇看到他们夫妻不和，因为巴拉利乌尔夫妇会认为昂蒂姆应对此负有责任。

将近五点钟时，韦萝尼克脱掉她里面的短上衣，穿上黑呢紧腰上衣，去接尤利乌斯和玛格丽特，他们的车将在六点钟进入罗马火车站。昂蒂姆去刮胡子。他想用领结来取代领带，觉得领结已经足够。他厌恶虚假礼节，认为自己在小姨子面前穿着羊驼毛织物上衣、有蓝色条纹的白背心、人字斜纹布长裤和舒适的黑皮无跟拖鞋就行了。拖鞋他出门时也穿，他有跛脚，穿拖鞋情有可原。

他把撕碎的纸片拾起来，一片片地拼好，仔细地把所有的数字都抄下来，一面等待巴拉利乌尔夫妇的来临。

三

巴拉利乌尔家族（Baraglioul 中的 gl 像意大利语那样发成颚化的 1，犹如在 duc de Broglie［布罗伊公爵］和 miglionnaire 中那样）祖籍帕尔马。一位巴拉利乌尔（名叫亚历山德罗）于一五一四年成为菲利帕·维斯孔蒂的第二任丈夫，当时公国并入教皇国才几个月。另一位巴拉利乌尔（名字也叫亚历山德罗）在勒班陀战役①中立有战功，但于一五八〇年被谋杀，谋杀的原因至今仍是个谜。要了解这个家族在一八〇七年以前的情况易如反掌，但没有多大意思。帕尔马在这一年并入法国，尤利乌斯的祖父罗伯托·德·巴拉利乌尔则在该年迁居波城②。一八二八年，查理十世授予他伯爵的爵位。不久之后，这个爵位由他第三个儿子（其他两个儿子在幼年夭亡）朱斯特-阿热诺

---

① 勒班陀战役是基督教国家联军对奥斯曼帝国的一次海战。联军舰队于 1571 年 10 月 7 日在希腊勒班陀附近与奥斯曼舰队接战，获得胜利。
② 波城是法国大西洋岸比利牛斯省省会。

尔继承，此人不愧为贵族，在他任职的各个大使馆中机敏过人，在外交工作中胜券在握。

尤利乌斯是朱斯特-阿热诺尔·德·巴拉利乌尔的次子，结婚后生活一直规规矩矩，只是在年轻时有过几次艳遇。但是，他至少可以对自己这样评价：他心里的想法从未有失他的身份。他气质高雅，优雅的思想表达在他的一字一句之中，所以他的欲望不会在斜坡上滑下去，而他那小说家的好奇心也许会对这种欲望放任自流。他的血流动时没有湍流，但也并非没有热情，好几位漂亮的贵夫人可以对此作证。如果他初期的小说没有清楚地显示出这点，我是不会在这里谈论此事的，这部分是因为这些小说在社交界很受欢迎。欣赏这些小说的读者身份高贵，使它们得以发表：一部小说发表在《通信者》杂志上，其他两部发表在《两世界评论》上。因此，他虽说年轻，却已身不由己地朝法兰西语文学院走去：他优雅的风度、热情中不乏庄重的目光以及沉思的苍白前额，仿佛使他注定要成为学院的院士。

昂蒂姆公开表示他十分蔑视地位、财产和外貌带来的好处，这必然使尤利乌斯感到不快，但他欣赏尤利乌斯脾气好，在讨论时显得笨拙，这往往使自由思想能够占据上风。

六点钟，昂蒂姆听到他客人的马车在大门口停了下来。他走到楼梯平台上去迎接他们。尤利乌斯第一个上楼。他头戴喀琅施塔得①式帽子，身穿笔挺的丝驳头外套，你只要看到他手臂

————————

① 喀琅施塔得是俄罗斯列宁格勒州军港，位于芬兰湾东端科特林岛。

上搭着的苏格兰花呢披巾，就会说他穿的是做客的礼服，而不是旅行的便服。长途旅行并没有使他感到丝毫疲劳。

玛格丽特·德·巴拉利乌尔挽着姐姐的手跟在后面。她倦容满面，帽子歪戴，发髻不整，上楼梯时踉踉跄跄，脸的一部分用手帕遮住，手帕被她紧紧压着……她走到昂蒂姆近前时，韦萝尼克悄悄地说：

"玛格丽特眼睛里有一粒煤屑。"

他们的女儿朱莉年方九岁，和气可亲，她和女仆走在最后面，都难受得一声不吭。

根据玛格丽特的性格，是不能对事情一笑了之的，所以昂蒂姆提出派人去请眼科医生，但玛格丽特知道意大利庸医的坏名声，因此"无论如何"也不要。她用有气无力的声音说道：

"凉水。只要一点凉水。啊！"

"亲爱的妹妹，确实，"昂蒂姆接着说道，"凉水可以使您眼睛充血消退，能在一时间减轻您的痛苦，但不能根除病痛。"

接着，他转向尤利乌斯：

"您看清里面是什么吗？"

"看不大清楚。火车一停下，我想仔细看看，玛格丽特就开始发火……"

"别这么说，尤利乌斯！你的手当时太不灵活。你要把我的眼皮翻上去，却先把我的睫毛全转了过去……"

"您是否让我试试，"昂蒂姆说，"我的手也许更灵活些。"

女搬运工把箱子搬了上来。卡萝琳点燃一盏带反光镜的灯。

"喂,朋友,不要在过道里做这个手术。"韦萝尼克说着把巴拉利乌尔夫妇带到他们的房间里。

阿尔芒-杜布瓦的套间环绕内院,内院的采光靠一条走廊里的窗子,走廊从前厅延伸到柑橘温室。这条走廊可以通往餐厅和客厅(拐角上的大房间,陈设的家具不好,昂蒂姆夫妇弃置不用)以及两间卧室,第一间卧室是为巴拉利乌尔夫妇准备的,第二间比较小,是给朱莉准备的,位于最后一个房间即阿尔芒-杜布瓦夫妇的房间旁边。另外,这些房间都相通。厨子和女仆的两个房间位于楼梯平台的另一侧……

"我请你们不要都待在我的旁边。"玛格丽特抱怨道,"尤利乌斯,你去把行李放好。"

韦萝尼克让妹妹坐在一把扶手椅上,手里拿着灯,而昂蒂姆则柔声柔气地说道:

"事实是眼睛红了。请您把帽子脱掉。"

但是,玛格丽特也许担心她凌乱的头发会使她显得不雅观,就说她过一会儿再脱帽子,这种有撑边的帽子不会妨碍她把颈背靠在椅背上。

"这么说,您在取出我眼睛里的梁木之前,却要我从您眼睛里取出刺①。"昂蒂姆嘲笑地说道,"我觉得这违背福音书中的

---

① 参见《圣经·新约·马太福音》第7章:"你自己眼中有梁木,怎能对你弟兄说,容我去掉你眼中的刺呢。"

教诲！"

"啊！请您别让我为您的治疗而付出高昂的代价。"

"我什么也不说了……用一条干净的手帕的角……我看到是什么了……您别害怕，见鬼！朝天上看！……出来了。"

昂蒂姆用手帕的角弄出了一粒极小的煤屑。

"谢谢！谢谢！现在，别管我了，我头疼得厉害。"

玛格丽特在休息，尤利乌斯同女仆一起打开箱子取出衣物，韦萝尼克在监督晚餐的准备工作，昂蒂姆则照管朱莉，把她带到她的房间。他离开他外甥女时她还很小，所以现在认不大出这个长得很高、脸上已带有天真而又庄重的微笑的小姑娘。他让她待在他的身边，和她说一些孩子的事，希望能让她高兴。过了一会儿，他的目光停留在女孩套在脖子上的一条细银链上，他猜测银链上应该挂有圣牌。他冒冒失失地把粗大的食指伸进去，把那些圣牌钩出来，放在衬衣的胸襟上，而为了掩饰病态的厌恶，他装出惊讶的样子：

"这些是什么东西？"

朱莉清楚地知道这个问题提得并不严肃。她为什么要感到不快呢？

"怎么，姨夫！您从未看到过圣牌？"

"确实没有，孩子。"他在说谎，"这不好看，但我觉得这有某种用处。"

由于心平气和的虔诚不会排斥无伤大雅的调皮，女孩面对壁炉上方的镜子，看到镜子里有她的影像，就用手指着它说：

"您看，姨夫，那是一个小女孩的肖像，也不好看。它对您会有什么用处呢？"

看到这个假装虔诚的小姑娘竟用如此调皮的方法作出巧妙的回答，而且头脑这样清楚，昂蒂姆一时间无言回答。他不能同一个九岁的小女孩进行抽象的讨论！他微微一笑。女孩感到自己赢了，就指着圣牌说：

"瞧，这块圣牌是圣朱莉，我的主保圣人，那块是圣心教堂，是我们的……"

"仁慈的天主，你没有他的圣牌？"昂蒂姆愚蠢地打断她的话。

女孩十分自然地回答道：

"没有，仁慈的天主，他的圣牌是不做的……瞧，最美的是卢尔德①圣母院，是弗勒里苏瓦尔姨妈给的，她是从卢尔德带来的。在小爸爸和妈妈把我奉献给圣母的那天，我把它挂在脖子上。"

昂蒂姆感到不耐烦了。他一刻也不想知道这些无法言喻的优美形象、五月、孩子们白色和蓝色的行列意味着什么，却因怪僻的需要而忍不住亵渎神明：

---

① 卢尔德是法国西南部上比利牛斯省的朝圣城镇。1858年，一名14岁女孩在城镇附近洞穴中多次幻见到圣母马利亚。1862年教皇宣布这种异像真实可信，树立起对卢尔德圣母的崇拜。

"你现在仍然和我们在一起，仁慈的圣母难道不要你了？"

女孩没有回答。她是否已经知道，对某些不得体的话，最聪明的办法是不加理睬？再说，有什么可说的呢？这个古怪的问题提出之后，脸红的不是朱莉，而是共济会员。这轻微的局促不安，是失礼的隐蔽伴侣，是短暂的发窘。为了加以掩饰，姨夫在外甥女天真的额头上尊敬地吻了一下，以修正自己的错误。

"昂蒂姆姨夫，您为什么要装得像坏人那样？"

女孩没有弄错：确实，这位不信教的科学家十分敏感。

那么，为什么要这样顽固地抵制呢？

这时，阿黛尔打开了门：

"夫人请小姐去。"

显然，玛格丽特·德·巴拉利乌尔害怕姐夫的影响，所以不想让她女儿长时间和他待在一起。过了一会儿，当全家坐下吃饭时，他对她低声说出了这话。但是，玛格丽特抬起头来，用仍有点红的眼睛看着昂蒂姆：

"怕您？但是，亲爱的朋友，在您的嘲笑对朱莉的灵魂取得微不足道的胜利之前，她已经使十二个像您这样的人皈依天主。不，不，我们这种人没有这样软弱。您还得想想，她是个孩子……她知道，在如此腐败的时代，在我们这个统治者如此无耻的国家里，对神明的亵渎会是怎样的。但是，令人伤心的是，引起愤慨的理由首先是由您提供的，而我们却希望她尊敬自己的姨夫。"

四

这些话如此审慎、如此明智，是否能使昂蒂姆冷静下来？

是的，就在上前两道菜（这顿晚餐又好又简单，只有三道菜）的时候，当时，这一家人谈的没有棘手的话题。鉴于玛格丽特的眼睛，大家先谈眼科学（巴拉利乌尔夫妇装作没有发现昂蒂姆的皮脂囊肿大了），然后为了讨好韦萝尼克，就谈起意大利菜肴，不断暗示她的晚餐出色。接着，昂蒂姆询问弗勒里苏瓦尔夫妇的情况，巴拉利乌尔夫妇最近去波城看望过他们。他还问起圣普里伯爵夫人的情况，伯爵夫人是尤利乌斯的妹妹，住在巴黎郊区。最后他问到热纳维埃芙，即巴拉利乌尔夫妇美丽的长女，他们本想带她一起来罗马，但她一直不愿意离开病孩医院，每天早晨，她在塞弗尔街给小病人包扎伤口。然后，尤利乌斯把征购昂蒂姆地产的重要问题摆到桌面上来：这是昂蒂姆年轻时第一次去埃及时在这个国家购置的土地。这些土地所处的地理位置不好，所以至今价格不高，但不久前，传说从开罗到赫利奥波利斯①的新的铁路干线可能穿越这些土地。阿尔芒-杜布瓦夫妇的钱袋，因风险很大的投机买卖而弄得囊空如洗，当然非常需要这种意外的运气。在动身以前，尤利乌斯同负责研究该铁路干线的专家工程师马尼通谈过话，所以请自己的襟兄不要寄予过大的希望：他很可能希望落空。但是，昂

---

① 赫利奥波利斯是埃及古城，太阳神瑞的崇拜中心，现为黎巴嫩城市巴勒贝克。

蒂姆还有没有说出口的话，那就是这件事掌握在共济会的手里，而共济会是绝不会抛弃自己的会员的。

现在，昂蒂姆对尤利乌斯说起后者在法兰西语文学院的候选人资格和当选的可能性。他面带微笑地谈论此事，因为他对此不大相信。尤利乌斯则装出无动于衷的样子，但又确信无疑，仿佛不想承认自己无动于衷。他的妹妹居伊·德·圣普里伯爵夫人控制着安德烈红衣主教，并以此控制着总是跟着红衣主教投票的十五位不朽者①。但是，说出这些又有什么用处？昂蒂姆对巴拉利乌尔最新的小说《顶峰巍峨》略加称赞。实际上，他认为这本书写得极差。尤利乌斯没有误解昂蒂姆的意思，为了使自己的自尊心不受伤害，他急忙说道：

"我当时就觉得这种书您是不会喜欢的。"

昂蒂姆本来还会为这本书进行辩解，但对他看法的这种暗示使他感到舒服。他表示，这种看法丝毫不会影响他对艺术作品的整体评价，也不会影响他对襟弟的作品的评价。尤利乌斯随和而又高傲地微微一笑，为了转换话题，他向襟兄询问其坐骨神经痛的情况，但他错误地说成腰痛。啊！尤利乌斯为什么不去问他的科学研究？对这个问题他是会乐意回答的。他的腰痛！接下来是皮脂囊肿，为什么不呢？但是，他的科研，他的襟弟显然并不知道：尤利乌斯情愿不知道他的科研工作……昂蒂姆这时已十分兴奋，但正是"腰痛"使他感到难受。他冷笑

---

① 不朽者是法兰西语文学院院士的别称。

一声，气呼呼地回答道：

"我的病好点了吗？啊！啊！啊！对此您会感到生气！"

尤利乌斯感到惊讶，就请襟兄告诉他，为什么昂蒂姆会对他如此缺乏善意。

"当然喽！您家里一个人病了，您也会立刻去叫医生来。但是，您的病人痊愈后，医学就变得毫无用处：这是因为医生在给你们治病时你们做的祈祷。医生当然没有在复活节领圣体！他治好了病，你们会觉得很不恰当！"

"您难道情愿生病，不愿祈祷？"玛格丽特用坚信不疑的声音说道。

她来管什么闲事？通常，她从不参加一般性的谈话，只要尤利乌斯一开口，她就像不在场一样。这是他们男人之间的谈话，不必转弯抹角！他出其不意地朝她转过脸去：

"亲爱的，即使痊愈近在咫尺，您要懂我的意思，"他发狂地指着盐瓶，"但我要抓住这个机会，必须去哀求校长先生（他在情绪恶劣的日子里是这样来称呼天主的），或是请求他进行干预，为我而破坏已建立的秩序、因果的自然秩序、令人肃然起敬的秩序，那么，我就不要他来治愈，我就会对校长说：'不要用您的圣迹来扰乱我的安宁，我不要它。'"

他清楚地说出每个字、每个音节，他把声音提高到愤怒的音域，样子十分难看。

"您不要它……为什么？"尤利乌斯非常平静地问道。

"因为这样会迫使我去相信那个并不存在的他。"

说着，他用拳头敲打桌子。

玛格丽特和韦萝尼克不安地交换了眼色。然后，她俩的目光都转向朱莉。

"我看该去睡觉了，孩子。"母亲说道，"快去，我们到你的床边来对你说晚安。"

女孩觉得姨夫的话难以忍受，样子又像魔鬼，就吓得逃走了。

"如果我的病治好了，我只想感谢我自己。够了。"

"那么，医生呢？"玛格丽特大胆地问道。

"我付给他医疗费，我不欠他的情。"

但是，尤利乌斯用极其庄重的声调说道：

"而感谢天主会使您受到约束……"

"是的，老弟。正因为如此，我不祈祷。"

"别人已为你祈祷，朋友。"

这是韦萝尼克在说话。在此之前，她什么也没说。听到这过于熟悉的温柔声音，昂蒂姆惊跳起来，完全失去了自制力。互相矛盾的话涌上他的嘴边：首先，别人无权违反一个人的意愿而为他祈祷，在他不知道的情况下请求施与他恩惠，这样做是一种背信弃义。她一无所获，真好！这样她就会知道她祈祷毫无用处！有理由感到自豪……但是，也许她祈祷得还不够？

"您不必担心，我继续说。"韦萝尼克仍像刚才那样温柔地说道。然后她面带微笑，仿佛置身于他愤怒的狂风之外。她对玛格丽特说，每天晚上，一天也不错过，她都要以昂蒂姆的名义点燃两支大蜡烛，放在平淡无奇的圣母像两边，是在房子北面的角落，韦萝尼克曾偶然看到贝波在这个圣母像前画十字。孩子栖身于墙壁的凹处，韦萝尼克肯定能在确定的时间里在那里找到他。她够不着壁龛，因为它位于行人无法触及的地方。贝波（现在已是十五岁的英俊少年）抓住石头和一个金属环，把点燃的蜡烛放到圣像前面……谈话在不知不觉中离开昂蒂姆，又在他头顶上把他封闭起来。姐妹俩现在谈论着民众的虔诚是如此感人，这种虔诚使制作得十分粗糙的塑像也备受尊敬……昂蒂姆完全被吸引住了。什么！今天上午，韦萝尼克背着他给他的老鼠喂食，这难道还不够？现在，她又点燃大蜡烛！为了他！他的妻子！还要把贝波牵涉到这种装腔作势的蠢事之中……啊！我们倒要看看清楚……

昂蒂姆气得发狂。他喘不过气来，太阳穴像在敲警钟那样直跳。他花了九牛二虎之力才站起身来，推倒了一把椅子，把一杯水倒在餐巾上，擦了擦前额上的汗……他是否会晕过去？韦萝尼克急忙走上前去，他粗暴地用手把她推开，朝门口走去，把门砰的一声关上。人们已经听到他那不匀称的脚步声在走廊里渐渐远去，伴随着一瘸一拐行走时拐杖发出的低沉声音。

他突然离席，使客人们感到难堪和困惑。一时间他们默无一言。

"可怜的女友！"玛格丽特最终说了一句。这种情形再次展现了两姐妹的不同性格。玛格丽特的灵魂用令人赞美的材料制成，天主专门用这种材料来造就他的殉教者。她知道这点，所以希望受苦。不幸的是，生活没有给她带来任何损害。由于在各方面都得到满足，她那善于支撑的能力只能在微不足道的烦恼中寻找自己的用武之地。她会在微小的事物中找出轻微的损伤。她紧紧抓住一切。当然，她会设法使自己想念别人，但是，尤利乌斯看来竭力使她的美德越来越无所事事。从此，她在他身边总是显得不满和任性，这又有什么可奇怪的呢？有一个像昂蒂姆这样的丈夫，生活将会多么美妙！她懊恼地看到，她姐姐几乎不会对此加以利用。确实，韦萝尼克对抱怨采取回避的态度。她永恒的微笑犹如在脸上敷了圣油，挖苦和讽刺都会在上面一滑而过。也许她早已打定主意在孤独中生活。总的说，昂蒂姆在她看来并不坏，会说出他想要什么！她解释说，他说话声音响，是因为他行动不便，他要是步履轻捷，就不会常常发脾气。尤利乌斯问到他会到什么地方去，她回答道：

"到他的实验室去。"玛格丽特问是否要到那里去看看他，因为他大发雷霆之后可能会感到难受。韦萝尼克则肯定地说，最好让他自己冷静下来，对他离席不必过于介意。

"让我们心平气和地把饭吃完。"她最后说道。

五

不，昂蒂姆姨夫没有在他的实验室停留下来。

他迅速穿过实验室，那里的六只老鼠已不再痛苦。晒台沐浴在西面射来的月光之中，他为什么不待在晒台上呢？晚上的光线像天使发出的那样，使他倔强的灵魂平静下来，也许还会使他屈从……不，他不想听从劝告。他从行走不便的旋转楼梯上下来，走到院子里，并穿了过去。在我们看来，残疾人这样匆匆忙忙地走路像是演悲剧，因为我们知道，他每跨一步要付出多大的努力，而每做一次努力，又会有多大的痛苦。为了善而花费野人般的精力，这种情况我们什么时候才能看到？有时，他扭曲的嘴里发出一声呻吟，脸部随之抽搐。他蔑视宗教的狂怒会把他引向何处？

圣母用伸出的双手把恩泽和天光的反光送到人间。她守护着屋子，也许还在为亵渎神明者求情。这不是一尊现代的圣母塑像，不像现在弗勒里苏瓦尔-莱维雄艺术商行用布拉法斯发明的塑性罗马纸板塑造的那种。圣母形象朴实，显出热爱民众的表情，这在我们看来更加美丽、动人。照亮苍白的脸、环形的双手和蓝色外套的是塑像前的一盏提灯，提灯离塑像相当远，挂在屋顶的白铁皮上，铁皮突出，遮盖壁龛，也遮住挂在两边的还愿牌。在行人伸手可及的地方，有一扇金属小门，堂区的教堂执事有开门的钥匙。这扇门用来保护卷绳机，因为提灯就挂在绳的一端。另外，两支大蜡烛日夜在塑像前燃烧，是韦萝尼克在下午插上的。看到这两支他知道是为他而点燃的蜡烛，共济会会员又感到怒气冲冲。贝波在墙上的凹处栖息，刚嘎嚓嘎嚓地吃完一个面包头和几个茴香爪子，这时跑到他的面前。昂蒂姆对他殷勤行礼不加回答，而是抓住他的肩膀。他朝孩子俯下身子，说的话使孩子颤抖。他到底说了些什么？孩子表示反对："不！不！"昂蒂姆从背心口袋里拿出一张五里拉的钞票。贝波感到气愤……以后，他也许会去偷，甚至会杀人，谁知道贫困会用什么污水来弄脏他的头脑？但是，要动手做有损圣母的事！那是保护他的圣母，是他每天晚上睡觉前对着她叹息的圣母，是他每天早晨一醒来就对着她微笑的圣母……昂蒂姆可以劝他，收买他，骂他，威胁他，但得到的只会是他的拒绝。

不过，我们不要误会。昂蒂姆并非在责怪圣母，他责怪的恰恰是韦萝尼克插的两支蜡烛。但是，贝波思想单纯，弄不清这种细微的差别。另外，这两支蜡烛已经奉献出来，任何人也无权把它们熄灭……

这种拒绝使昂蒂姆感到恼火，他把孩子推开。他一个人来干。他倚靠在墙上，抓住拐杖的下部，把柄用力往后摆动，并把拐杖朝天上扔去。木拐杖碰到壁龛内壁后咚的一声落到地上，使不知是什么碎片和灰泥掉了下来。他捡起拐杖，后退几步，以便看看壁龛……见鬼！两支蜡烛仍在燃烧。这有什么可说的呢？塑像的右手，现在像一根黑色的铁杆。

他脑子清醒后，看了看他刚才一击的糟糕结果：完成这可笑的谋杀……啊！呸！他用目光寻找贝波：孩子已经走了。夜深了。昂蒂姆独自待在那儿。他在马路上看到他的拐杖击落下来的碎片，就捡了起来：是一只灰泥做的小手。他耸了耸肩，把它放进背心口袋。

圣像破坏者满面羞惭，心里狂怒，上楼走进他的实验室。他想工作，但这种令人讨厌的努力使他精疲力竭。他只想睡觉。当然，他上床时不会对任何人说晚安……走进卧室时，一种说话的声音使他停了下来。隔壁房间的门开着。他悄悄走进阴暗的走廊……

小朱莉像个熟悉的小天使，她穿着睡袍跪在床上。韦萝尼克和玛格丽特都跪在床头旁边，沐浴在灯光之中。尤利乌斯站在后面的床脚旁边，一只手放在心口上，另一只手遮住眼睛，样子既虔诚又有男子气。他们在听孩子祈祷。房间里一片寂静，使他想起在一个平静的金色夜晚，尼罗河畔的那个学者，在那里，随着孩子的祈祷声响起，升起的青烟直上无云的天空。

也许祈祷即将结束。现在，女孩说完了她背出的祈祷文，用心里想到的许多话来祈祷。她为孤儿、病人和穷人祈祷，为姐姐热纳维埃芙、姨妈韦萝尼克和爸爸祈祷，为亲爱的妈妈的眼睛早日康复祈祷……然而，昂蒂姆的心却紧张起来。他在门口用反讽的口气说话，声音很响，房间里面也能听到：

"那么，为了姨夫呢，你难道对仁慈的天主没有任何请求？"

这时，女孩用极其肯定的声音说话，使在场的人都大吃一惊：

"我也请求您，天主，饶恕昂蒂姆姨夫的罪孽。"

这句话打动了这个无神论者的心。

六

那天夜里，昂蒂姆做了个梦。有人敲他房间的小门，不是通到走廊的那扇门，也不是通到隔壁房间的门，有人在敲另一扇门，是直接通到街上的那扇。他虽然醒着，但在此之前一直没有听到有人敲。他感到害怕，没有答应，默不作声。微弱的光线使他能看清房间里的细小物品。这柔和犹如夜明灯发出的光线，却没有任何火焰。就在他设法弄清这光线从何而来时，门敲了第二下。

"您要干什么？"他用颤抖的声音叫道。

门敲第三下时，他感到浑身发软，无法动弹，害怕的感觉随之消失（他后来称之为：迫不得已的温柔）。突然，他既感到自己无法抵抗，又感到门必然会被推开。门果然无声无息地开了，一时间他只看到漆黑的门洞，但在门洞中，就像在壁龛中那样，出现了圣母。她身形矮小，穿着白袍，起先他还以为是他的小外甥女朱莉，他刚才离开时她就是这样。白袍下面露出赤着的脚。但是，过了一会儿，他看出她就是他冒犯过的圣母，我的意思是说，她样子就像街角的那尊塑像。他甚至看到她右前臂受伤了，但苍白的脸比平时更美，笑得更欢。他没看到她在走路，她却朝着他往前移动，仿佛是滑过来的。她来到他床头旁边，说道：

"你使我受了伤，"她对他说，"我需要用我的手来治好你的病，你相信吗？"说着，她朝他举起那只没有手的袖子。

他现在感到，这奇特的光线是从她身上发出来的。但是，当铁杆般的手突然戳进他的腰部时，他感到疼痛难忍，在黑暗中惊醒。

也许，过了一刻钟之后，昂蒂姆才清醒过来。他感到全身奇怪地麻木、迟钝，然后有一种近于舒适的蚁走感，因此，对于剧烈的腰痛，他现在怀疑是否真的痛过。他不知道他的梦在何处开始，在何处结束，也不知道他现在是否醒着，他刚才是否做了梦。他触摸自己，拧自己，以便得到证实，把一只手臂伸到床外，最后划了一根火柴。韦萝尼克睡在他的旁边，脸朝墙壁。

于是，他把手脚伸出被单，把毛毯推到一边，自己挪到床边，把赤脚的脚尖伸到拖鞋上。拐杖竖靠在床头柜上。他没拿拐杖，用手撑着直起身子，并把床往后推。然后，他穿上皮鞋，直挺挺地站了起来，但还是不能相信，就一只手臂伸到前面，另一只伸到后面，沿着床走了一步、两步、三步，并穿过房间……圣母！他难道？他悄悄地穿上短裤、背心、上衣……得了，我的笔真不谨慎！得救的灵魂已在扑动翅膀，治愈的瘫痪肉体笨拙地走动又算得了什么？

一刻钟后，韦萝尼克不知因何种预感而醒来。她觉得昂蒂姆不在她旁边，先是感到不安。她划了一根火柴，看到残疾人必不可少的伴侣——拐杖仍在床头，就更加不安。火柴在她手指间熄灭了，因为昂蒂姆出去时带走了蜡烛。韦萝尼克摸索着穿上几件衣服，离开了房间，立刻朝温室的门下面透出的一丝亮光走去。

"昂蒂姆！你在哪儿，朋友？"

没有回答。然而，韦萝尼克在外面听到一种特别的声音。于是，她焦急不安地把门推开。她看到的情景使她在门口呆住了。

她的昂蒂姆就在她的前面。他不是坐着，也不是站着。他的头顶同桌面一样高，被他放在桌边的蜡烛照得通明。昂蒂姆是科学家、无神论者，他瘫痪的腿和他不屈服的意志一样，多年来从未弯曲过（必须指出，他的精神和肉体总是完全一致），现在却跪倒在地。

昂蒂姆跪着，双手捧着的灰泥残肢，已全被眼泪浸湿，他狂热地吻着它。他起先没有挪动位置，韦萝尼克看到这秘密祭礼，一时目瞪口呆，既不敢退，也不敢进，正想在门口对着她丈夫跪下，却见他毫不费力地——真是奇迹——站了起来，用有力的脚步朝她走来，把她一把抱在怀里。

"从今以后，"他紧紧地抱着她，低下头看着她说道，"从今以后，朋友，我和你一起祈祷。"

七

共济会会员皈依天主的事不可能长期保密。尤利乌斯·德·巴拉利乌尔立即通知安德烈红衣主教，红衣主教在保守党和法国高级神职人员中散布这一消息，而韦萝尼克则通知安塞姆神父。因此，这个消息很快就传到梵蒂冈。

也许，阿尔芒-杜布瓦得到了非同寻常的恩惠。说圣母确实出现在他的面前可能过于轻率，但是，即使他只是梦见圣母，他的病已治愈却肯定是不可否认、可以证实的奇迹。

然而，对昂蒂姆来说，把病治好就已足够，但对教会来说这样还不够，因为教会要求他公开发誓弃绝原来的主张，并认为他有异常的光环。

"什么！"安塞姆神父在几天后对他说道，"据说您在犯错误时，千方百计地宣传异端邪说，而您今天却想回避上天要从您身上得出的最大教训？有多少人因您无谓的科学的虚假光线而离开了光明！今天，您必须嘲笑他们，而您却在犹豫，不知该不该这样做？我是说'您必须'，这是您最起码的义务。我不会对您不公，即认为您没有感到这种义务。"

不，昂蒂姆不想逃避这种义务，但是，他对这种义务的后果感到害怕。我们已经说过，他在埃及的巨大利益掌握在共济会手里。没有共济会的帮助，他又能做什么？要是他背弃共济会，又怎么指望它继续支持他？以前，他指望它帮他发财，现在，他看到自己已经破产。

他对安塞姆神父说了心里话。神父不知道昂蒂姆是共济会会员，听了十分高兴，认为他的发誓弃绝会更加引人注目。两天之后，对《观察家报》和《圣十字架报》的读者来说，昂蒂姆是共济会会员已不再是一个秘密。

"您把我毁了。"昂蒂姆说道。

"啊！孩子，恰恰相反，"安塞姆神父回答道，"我们拯救了您。至于物质上的需要，您不必在意：教会将给予补助。关于您的情况，我同帕齐红衣主教进行了长时间的商谈，他将要请示拉姆波拉①。我最后要对您说，我们的圣父已知道您要发誓弃绝。教会将感谢您为它作出的牺牲，它不希望您受到损失。不过，您是否认为，在这件事上您夸大了共济会会员的作用（他微微一笑）？这并非因为我不知道对他们必须常常予以重视！……您担心他们的敌意会使您受到损失，对此您是否计算过？请对我们说说大致的数目，另外……（他把左手的食指伸到鼻子那样高，表情和善，但带有嘲弄的意味）另外，什么也不必担心。"

　　大赦年庆祝活动过了十天之后，昂蒂姆的弃绝宣誓仪式在耶稣教堂②举行，场面极为壮观。我不想在此叙述这次仪式，当时，意大利各家报纸都对此作了报道。神甫 T 是耶稣会会长手下的会员，他在仪式上发表了他最出色的演说之一：共济会会员的灵魂肯定被折磨得快要发疯，他过于恨是爱的预兆。这位担任神职的演说家提到了大数的扫罗③，发现昂蒂姆破坏圣像的

---

　　① 即廷达罗的拉姆波拉(1843—1913)，意大利天主教教士，1887 年任枢机主教，两个月后被教皇利奥十三世任命为教廷国务卿。
　　② 耶稣教堂是耶稣会在罗马的主要教堂，是巴洛克时期许多天主教教堂的原型，也是耶稣会建筑风格的来源。
　　③ 扫罗是保罗（？—约 62），皈依耶稣前的名字。他早年曾坚决反对基督教，并参与犹太教当局迫害基督教的行动。他持犹太教大祭司的文书追捕基督徒，从耶路撒冷追到北方的大马色（即大马士革）。由于耶稣在途中向他显现，他就改宗基督教。大数即塔尔苏斯，在今土耳其南部塞汉河口以北。

行为和圣司提反 ① 被石块击毙有着惊人的相似之处。尊敬的神甫的动人演说响彻教堂，在中殿缭绕，犹如海潮掀起的巨浪在岩洞中回响。这时，昂蒂姆想起他外甥女的柔弱声音，就在心中默默感谢孩子请仁慈的圣母关注蔑视宗教的姨夫犯下的罪孽，而对于圣母，他从此只想为她效劳。

从这天起，昂蒂姆只操心更加高尚的事情，几乎没有发现对他的名字进行的议论。尤利乌斯·德·巴拉利乌尔为了他而感到痛苦，翻开任何报纸都会心惊肉跳。现在，对于正统教会的报纸最初的狂喜，自由派报纸用嘲骂来进行回答。《观察家报》发表《教会的新胜利》这篇重要文章，与此对应，《幸福时代报》发表抨击性文章《又多了个傻瓜》。最后，昂蒂姆在他的病治好前两天寄出的一篇专栏文章在《图卢兹电讯报》上刊载，但文章前登了戏谑式的说明。尤利乌斯以他襟兄的名义写了一封信作为回答，这封信既自尊又冷淡，以便告诉该报，"改宗者"将不再为它撰稿。《未来报》赶紧抢先一步，彬彬有礼地对昂蒂姆表示感谢。昂蒂姆的思想确实虔诚，他脸色安详地接受了这些打击。

"幸好《通信者》杂志的门还为您开着，我可以担保。"尤

---

① 司提反（？—约36），基督教耶路撒冷教会执事，第一个殉教士。他能言善辩，在耶路撒冷归国犹太人会堂的宗教讨论会上侃侃而谈，赢得许多犹太教徒改宗基督教，但也激怒了一些虔诚的犹太教徒，他们将他推出城外用乱石砸死。

利乌斯用带摩擦音的声音说道。

"但是，亲爱的朋友，您要我给它写什么呢？"昂蒂姆友善地反驳道，"对于我昨天做的事，我今天已丝毫不感兴趣。"

接着是一片沉默。尤利乌斯该回巴黎了。

然而，昂蒂姆在安塞姆神父的催促下，顺从地离开了罗马。共济会撤销支持后，他很快就破了产。韦萝尼克相信教会的支持，叫他对高级教士进行拜访，但没有别的结果，只是使教士感到厌烦和不快。教士友好地劝他到米兰去等待以前答应给他的补偿，以及剩下的一点索然寡味的上天恩惠。

第二卷

尤利乌斯·德·巴拉利乌尔

既然不能使任何人失去归来的机会。

雷斯①，VIII，第93页

---

① 即雷斯枢机主教（1613—1679），法国投石党运动领袖之一，所著《回忆录》为17世纪法国文学名著。

一

　　三月三十日午夜，巴拉利乌尔夫妇回到他们在巴黎韦纳伊街的套间。

　　玛格丽特在准备晚上就寝的事，尤利乌斯则手拿一盏小灯，脚穿拖鞋，走进他的书房，这对他来说总是一件乐事。书房的装饰十分简朴。墙上挂着几幅莱皮纳①奖得主的画和一幅布丹②的画。在一个角落里的旋转底座上，放着夏皮③为他妻子雕塑的大理石胸像，同房间的其他部分显得很不协调。书房中央有一张文艺复兴风格的大桌子，从他离开之后，桌上堆放着书籍、小册子和广告单。一个嵌金属丝花纹的珐琅托盘上放着几张折了角的名片。在离其他东西有一段距离的地方，一封信显眼地

----

　　①　莱皮纳（1846—1933），法国行政官员，曾任巴黎警察局长（1893—1913），1902年组织莱皮纳竞赛会，以鼓励艺术家和发明家的创造。
　　②　布丹（1824—1898），法国风景画家，画有大量海景画，被认为是印象派的先驱。
　　③　夏皮（1833—1891），法国雕塑家，其作品具有新古典派的柔和传统，以所作的《墨丘利》和《贞德像》成名。

靠在巴里①的青铜雕像上，尤利乌斯认出信封上的字是他老爸写的。他立刻把信拆开，只见上面写道：

亲爱的儿子：

最近，我的体力大大不如以前。根据某些不会骗人的迹象，我知道走的时候已经到来。因此，我继续留在世上已不会有很大益处。

我知道您今天夜里回到巴黎，我想您会立即帮我一个忙。鉴于我将要告诉您的某些安排，我需要知道一个名叫拉弗卡迪奥·卢基（Wluiki发音为Louki，W和i的发音几乎听不出来）的年轻人是否仍住在克洛德-贝尔纳死胡同十二号。

如果您能按这个地址去看望上述年轻人，我将十分感激。（您是小说家，能轻而易举地找到一个借口进去。）我想知道下面几点：

1. 这个年轻人做什么工作；

2. 他想做什么工作（他是否有雄心？是哪种？）；

3. 最后，请告诉我，您觉得他的生活来源是什么，他有什么能力、欲望、爱好……

目前您别来看我，我心情抑郁。上述情况请来信告知。要是我想谈，或者我感到即将与世长辞，我会告诉您的。

---

① 巴里（1796—1875），法国雕塑家，作品主要为青铜动物雕塑。

我吻抱您。

朱斯特-阿热诺尔·德·巴拉利乌尔

又及：您不要让人看出是我叫您去的。年轻人不知道我，以后也不应知道我。

拉弗卡迪奥·卢基现年十九岁，罗马尼亚人，孤儿。

我看了您最新的那本书。如果您进不了法兰西语文学院是因为写了这个，那么，您写了这些无聊话是不可原谅的。

不可否认，舆论对尤利乌斯最新的那本书评价不佳。虽然疲劳，小说家还是浏览了剪报，报上提到他的名字时并无好感。然后，他打开一扇窗子，呼吸着夜里有雾的空气。尤利乌斯书房的窗户朝着大使馆的花园，花园犹如阴暗、洁净的水池，眼睛和思想可以在池中洗掉世界上和街上带来的污垢。他一时间倾听着一只看不见的乌鸫的清脆叫声。然后，他回到卧室，玛格丽特已在休息。

他担心失眠，在五斗橱上拿了一小瓶他经常服用的橙花精。他认为夫妻应互相体贴，就把灯芯弄短的灯放在睡着的妻子的下方。他喝了橙花精后，把瓶子放回五斗橱上，发出清脆的撞击声，这声音虽轻，却传到熟睡的玛格丽特的心中，她发出动物般的呻吟声，朝墙壁转过身去。尤利乌斯不想让她再睡着，就走到她身边，一面脱衣服一面说道：

"你想不想知道我父亲是怎么谈论我的书的？"

"亲爱的朋友，你可怜的父亲没有任何文学的感觉，这点你已经对我说过一百次。"玛格丽特只想睡觉，就低声说道。

但是，尤利乌斯心里过于难受：

"他说我写了这些无聊话是可耻的。"

接着是长时间的沉默，玛格丽特陷入其中，什么文学也看不到了。尤利乌斯已决定不再去打扰她，但她出于对他的爱，竭力不让自己睡着：

"我希望你不要心里烦恼。"

"我不会把这件事放在心上，这点你很清楚。但是，我觉得，我父亲不应该这样说，其他人还情有可原，但我父亲不能这样说这本书，因为从严格意义上说，这本书是为他竖立的一座丰碑。"

尤利乌斯在书中描述的，不正是老人有代表性的外交生涯？至于小说中纷繁的情节，他不正是用来赞扬朱斯特-阿热诺尔在政界和家庭中高尚、平静和传统的生活？

"幸好，你写这本书不是为了要他来感谢你。"

"他对我说，我写《顶峰巍峨》是为了进入法兰西语文学院。"

"什么时候会这样！你什么时候会因写了一本好书而进入法兰西语文学院！"然后，她用怜悯的口吻说道，"好吧！希望报纸和杂志能让他知道这点。"

尤利乌斯勃然大怒：

"报纸！真可以谈谈！杂志！"他气冲冲地转向玛格丽特，

仿佛这是她的过错，并苦笑着说，"我受到了围攻。"

玛格丽特突然完全醒了。

"你受到许多批评？"她关心地问道。

"也有赞扬，但虚伪得让人感动。"

"这些记者，你瞧不起他们是对的！不过，你要想想德·沃盖先生前天给你写的信：'您这样一支笔如一把利剑捍卫着法兰西。'"

"'您这样一支笔反对威胁我们的野蛮行为，捍卫法兰西比一把利剑更加管用。'"尤利乌斯纠正道。

"还有安德烈红衣主教，他答应投你的票，最近还对你说，你后面有整个教会给你撑腰。"

"这是对我的有力支持！"

"我的朋友……"

"我们在不久前和昂蒂姆一起看到高级神职人员保护的作用。"

"尤利乌斯，你变得多愁善感。你经常对我说，你工作不是为了报答别人，也不是为了别人的赞扬，还说你只要自己觉得好就够了，你甚至对此写过几页优美的文字。"

"我知道，我知道。"尤利乌斯不耐烦地说道。

他内心的痛苦，需要的不是这种汤药。他走进了盥洗室。

为什么他在妻子面前无法自制，会说出这些让人怜悯的话？他的担忧，不是妻子能够安抚和抱怨的那种，他出于自豪和廉耻，应该把这种担忧埋在心中。"无聊话！"他在刷牙时，这几个字拍打着他的太阳穴，打乱了他最崇高的思想。最新的这本书有什么了不起。他忘记了父亲的话：至少他忘记这句话是他父亲说的……他生平第一次产生可怕的疑问，而在此之前，他只听到称赞，只看到微笑。他怀疑这些微笑的真诚、他作品的价值、他思想的真实性和他生活的可靠性。

他回到卧室，一只手心不在焉地拿着漱口杯，另一只手拿着牙刷。他把盛有半杯粉红色水的杯子放在五斗橱上，把牙刷放在杯子里，在槭木制的叠橱式小写字台前坐了下来，玛格丽特通常在这张写字台上写信。他拿起他妻子的蘸水钢笔，在一张散发出清香的淡紫色纸上写道：

亲爱的父亲：

我今晚回家时收到了您的信。明天我就去办您托我办的事，我希望把这件事办得让您满意，并以此来表示我对您的忠诚。

这是因为尤利乌斯生性高尚，在受到伤害时会表现出真正的高贵。他把上半身往后仰，停了一会儿，提起笔对句子进行斟酌：

我感到难受的是，看到是您在怀疑一种无私的行动，这种无私……

不。不如写：

您是否在想，我认为文学上的这种诚实的价值，不如……

这句子写不下去。尤利乌斯穿着睡衣，感到自己会着凉，就把信纸揉皱，拿起漱口杯，把它放到盥洗室里，并把揉成一团的信纸扔到污水桶里。

他上床时，碰了碰妻子的肩膀。

"那么你呢，你对我的书是怎么看的？"

玛格丽特微微睁开惺忪的睡眼。尤利乌斯只好把他的问题重复一遍。玛格丽特把身体转过来一半，看了看他。尤利乌斯眉毛扬起，抿着嘴，额头上全是皱纹，令人可怜。

"你怎么啦，我的朋友？什么！你难道真的认为，你最近这本书不如其他书好？"

这不能算是回答。玛格丽特避而不答。

"我认为其他书并不比这本好！"

"哦！嗯……"

玛格丽特觉得这样说过分，不大乐意，她感到她体贴地说出的理由毫无用处，就朝里面转过身去，又睡着了。

二

尤利乌斯有某种职业上的好奇心和使人愉悦的幻想，对任何与人有关的事都不会感到陌生，虽然如此，他至今为止还没有改变他这个阶级的习惯，只同他这个阶层的人士交往。与其说他不想改变，不如说他没有这种机会。尤利乌斯在出门进行这次访问时感到，他穿的服装并非完全符合要求。他的大衣、硬胸和喀琅施塔得式帽子，有一种说不出的端庄、克制和高雅……但是，他的服装也许最好不要使年轻人有一种过于突然的亲切感。他认为，他应该用话语来使年轻人产生信任。尤利乌斯朝克洛德-贝尔纳死胡同走去，一面在想用什么办法和借口进去，并进行他的调查。

朱斯特-阿热诺尔·德·巴拉利乌尔伯爵为什么要同这个拉弗卡迪奥进行接触？这个问题纠缠着尤利乌斯，在他耳边嗡嗡作响。他不是现在才写完他父亲的身世，不是现在才能对自己提出关于父亲的问题。他只希望知道他父亲想对他说什么话。最近几年，伯爵变得沉默寡言，但从未故弄玄虚。尤利乌斯穿过卢森堡公园时，下起了一场大雨。

克洛德-贝尔纳死胡同到了。在十二号门口停着一辆出租马车，尤利乌斯走过时看到马车里坐着一位女士，她头戴一顶过大的帽子，打扮得有点艳丽。

他对这幢带家具出租的房屋的门房说出拉弗卡迪奥·卢基的名字时，他的心激动地跳了起来。小说家感到自己在冒险，但当他走上楼梯，看到屋内平常、装饰简陋时，就觉得失望。他的好奇心得不到满足，十分扫兴，甚至有点厌恶。

在五楼，走廊里没铺地毯，采光就靠楼梯井。走廊在离楼梯平台几步远的地方拐了弯。左右两边都有几扇关着的门。最里面的那扇门微微开着，透出一道细细的光线。尤利乌斯敲了敲门，没人回答，就小心翼翼地把门推开一点。房间里空无一人。尤利乌斯回到楼下。

"要是他不在，他马上会回来的。"门房这样说。

雨下得很大。楼梯对面的前厅通往会客室。尤利乌斯想走进去，但糨糊的气味和室内令人难受的外观又使他退了出来。他觉得他原可以把楼上的房门推开，大大方方地在房间里等候年轻人。尤利乌斯再次来到楼上。

他转到走廊时，一个女人走出房间，她的房间在最里面那个房间隔壁。尤利乌斯撞到她身上，表示抱歉。

"您找谁？"

"卢基先生住这儿吗？"

"他出去了。"

"啊！"尤利乌斯说时显得十分失望。那女人问他：

"您要对他说的事急不急？"

尤利乌斯只作了应付那个陌生的拉弗卡迪奥的准备，一时说不出话来。但是，机会难得，这个女人也许知道年轻人的许多情况，要是能让她说出来……

"我想问他一个情况。"

"是谁让问的？"

"她以为我是警察局的？"尤利乌斯想道。

"我是尤利乌斯·德·巴拉利乌尔伯爵。"他说时声音有点庄严，同时稍稍抬起帽子。

"哦！伯爵先生。请原谅，没有让您……这个走廊有多暗！请进。（她推开最里面那扇门。）拉弗卡迪奥马上就会……他只是去了……哦！对不起……"

尤利乌斯正要进去，她抢先一步走进房间，朝一把椅子走去，椅子上堂而皇之地摊放着一条女人裤子，她虽然不能把裤子完全遮住，至少想挡掉一部分。

"这里有多乱……"

"您别管了！您别管了！我已经习惯了。"尤利乌斯讨好地说道。

卡萝拉·弗尼泰卡是个粗壮的少妇，有点肥胖，但身材匀称，样子健康，相貌一般，却不粗俗，还有点姿色，目光温柔但带有兽性，说话声音颤抖。她准备出去时，把一顶小小的软毡帽戴在头上。她的短上衣式样像紧腰宽下摆女衫，中间有个水手领结。她戴着男人的活硬领和白袖套。

"您认识卢基先生已经有很久了？"

"我也许能替他办您的事？"她见对方没有回答，就再次说道。

"是这样……我想知道，他现在是否很忙！"

"这要看哪几天。"

"因为，如果他有点空，我想请他……帮我办一件小事。"

"是哪种事？"

"啊！正好，那就是……我首先想知道他做的是哪种事。"

这问题提得很直，但卡萝拉的样子不像是难以捉摸的人。

巴拉利乌尔伯爵已恢复自信。他现在坐在椅子上，就是卡萝拉把上面的女裤拿掉的那把，卡萝拉则待在他旁边，靠在桌子上，她已开始说话。这时，走廊里传来很响的声音，门被撞开，进来一个女人，就是尤利乌斯刚才看到坐在马车里的那个。

"我刚才就已肯定，"她说道，"当我看到他上楼……"

卡萝拉立刻走到离尤利乌斯稍远的地方：

"完全不是这样，亲爱的……我们在谈话。这是我的朋友贝尔塔·格朗-马尼埃，那是伯爵先生……请原谅！我忘了您的名字！"

"没关系。"尤利乌斯有点不自在地说道，同时握了握贝尔塔向他伸出的戴手套的手。

"请把我也介绍一下。"卡萝拉说。

"你听着，宝贝，他们等我们已经等了一个小时了。"那个女人介绍了女友之后接着说道，"如果你要和先生谈话，那就把他带走：我有马车。"

"但是，他想见的不是我。"

"那么，你过来！你们今晚和我们一起吃晚饭，好吗？"

"十分抱歉。"

"请原谅，先生。"卡萝拉说时脸红了，她急着把女友带走，"拉弗卡迪奥马上就回来。"

这两个女人出去时没把门关上。走廊里没铺地毯，有人走过时声音很响。走廊转了弯，就看不到走过来的人，但能听到有人走近的声音。

"总之，房间比这个女人好，将给我提供更多的情况，但愿如此。"尤利乌斯想道。他平静地开始进行观察。

唉！在这个带家具出租的普通房间里，几乎没有任何东西可以使他这位业余侦探感到好奇。

没有书橱，墙上没挂镜框。壁炉上放着一本丹尼尔·笛福①的《摩尔·弗兰德斯》，是英文版的，这本廉价版本的书只有三分之二书页被裁开，还有一本安东-弗朗切斯科·格拉齐尼②（又称为拉斯卡）的《晚餐》，是意大利文版的。这两本书使尤利乌斯感到惊讶。在它们旁边，一瓶薄荷烧酒后面的一张照片也使他感到不安。在沙滩上，一个不是十分年轻却非常漂亮的女人倚靠在一个男人的胳膊上，这个男人具有十分明显的英国人的特点，他身材细长，十分优雅。在他们脚旁，一个十五岁左右的健壮男孩坐在翻过来的赛艇上，男孩浅色的头发浓密、散乱，神态放肆，满面笑容，身上一丝不挂。

尤利乌斯拿起照片，放在光亮的地方去看，只见右角上有几个淡淡的字迹：一八八六年七月于杜伊诺。这并没有使他了解到什么情况，虽然他记得杜伊诺是亚得里亚海沿岸奥地利的一个小镇。他点了点头，抿紧嘴唇，把照片放回原处。在没有

---

① 笛福（1660？—1731），英国小说家、报刊撰稿人，写过讽刺诗和大量政论小册子，后从事冒险小说创作，代表作为《鲁滨孙漂流记》。
② 格拉齐尼（1503—1584），意大利诗人、剧作家、小说作者，写过许多滑稽诗和7部喜剧。他的故事集《晚餐》模仿薄伽丘的文体，由22个短篇故事组成。

点火的炉膛里，藏着一只放燕麦粉的盒子、一袋黄豆和一袋米，稍远处有一个棋盘竖靠在墙上。任何东西都不能使尤利乌斯隐约看出年轻人用自己的时间在学什么或干什么。

拉弗卡迪奥看来刚吃完午饭。在一张桌子上，煤油炉上的小锅子里还用水浸泡着用带孔的金属做的空心小蛋，这是尽量少带行李的旅行者煮茶的用具。一只脏杯子周围有面包屑。尤利乌斯走到桌子前，只见桌上有个抽屉，抽屉上插着钥匙……

我不希望读者因接下来发生的事情而对尤利乌斯的性格产生误解。尤利乌斯完全不是不知趣的人，他尊重每个人喜欢给自己的生活设置的保护层，决不会去做有失体面的事。但是，既然父亲下了命令，他就必然要改变自己的性格。他又等待了片刻，并仔细倾听，但没有听到任何人来的声音——违背自己的原则并非出于自愿，却又感到这是义务——就把桌子上没有用钥匙锁好的抽屉拉了出来。

抽屉里放着一本俄罗斯皮面精装记事册，尤利乌斯拿起来并翻了开来。他看到第一页上有两行字，字迹同照片上的一模一样：

送给卡迪奥记账，
送给我忠实的朋友。

老娘舅费比

下面几乎没留空当，用略带稚气、规矩、齐整的直体字接着写道：

　　一八八六年七月十日，杜伊诺。今天上午，费边勋爵来这里看我们。他给我带来一艘赛艇、一支卡宾枪和这本漂亮的记事册。

　　第一页上只有这些。
　　第三页上，日期为八月二十九日，上面写着：

　　让费比先游四法寻①。

　　第二天又写道：

　　让他先游十二法寻……

　　尤利乌斯知道这只是锻炼身体的记录。然而，日期很快中断。在空白的一页之后写道：

　　九月二十日：从阿尔及尔出发去奥雷斯②。

———————————

① 法寻为旧计量单位，约合 1.6 米。
② 奥雷斯为阿尔及利亚东部高原。

然后记录了几个地名和日期，最后记下的是：

十月五日：回到坎塔拉①。五十公里。一直骑马。

尤利乌斯翻过空白的几页，但在后面一点地方，看来又开始记事。作为新的标题，在一页开头用较大的字体工整写着：

这里开始新的要求

　　　　　和

道德崇高的书②。

接着，下面是卷首题词：

"割得有多深。"

薄伽丘③

看到这阐述道德观念的话，尤利乌斯突然产生了兴趣：这对他的胃口。但是，从下面一页起，他却感到失望：又开始记

---

① 坎塔拉为阿尔及利亚峡谷，位于奥雷斯西面。
② 原文为意大利语。
③ 薄伽丘（1313—1375），意大利文艺复兴时期作家，反对贵族势力，拥护共和政权，代表作为《十日谈》。

账。不过，这是另一种账。没有记日期和地点，只是写着：

因下棋赢了普罗托斯 = 一篷塔

因让别人看出我会讲意大利语 = 三篷塔

因抢在普罗托斯之前回答 = 一篷塔

因在争论中获胜 = 一篷塔

因在得知费比去世后哭泣 = 四篷塔

尤利乌斯看得很快，他以为"篷塔"是一种外国硬币，并把这些账看做用来索取好处和报酬的幼稚、低级的交易。然后，账又不记了。尤利乌斯又翻了一页，只见上面写着：

今天四月四日，同普罗托斯谈话：

"你是否知道 passer outre① 是什么意思？"

记事到此结束。

尤利乌斯耸了耸肩，抿了抿嘴唇，摇了摇头，把记事册放回原处。他掏出怀表，站起身来，走到窗边，朝外面看了看：雨已经停了。他走到房间的一个角落，进来时他把伞放在这个角落里。这时，他看到门洞里有一个漂亮的金发小伙子，稍稍往后靠着，小伙子面带微笑地瞧着他。

---

① 法语，意思是：走得更远。

三

照片里的少年尚未成年。朱斯特-阿热诺尔说他现在十九岁，但他看上去不会超过十六岁。拉弗卡迪奥肯定是刚回来。尤利乌斯把记事册放回原处时，朝门口看过，没有看到任何人。但他怎么没有听到小伙子走过来呢？于是，尤利乌斯本能地看了看小伙子的脚：小伙子没穿高帮皮鞋，而是穿着套鞋。

拉弗卡迪奥的微笑没有任何敌意。他看来是感到有趣，但有讽刺的味道。他头戴旅行帽，但遇到尤利乌斯的目光后立刻脱下帽子，彬彬有礼地躬身施礼。

"是卢基先生？"尤利乌斯问道。

小伙子没有回答，再次躬身施礼。

"请原谅我坐在您的房间里等您。说实话，要是没有人请我进来，我是不敢贸然进来的。"

尤利乌斯说得比平时快，声音也比平时响，以便证明他丝毫不感到拘束。拉弗卡迪奥皱了皱眉头，但几乎难以觉察。他走到尤利乌斯的雨伞前，一句话也不说就拿起伞，把它放在走廊里晾干。然后，他回到房间，做了个手势，让尤利乌斯坐下来。

"也许您看到我感到惊讶？"

拉弗卡迪奥平静地从银烟盒里拿出一支香烟，并把它点燃。

"我简要地向您介绍一下我来此的原因，您很快就会知道……"

他越是说下去，就越是感到自己没有信心。

"是这样的……但是，首先请允许我自我介绍一下。"然后，他仿佛不好意思说出自己的名字，就从背心口袋里掏出一张名片，递给拉弗卡迪奥，小伙子连看也不看就把它放在桌上。

"我是……我刚完成一本相当重要的作品，这本书不长，但我没有时间把它誊清。有人对我说，您的字写得非常漂亮，另一方面我想，"尤利乌斯用富有表情的目光环视这穷相毕露的房间，"我想您也许会乐意……"

"在巴黎，没有人"拉弗卡迪奥打断他的话，"没有人会对您谈论我写的字。"这时，他的目光移到抽屉上，因为尤利乌斯在不知不觉之中把抽屉上一块难以觉察的盖有印章的火漆弄出了裂痕。接着，他猛地转动插在锁孔里的钥匙，然后把钥匙放进口袋。"没有人有权谈论此事。"他接着说道，并看着尤利乌斯脸红，"另一方面（他说话十分缓慢，仿佛傻乎乎的样子，没有语调的任何升降），我还无法明显地看出，出于什么原因，先生……（他看了看名片）尤利乌斯·德·巴拉利乌尔伯爵会对我产生特别的兴趣。但是（这时，他的声音突然像尤利乌斯的声音那样变得热情、柔和），对于需要钱的人来说，您的建议值得考虑，因此他没有避开您。（他站了起来。）请允许我，先生，明天上午把我的答复带给您。"

这显然是逐客令。尤利乌斯觉得自己情况不妙，不能坚持要留下来。他拿起帽子，犹豫了片刻。

"我还想同您谈谈。"他不大自然地说道，"我希望明天……

我十点钟恭候您的光临。"

拉弗卡迪奥躬身施礼。

尤利乌斯刚在走廊里转了弯，拉弗卡迪奥就把门关上，插上门闩。他跑到抽屉前，拿出记事册，翻到那泄密的最后一页，并在他已有好几个月没有记的地方，用铅笔写上和第一页上的字完全不同的直体大字：

因让奥利布里乌斯 ① 的肮脏鼻子碰过这记事册＝一篷塔

他从口袋里拿出一把小折刀，刀身细长，犹如短凿子。他划了火柴把刀烧一下，然后穿过短裤的口袋，把刀刺在大腿上。他不禁做了个鬼脸。但他觉得这样还不够。他没有坐下来，而是俯身桌上，在上面那句话下面写上：

因让他看出我知道这事＝二篷塔

这次他犹豫了，就脱下短裤，把它扔在一边。他看了看自己的大腿，他刚才弄出来的伤口在流血。他仔细察看以前的伤疤，伤疤在这个伤口周围，犹如种牛痘留下的疤痕。他又把刀

---

① 奥利布里乌斯（？—472），西罗马皇帝，在位仅七个月，在某些神秘剧中是假充好汉的人物。

烧了一下，迅速刺入自己肉中，连刺了两次。

"我以前不是这样小心谨慎。"他一面想一面去拿那瓶薄荷烧酒，并在伤口上倒了几滴。

他的怒气已经有点平息，但他把酒瓶放回原处时，发现他和母亲的那张照片被人动过。于是，他拿起照片，难过地看了最后一眼，感到怒火中烧，就发狂地把照片撕成碎片。他想把撕碎的照片烧掉，但它们烧不大着。他把炉膛里的几个袋子拿掉，把他仅有的两本书当柴烧，把记事册撕开、撕破，揉成纸团，又把撕碎的照片扔在上面，把这些东西统统烧掉。

他的脸对着火焰，看到这些纪念品在烧，觉得自己心里有说不出的高兴，但当他站起身来，看到这些东西都已烧成灰烬，感到头有点晕。房间里都是烟。他走到盥洗室，擦干额头上的汗水。

现在，他看着这张小小的名片，眼睛更亮堂了。

"尤利乌斯·德·巴拉利乌尔伯爵。"他重复道，"先生，重要的是知道他是谁①。"

他把他作为领带和硬领来戴的方围巾拉下来，解开衬衫上的一半纽扣，站在打开的窗前，让凉风吹着自己的两胁。然而，拉弗卡迪奥突然急于出去，就迅速穿好鞋子，系上围巾，戴上一顶端庄的灰毡帽。这时他已平静下来，尽量显出斯文的样子。他出去后把房门关上，朝圣絮尔皮斯广场走去。那里，在位于

----

① 原文为意大利文。

市政厅对面的红衣主教图书馆里，他也许能得到他想要的情况。

四

在奥德翁剧院前经过时，陈列在那里的尤利乌斯的小说引起了他的注意。这本书封面黄色，要是在其他日子，看到这书的样子，拉弗卡迪奥就会感到厌倦。他在小钱包里掏了一下，把一枚五法郎的埃居扔到柜台上。

"今晚可以尽情地烧！"他拿了书和找头之后心里想道。

在图书馆，一本《当代名人词典》简要地介绍了尤利乌斯死气沉沉的文学生涯，列出他作品的书名，用老一套的话对它们进行赞扬，这些话使人兴致索然。

"呸！"拉弗卡迪奥说。他刚想把词典合上，上一个条目中几个隐约看到的字使他惊跳起来。在尤利乌斯·德·巴拉利乌尔（子爵）上面几行，在朱斯特-阿热诺尔的生平中，拉弗卡迪奥看到："一八七三年任驻布加勒斯特公使。"这几个普普通通的字怎么会使他如此心跳？

拉弗卡迪奥因母亲而有五个舅舅，却从未见到过自己的父亲。他希望父亲已经去世，从不询问有关父亲的事。至于这些舅舅（他们每个人的国籍都不同，其中三个是外交官），他很快就得知，他们和他的亲戚关系，是美丽的万达赋予他们的。拉弗卡迪奥现在刚满十九岁。他在一八七四年生于布加勒斯特，就是巴拉利乌尔在该市任职的第二年年底。

尤利乌斯的神秘来访引起了他的警惕，但他怎么没有看出这不仅仅是一种偶然的巧合？他做出很大的努力去阅读朱斯特-阿热诺尔这个条目，但是，这几行字在他眼前旋转。不过，他至少看出，尤利乌斯的父亲巴拉利乌尔伯爵是个重要人物。

他内心感到狂喜，一时间心里吵吵嚷嚷，他觉得外面将要听到他心里的声音。不！这层肉体的外壳显然是坚固的、隔音的。他阴险地看了看他的邻座，他们是阅览室的常客，都在全神贯注地进行愚蠢的工作……他在计算："伯爵生于一八二一年，现在应该是七十二岁。但谁知道他是否还活着？①……"他把词典放回原处，就出去了。

蓝天从几片薄云中显现，而薄云则被轻盈的微风推动。"重要的是使这个新的决定切实可行②。"拉弗卡迪奥心里想道。他特别喜欢心里毫无牵挂，对此刻萦绕的杂乱思想感到难受，就决定暂时把它从脑中驱逐出去。他从口袋里拿出尤利乌斯的小说，竭力想以此来分散自己的注意力，但这本书写得直来直去，毫无秘密可言，一点也不能引起他的兴趣。

"然而，明天，我要到这本书的作者家里，去扮演秘书的角色！"他不由自主地反复想道。

他在一个报亭买了报纸，走进卢森堡公园。长凳都是湿的。他把书翻开，放在长凳上，坐在上面，打开报纸看社会新闻。

———————

① 原文为意大利文。
② 原文为意大利文。

他仿佛具有找到这种新闻的本领，目光立刻落到这几行字上：

读者知道，朱斯特-阿热诺尔·德·巴拉利乌尔伯爵的健康状况，在最近几天曾令人十分不安，现在他看来已经康复，但身体仍然虚弱，所以只能接待几位密友。

拉弗卡迪奥从长凳上跳起来，在片刻中作出决定。他忘了拿书，直奔美第奇街的一家文具店，他记得他曾看到这家文具店的橱窗上写着速印名片，三法郎一百张。他一面走一面微笑，他突然想出的大胆计划使他感到好玩，原因是他想冒险。

"印一百张名片，多长时间能交货？"他问店主。

"天黑前您就能拿到。"

"您要是能在两点钟交货，我可以付双倍的钱。"

店主装出查看订货簿的样子。

"对您特别照顾……好的，您可以在两点钟来拿。印什么名字？"

他在店主递给他的纸上签了名，手不抖，脸不红，但心有点跳：

拉弗卡迪奥·德·巴拉利乌尔

"这个混蛋不把我当一回事儿。"他在离开时想道。他感到生气的是，店主在告辞时身体弯得不够低。后来，他在一个橱窗的镜子前走过时又想道："应该承认，我没有巴拉利乌尔家的人那种气派！咱们尽量在短时间里变得更像。"

时间还不到中午十二点。拉弗卡迪奥充满着神奇的狂热，还没有感到肚子饿。

"咱们先走一会儿，或者我逃跑。"他想道，"咱们走在马路中央。我要是走近这些行人，他们就会发现我比他们高出一个头还要多。又是一个需要隐瞒的优点。在学徒期永远不会完美无缺。"

他走进一个邮局。

"马尔泽布广场……下午去！"他在电话号码簿里找到朱斯特-阿热诺尔的地址后想道，"但是，今天上午谁会阻止我把侦察工作一直做到韦纳伊街（这是尤利乌斯名片上印的地址）呢？"

拉弗卡迪奥熟悉并喜欢这个街区。他离开行人过多的那些街道，在安静的瓦诺街拐弯。在这条街上，他这个快乐的小伙子可以呼吸得更加自由。他要转到巴比伦街时，看到一些人在奔跑：一群人聚集在乌迪诺死胡同旁的一幢三层楼房前，房子里冒出一股浓烟。他强迫自己不要加大脚步，虽说他脚步十分轻快……

拉弗卡迪奥，我的朋友，您卷入了社会新闻，我的笔就把您抛弃。您别指望我会报道人群中传出的不连贯的话语和叫声……

拉弗卡迪奥像泥鳅一样穿过这黑压压的人群，来到了第一排。一个穷苦的女人跪在那里啜泣。

"我的孩子！我的小孩！"她说道。

一个姑娘扶着她，从姑娘优雅、简朴的衣着可以看出，姑娘不是那女人的亲属。她脸色十分苍白，又非常漂亮，拉弗卡迪奥立刻被她吸引，就问她发生了什么。

"不，先生，我不认识她。我只是听出她的两个小孩在三楼的那个房间里，火很快就要烧到那里。火已经烧到楼梯。有人通知了消防队，但等到消防队来，烟已经把两个孩子给熏死了……您说说，先生，是否有可能从这面墙上爬到阳台，您看，就是抓住这根细细的落水管爬上去？有几个小偷说，他们从这根落水管爬上去过。他们爬上去是为了偷东西，可是，为了救孩子，这里却没有人敢爬上去。我已答应用这个钱包作为奖赏，但没用。啊！我要是个男人就好了……"

拉弗卡迪奥不想再听下去。他把手杖和帽子放在姑娘脚边，跑到前面。他不用别人的帮助就抓住墙的顶端，往上一拉就跃到墙上。现在他站在墙上，往前走，跨过好几个地方竖着的玻璃瓶碎片。

但是，使人群更为惊讶的是，他们看到他抓住落水管，用双手的力量往上爬，只是时而用脚尖踩一下支承钉。这时他已碰到阳台，并用一只手抓住栏杆。人们感到钦佩，不再感到担心，因为他确实十分灵活。他用肩膀把门玻璃撞碎，进入室内……大家等待着，感到不可言喻的焦急……过了一会儿，大家看到他出来了，手里抱着一个哭泣的小男孩。他把床单撕成两半，打结把两条布系牢，做成一根布绳。他把孩子绑在布绳的一头，吊下来，一直送到孩子狂喜的母亲手里。第二个孩子也照此办理……

拉弗卡迪奥下来时，人群对他欢呼，犹如欢呼一位英雄。

"他们把我当做小丑。"他心里想道。他恼怒地感到自己脸红了，对欢呼毫无好感，就粗暴地推开人群。然而，当姑娘见他走到身边，尴尬地把她答应给的钱包连同他的手杖和帽子交给他时，他面带微笑地接过钱包，把里面的六十法郎倒出来，递给那贫穷的母亲。她现在正狂吻两个儿子，吻得他们透不过气来。

"请允许我把钱包留下，作为对您的纪念，小姐，好吗？"

这是个绣花小钱包，他放在嘴上吻了吻。两人相视片刻。姑娘看来很激动，脸色更加苍白，仿佛想要说话。但是，拉弗卡迪奥突然走开，用手杖在人群中开出一条路。他双眉紧皱，人们吓得立即停止对他欢呼，也不再跟随其后。

他回到卢森堡公园，然后在奥德翁剧院隔壁的甘布里努斯餐厅匆匆地吃了饭，迅速回到自己的房间。在地板的一块板条下面，他藏着自己的财产。他从这个藏物处取出三枚二十法郎的硬币和一枚十法郎的硬币。他算了一下：

名片：六法郎。

一副手套：五法郎。

一条领带：五法郎（用这个价钱我能找到什么合适的？）。

一双皮鞋：三十五法郎（我不要求皮鞋耐穿）。

剩下的十九法郎应付意外的事。

（拉弗卡迪奥害怕欠债，所以总是付现金。）

他朝衣橱走去，拿出一套柔软的深色呢西服，西服裁剪出色，一点也不旧：

"可惜我长大了，自从……"他心里在想，回忆起并不遥远的辉煌年代，当时，他最后一个舅舅热斯弗尔侯爵把他这个活泼可爱的孩子带到那些供货商的店里。

衣服不合适，使拉弗卡迪奥感到难受，就像撒谎使加尔文宗①教徒感到难受一样。

"最紧急的事先办。我的舅舅德·热斯弗尔说，从皮鞋可看出一个人的身份。"

由于他将要试鞋，他先换了袜子。

五

朱斯特-阿热诺尔·德·巴拉利乌尔伯爵已有五年没有离开过他位于马尔泽布广场的豪华套间。他准备在那里与世长辞，在这些放满收藏品的大厅里沉思地踱来踱去，或者往往是关在自己的房间里，用热毛巾捂着他酸痛的肩膀和手臂，并在上面

---

① 加尔文宗是归正宗的另一称谓，因该宗以创始人加尔文(1509—1564)的宗教思想为依据，故有此名。

敷上镇痛敷料。一条马德拉彩色大方围巾包着他那令人仰慕的脑袋，围巾的一端没有固定，触及他领子的花边和浅栗色齐膝紧身厚呢背心，他那瀑布般的银须也洒落在背心上。他穿着白皮拖鞋的双脚搁在热水袋上。他把苍白的双手依次伸进热沙槽，槽下面点着一盏酒精灯。一条灰披肩盖在他的膝盖上。当然，他的相貌和尤利乌斯相像，但更像提香①的一幅肖像画。尤利乌斯只是父亲相貌的一种乏味的复制品，正如他在《顶峰巍峨》中把父亲的一生写得索然寡味、毫无价值一样。

朱斯特－阿热诺尔·德·巴拉利乌尔在喝一杯药茶，一面听他的听神工神父阿弗里尔神父讲道，他已养成经常请教神父的习惯。这时，有人敲门，二十年来一直在他身边当跟班、看护并在必要时当参谋的忠实的埃克托尔在漆器盘上送来一只封好的小信封。

"那位先生希望伯爵先生能接见他。"

朱斯特－阿热诺尔放好杯子，撕开信封，从里面取出拉弗卡迪奥的名片。他烦躁地用手把名片揉皱：

"你就说……"接着他克制住自己，"一位先生？你的意思是说：一个年轻人？是什么样的人？"

"是先生可以接见的人。"

"亲爱的神父，"伯爵把脸转向阿弗里尔神父说道："请原谅

---

① 提香（1490？—1576），意大利文艺复兴盛期威尼斯画家，擅长肖像画、宗教和神话题材画。

我不得不请您中止我们的谈话。但是，请您明天务必再来，我会有新鲜事儿告诉您，我想您一定会满意的。"

他用手捂住前额，阿弗里尔神父则从客厅的门出去。然后，他终于抬起了头：

"让他进来。"

拉弗卡迪奥昂首走进房间，像男子汉那样自信。他走到老人面前，神态严肃地躬身施礼。他事先决定要数到十二才说话，所以先开口的是伯爵。

"首先，您要知道，先生，拉弗卡迪奥·德·巴拉利乌尔是不存在的，"他说着把名片撕碎，"并请告诉拉弗卡迪奥·卢基先生——既然他是您的朋友——如果他想用这些卡片来玩花样，如果他不把它们全部撕掉，就像我撕碎这张那样（他把它撕成很小的碎片，并扔进他的空杯子），我就立刻向警察局告他，把他作为普通的小偷逮捕。我的话您听懂了吗？现在，请您站到有亮光的地方，让我看看您。"

"拉弗卡迪奥·卢基一定会听您的话，先生（他那谦恭的声音有点颤抖）。请您原谅他为了来到您的身边而使用的方法。他思想里没有违背道德的企图。他想让您相信，他值得……至少值得您的尊重。"

"您身材很好。但这套衣服您穿着不合身。"伯爵接着说道。他什么话也不想听到。

"那么，我没有弄错，对吗？"拉弗卡迪奥得意地让他仔细观看，说话时大胆地微微一笑。

"感谢天主！他像他母亲。"老巴拉利乌尔低声说道。

拉弗卡迪奥等待片刻，然后用眼睛盯着伯爵，压低声音说道：

"我没有流露出过多的感情，是否就完全不能同时像……"

"我说的是外貌。当您不光像您母亲的时候，天主是不会让我有时间来看到这点的。"

这时，灰披肩从他膝盖上滑落到地上。

拉弗卡迪奥急忙过去，他弯下腰时，感到老人的手轻轻地放在他肩上。

"拉弗卡迪奥·卢基，"朱斯特-阿热诺尔在小伙子直起身子后接着说道，"我活着的时间已屈指可数。我不想同您斗智，这会使我感到疲劳。您不蠢，这点我同意，您不丑，这点我喜欢。您刚才冒着风险做的事，说明您有点勇敢，这对您来说不是不可以。我起初以为是无耻的行为，但您说话的声音和举止使我放下心来。其他情况，我已请我的儿子尤利乌斯来告诉我，但我发现，这不会使我很感兴趣，也不会觉得比看到您更为重要。现在，拉弗卡迪奥，请听我说：任何户籍证书、任何文件都不能证明您的身份。我已设法不给你留下起诉的任何可能性。不，您不需要表示您的感情，这是没有用的。您也不要打断我的话。您的沉默保持到今天，向我证明您母亲遵守了诺言，没有对您谈起过我。这很好。我也对她许下过诺言，您会看到我如何感谢。尽管有法律上的困难，我通过我儿子尤利乌斯的斡旋，将使您得到我对您母亲说过我会留给您的那部分遗产。就是说，在留给我另一个孩子居伊·德·圣普里伯爵夫人的遗产中，我将扣除一笔钱作为特殊赠予给我的儿子尤利乌斯，这是法律允许的，这笔钱就是我想通过他来留给您的遗产。这将有，我想是……大约四万法郎的年金收入。今天下午我将见我的公证人，同他一起研究这笔数目……您坐下来，这样您听我说话会舒服点（当时，拉弗卡迪奥靠在桌子边上）。对这种做法，尤利乌斯可以加以阻止，他有法律的保护。我相信他是正直的，不会这样做，我也相信您是正直的，绝不会去打扰尤利乌斯的家庭，就像您母亲从未打扰过我的家庭那样。对于尤利乌斯及其家人来说，只存在拉弗卡迪奥·卢基。我不希望您为我戴孝。我的孩子，家庭是一个封闭的庞然大物，而您永远只是个私生子。"

拉弗卡迪奥没有坐下来，虽然他父亲在无意中发现他在摇晃，请他坐下。他已控制住头晕，这时靠在桌子边上，桌上放着杯子和火盆。他保持着毕恭毕敬的姿势。

"现在，请您对我说，今天上午您见到了我的儿子尤利乌斯。他对您说……"

"他没有明确地说，我是猜出来的。"

"真笨！哦！我说的是他……您还要同他见面？"

"他请我当秘书。"

"您答应了？"

"您不喜欢这样？"

"……不是。但我想你们最好不要……相认。"

"我也是这样想的。不过，虽然不是明确地认他，我还是想对他有所了解。"

"我想您不希望长期担任这低下的职务？"

"只是在我还没有考虑好的时候。"

"那以后呢，您现在有钱了，以后打算做什么事？"

"啊！先生，昨天我几乎吃不饱肚子，请您给我一点时间想想，我饿了想吃什么。"

这时，埃克托尔敲了敲门：

"子爵先生求见先生。我是否要让他进来？"

老人的脸色变得阴沉。他沉默了片刻，看到拉弗卡迪奥悄悄站起身来，像是要离开。

"您留下！"朱斯特-阿热诺尔粗暴地叫道，把年轻人给镇住了。然后，他转向埃克托尔："啊！算了！我叫他别来见我……你对他说，我有事，并说……我会给他写信的。"

埃克托尔躬身施礼，走了出去。

老伯爵把眼睛闭了一会儿。他像是睡着了，但透过他的胡子，可以看到他的嘴唇在动。最后，他睁开眼睛，把手伸给拉弗卡迪奥，用完全不同的、仿佛十分疲倦的柔和声音说道：

"请您握一下，我的孩子。现在，您可以走了。"

"有一件事我必须向您坦白承认。"拉弗卡迪奥犹豫不决地说道，"为了体面地来见您，我用完了我最后一笔钱。如果您不帮助我，我就不知道我今晚吃饭怎么办，更不知道明天……除非那位是您儿子的先生……"

"这钱给您，拿着。"伯爵说着从抽屉里拿出五百法郎，"喂！您还等什么？"

"我还想问您……我是否能再见到您？"

"确实，我承认，这样不会没有乐趣。但是，那些要拯救我灵魂的尊敬神父，让我保持这样一种情绪，把我的乐趣置于次要的地位。至于我的祝福，我现在立刻给予您。"说完，老人伸出双臂，准备迎接他。拉弗卡迪奥没有投入伯爵的怀抱，而是虔诚地跪倒在他的面前，把头枕在他的膝盖上，啜泣着，立刻被亲热地抱住，感到自己拿定歹毒主意的心软了下来。

"我的孩子，我的孩子，"老人结结巴巴地说道，"我和您相见恨晚。"

拉弗卡迪奥站起来时，老人脸上都是泪水。

临走时，拉弗卡迪奥把他没有马上拿的那张钞票放进口袋。他拿出那些名片，把它们递给伯爵：

"您拿着，全在这儿。"

"我相信您，您自己把它们撕掉。永别了！"

"最好的那个舅舅也会这样做的，"拉弗卡迪奥在走到拉丁区时想道，"甚至会做得更多。"他有点伤感地补充道。"唔！"他拿出那盒名片，把它们展开成扇形，毫不费力地把它们撕成两半。

"我对阴沟从来没有相信过。"他低声说道，把印有"拉弗卡迪奥"的那半张扔进一个地铁口，过了两个地铁口才把"德·巴拉利乌尔"那半张扔掉。

"是巴拉利乌尔还是卢基，都没有关系，现在咱们来清理自己的过去。"

他知道在圣米歇尔大街有一家首饰店，每天卡萝拉都硬是要他在店门口停下来。前天，在引人注目的橱窗里，她看到一对奇特的链扣。链扣一对一对地用金别针别在一起，扣子用别致的石英琢磨而成，这种石英是云翳玛瑙，虽然透明，却看不出里面的任何东西。它们像四个被围起来的猫头。我已说过，弗尼泰卡穿着被称为套装的男式短上衣，有袖口，她又有奇特的爱好，所以很想得到这对链扣。

它们与其说好玩，不如说奇特。拉弗卡迪奥觉得它们难看。要是看到它们戴在他情妇的袖口上，他会感到生气。但是，自从他离开了她……走进首饰店，他付了一百二十法郎，买下这对链扣。

"请给我一张纸。"他在柜台上俯下身子，在老板递给他的纸上写道：

请交卡萝拉·弗尼泰卡

感谢她把那个陌生人带进我的房间，并请她别再踏进我的房间。

他把纸折起来，放在盒子里，老板把放有首饰的盒子包扎好。

"咱们什么也别急。"他把盒子交给门房时心里想道，"咱们还是在这屋子里过夜。今晚只是把卡萝拉小姐关在咱们的门外。"

六

尤利乌斯·德·巴拉利乌尔生活在一种暂时的道德的延续状态之中，笛卡儿①在确定从此要生活和花钱的原则之后遵循的就是这种道德。但是，尤利乌斯的性格并非坚定不移，他的思想也没有绝对的权威性，所以他要做得合乎礼仪，至今为止不是十分困难。总之，他只要求舒适，他作为作家的成功是其中的组成部分。他最近那本书受到抨击，使他第一次感到像针刺那样痛。

他看到父亲不想见他，觉得非常丢脸。他要是知道是谁抢在他前面见到了老人，一定会感到更加难受。在回到韦纳伊街的路上，他越来越无法否定他在去拉弗卡迪奥家时已在他脑中萦绕的轻率假设。他也把一些事实和日期进行比较，不再把这种奇怪的相符看做纯粹的巧合。另外，拉弗卡迪奥这个年轻人的优美把他吸引住了，虽然他料到他父亲会在赠与他的遗产中扣除一部分送给这个私生子弟弟，他对这个年轻人并无丝毫的敌意。今天上午，他在等待年轻人来访时，甚至带有温柔和殷

---

① 笛卡儿 (1596—1650)，法国哲学家、自然科学家、解析几何学的奠基人，提出"我思故我在"，主要著作有《几何学》、《方法谈》、《哲学原理》等。

切的好奇。

至于拉弗卡迪奥，尽管他疑心重重，又迟疑不决，这种罕见的谈话机会对他还是有诱惑力，另外他也很高兴来难一下尤利乌斯。即使对普罗托斯，他也从未吐露过许多隐情。从那时起，他走过的是怎样一条路！尤利乌斯在他看来滑稽可笑，但并没有使他感到讨厌。他得知自己是尤利乌斯的弟弟，觉得十分有趣。

今天上午，就是他接待尤利乌斯来访后的第二天，当他朝尤利乌斯的家走去时，他做了一件相当奇怪的事。可能是他的守护神促使他这样做的，也为了使他有点烦躁的精神和肉体平静下来，希望他到哥哥家里时能控制住自己的情绪，拉弗卡迪奥喜欢拐弯，就走最长的一条路：他沿着荣军大街走，再次走过曾被火烧的房屋，然后沿贝尔夏斯街继续往前走。

"韦纳伊街三十四号，"他在行走时反复想道，"四加三等于七：这个数字吉祥。"

他走出圣多米尼克街，走到这条街和圣日耳曼大街交叉的地方。这时，他看到一位姑娘，并立刻觉得她就是他从昨天起一直有点想念的那位姑娘。他马上加快脚步……是她！他在维耶塞克塞尔街这条短街的一头追上了她，但他认为，他要是上前同她交谈，就不大像是巴拉利乌尔家的人，所以只是对她微微一笑，稍稍鞠了一躬，并稍微举起帽子。然后，他迅速走开，并灵机一动，走进一家香烟店，而姑娘则再次走到前面，拐进大学街。

拉弗卡迪奥走出香烟店，也走进了这条街，朝左右观看：姑娘不见了。拉弗卡迪奥，我的朋友，您陷入了最常见的圈套。如果您要恋爱，可别指望我的笔来描写您心中的杂乱……不，他觉得进行追逐是不恰当的，另外，他也不想在去尤利乌斯家时迟到，而他刚才拐的弯，也使他再也没有时间闲逛。好在韦纳伊街已近在眼前，尤利乌斯居住的屋子位于第一个街角上。拉弗卡迪奥对门房说出伯爵的名字后就冲上楼梯。

　　那个姑娘就是热纳维埃芙·德·巴拉利乌尔，她是尤利乌斯伯爵的长女，刚从病孩医院回来，她每天早上都去那家医院。这次重逢，她比拉弗卡迪奥还要心慌意乱，就急忙回到父亲的住宅，从大门进去，正在这时，拉弗卡迪奥拐进这条街，当她走到三楼时，听到后面有急促的脚步声，就回过头去。有个人上楼比她快，她闪身让此人先走，但她突然认出是拉弗卡迪奥，他也目瞪口呆地停住脚步，面对面地看着她。

　　"先生，您跟着我是否有失身份？"她竭力用最愤怒的声音说道。

　　"唉！小姐，您把我看做什么人了？"拉弗卡迪奥大声说道，"要是我对您说，我没有看到您走进这幢房子，说我在这里又见到您感到极为意外，您是不会相信我的。尤利乌斯·德·巴拉利乌尔伯爵难道不是住在这里？"

　　"什么！"热纳维埃芙说话时脸红了，"您是我父亲正在等待的新秘书？先生是拉弗卡迪奥·卢……您的姓真怪，我不知道该怎么读。"她看到拉弗卡迪奥脸也红了，并对她躬身施礼，就说道，"既然我在这里又见到了您，先生，我是否能求您一件事，就是不要对我父母谈起昨天的奇遇，我觉得他们是不会欣赏的，特别是不要提起钱包，我对他们说钱包丢了。"

"小姐，我也正要求您一件事，就是对您看到我扮演的荒唐角色保持沉默。我同您的父母一样，对这种角色无法理解，也完全不赞成。您想必把我看成热心肠的人。我没有能克制住自己……请您原谅我。我还要学习……但我一定会学的，我可以肯定地对您说……您是否愿意把手伸给我？"

热纳维埃芙·德·巴拉利乌尔心里不愿承认，她认为拉弗卡迪奥非常漂亮，也没有向拉弗卡迪奥承认，她不是觉得他可笑，而是把他看做英雄。她向他伸出一只手，他热烈地把手吻了一下。于是，她微笑着请他往下走几级楼梯，等她回到家里关上门之后再来按铃，使别人看不到他们在一起，特别是不要在以后让人看出他们曾经相遇。

几分钟后，拉弗卡迪奥被带到小说家的书房。

尤利乌斯的接待是动人的。尤利乌斯不知道该做什么，对方立刻进行辩白：

"先生，我首先要提醒您：我非常害怕感谢，就像害怕欠债那样。不管您为我做什么事，您都不能使我感到受恩于您。"

尤利乌斯也来辩解。

"我不想收买您，卢基先生。"他在开始时已感到十分惊讶；但是，他俩都看到自己将被断掉退路，就突然停了下来，并沉默了片刻。

"您想交给我做的究竟是什么工作？"拉弗卡迪奥的口气软了下来，并开始说道。

尤利乌斯回避问题，借口说作品还没有定稿，再说，他们预先有更多的了解，不会是一件坏事。

"您得承认，先生，"拉弗卡迪奥用诙谐的口吻接着说道，"昨天，您没等我回来就进行了这种了解，您的目光特别惠顾某一本记事册……"

尤利乌斯不知所措，就含含糊糊地说道：

"我承认我这样做了。"然后又神气十足地说，"我对此表示抱歉。如果再遇到这样的情况，我就不会再这样做了。"

"这样的情况不会再有了：我已经把记事册烧了。"

尤利乌斯显出遗憾的神色：

"您非常生气？"

"如果我还生气，我就不会对您谈起此事。请您原谅我刚进来时说话的语气。"拉弗卡迪奥决定把问题谈得透彻，就继续说道，"不过，我还是想知道，您是否也看了放在记事册里的一封短信？"

尤利乌斯没有看过那封短信，原因是他没有找到它，但是，他利用这个机会来保证自己会守口如瓶。拉弗卡迪奥在捉弄他，很高兴让他自我表现。

"昨天，我已经对您最近的那本书进行了小小的报复。"

"这本书写出来，不是为了引起您的兴趣。"尤利乌斯急忙说道。

"哦！我没有把它全部看完。我必须向您承认，我不是十分喜欢看书。实际上，我喜欢的只有《鲁滨孙》①……不，还有《阿拉丁》②……在您的眼里，我水平低下。"

尤利乌斯不知不觉地抬起了手：

"我只是同情您：您失去了很大的乐趣。"

"我有别的乐趣。"

"那种乐趣也许没有这样的好处。"

"那您就相信吧！"说完，拉弗卡迪奥相当放肆地笑了。

"您会对此感到难受，有朝一日……"尤利乌斯对他的玩笑感到不快，就接着说道。

"在为时过晚之时。"拉弗卡迪奥用格言式的警句把话说完。然后，他突然问道："您写作很好玩？"

尤利乌斯直起身子。

"我写作不是为了好玩。"他庄严地说道，"我写作时感到的乐趣，胜过我能在生活中找到的乐趣。不过，二者可以兼得……"

"是这样说的。"然后，他突然提高他刚才仿佛是在无意中降低的声音，"您是否知道，是什么把我的作品搞坏了？是别人对它的修改、删节和曲解。"

---

① 指英国小说家笛福的代表作《鲁滨孙漂流记》。
② 阿拉丁是《一千零一夜》中寻获神灯和魔指环并以此召唤神怪按其吩咐行事的少年。

"您是否认为人们在生活中不能对自己进行修改？"尤利乌斯兴奋地问道。

"您没有听懂我的意思：据说，在生活中，人们可以对自己进行修改，可以变得更好，但不能修改已经做的事情。这种修改的权利使写作变得如此暗淡无光，如此……(他没有把话说完)是的，这使我感到生活中是如此美好，感到必须描写新鲜的事物。删节在这里是禁止的。"

"您生活中是否有需要删节的东西？"

"没有……还没有过多的东西……既然人们不能……"拉弗卡迪奥沉默片刻，然后说道，"不过，我烧掉记事册，是出于删节的愿望……太晚了，您看到……但是，您得承认，您对此还是不大清楚。"

不，这一点，尤利乌斯是不会承认的。

"您是否允许我提几个问题？"他用这句话作为回答。

拉弗卡迪奥突然站起身来，尤利乌斯以为他要逃跑，但他只是走到窗前，稍稍拉起纱罗窗帘：

"这花园是您的？"

"不是。"尤利乌斯说道。

"先生，我至今为止没有让任何人对我的生活进行过丝毫的窥视。"拉弗卡迪奥没有转过身就继续说道。然后，他回到已不再把他看做小孩的尤利乌斯的旁边，"但是，今天是假日，我生平唯一一次给自己放假。请提出您的问题，我保证全部回答……啊！我首先应该对您说，我已把昨天给您开门的那个姑娘赶出门外。"

出于礼貌，尤利乌斯显出难受的样子。

"是因为我！您认为……"

"唔！一段时间以来，我在想如何摆脱她。"

"您……和她生活在一起？"尤利乌斯不大自然地问道。

"是的，是为了身体健康……但尽量少，而且是为了纪念一位朋友，即她以前的情夫。"

"也许是普罗托斯先生？"尤利乌斯试探地问道。他已决定竭力克制自己的愤怒、厌恶和谴责，在这第一天只是稍微露出自己的惊讶，以便使他的接话不至于显得死气沉沉。

"是的，是普罗托斯。"拉弗卡迪奥笑着回答道，"您想知道谁是普罗托斯？"

"了解一下您的朋友，也许能帮助我了解您。"

"他是意大利人，名字叫……真的，我不记得了，这没关系！自从他在把法语译成希腊语的翻译中突然得了第一名之后，他的同学和老师就只叫他这个绰号了。"

"我记不起来我曾得过第一名，"尤利乌斯这样说，是想帮助他吐露隐情，"但我一直喜欢和得第一名的同学交朋友。那么，普罗托斯……"

"哦！那是在他有一次打赌之后。以前他是班里的差生之一，虽说他是年龄最大的学生之一，而我是年龄最小的学生之一，但是，说实话，我并不因此而成绩好。普罗托斯十分蔑视我们的老师教给我们的知识。有一天，我们一个翻译成绩好的同学，也是他讨厌的同学，对普罗托斯说：对自己不会做的事表示蔑视十分容易（或者是诸如此类的话），普罗托斯听了非常生气，就发奋学习，在两个星期后的作文中，他超过了那个同学，得了第一名！这使我们都十分惊讶。我应该说：使他们都十分惊讶。至于我，我当时对普罗托斯评价很高，所以没有感到非常惊讶。他对我说：我会向他们表明，这并不是这样难！我相信了他。"

"如果我没有听错，普罗托斯对您有过影响。"

"也许是。他使我佩服。确切地说，我只和他谈过一次知心话，但这次谈话使我心服口服，促使我从寄宿学校里逃出来，因为我在那里就像屋里的生菜，脸色越来越白。我走到巴登①，我母亲当时住在那里，由我的舅舅热斯弗尔侯爵陪伴……啊，我们先说结尾了。我有预感，您对我提出的问题会提得非常不好。好吧！还是让我来对您说说我这一生。您这样了解的事情，会比您能问到的、想知道的要多得多……不，谢谢，我喜欢我自己的。"他说着拿出自己的烟盒，把尤利乌斯在开始时给他的香烟扔掉，他在高谈阔论时已让香烟熄掉。

七

"我于一八七四年出生在布加勒斯特，"他慢吞吞地开始说

---

① 即巴登-巴登，德国西南部温泉城市。

道，"正如您所知道的那样，我以为我出生几个月后就失去了父亲。我看到我母亲身边出现的第一个人是德国人，即我的舅舅海尔登布鲁克男爵，但是，我在十二岁时就失去了他，所以我对他的记忆相当模糊。他看来是个出色的金融家。他教我德语，并用转弯抹角的巧妙方法教我计算，使我立刻着了迷。他得意地说，我是他的账房先生（出纳员），就是说，他给我一小笔钱，我陪他去商店时，都由我来付钱。不论他买什么（他买的东西很多），他都认为我从口袋里拿出银币或钞票时就已做好加法。有时，他用外币来难我，这就涉及兑换问题，还有贴现、利息、借贷乃至投机的问题。在这一行，我很快就能相当熟练地做乘法，甚至能做好几位数的除法，是心算……请您放心（因为他看到尤利乌斯皱起了眉头），我没有因此对金钱发生兴趣，也没有对计算感到兴趣。因此，如果您想知道，我可以告诉您，我从不记账。说实话，这初期的教育至今还非常实用，也没有使我变得萎靡不振……另外，海尔登布鲁克对儿童保健学有出色的见解。他说服我母亲让我赤脚、不戴帽子，在任何天气都这样，在刮大风时尽可能这样。他亲自把我浸在冷水里，夏天和冬天都这样做，我感到非常快乐……不过，您不需要了解这些细节。"

"不是，不是！"

"后来，他因商务去了美国。我再也没有见到他。

"在布加勒斯特，我母亲的沙龙对最为引人注目的社交界开放，在我的记忆之中，这种社交界又是鱼龙混杂之处。常来的、关系亲密的有我的舅舅弗拉基米尔·别尔科夫斯基亲王，还有阿尔登戈·巴尔迪，我不知道为什么从不叫他舅舅。俄国（我本想说波兰）和意大利的利益使他们在布加勒斯特逗留了三四年。他们都把自己的语言即意大利语和波兰语教给我。对于俄语，我阅读和理解没有很大的困难，但一直不能流利地说。由于我母亲接待的社交界，也由于我在这个社交界受到宠爱，我每天都有机会讲四五种语言，因此到十三岁时，我讲这些语言已不带任何口音，几乎和本国人一样好，但我更喜欢讲法语，因为这是我父亲的语言，我母亲也坚持要我首先学好法语。

"别尔科夫斯基非常关心我，就像想要讨好我母亲的所有男人那样，他们追求的仿佛是我，但我觉得他这样做并没有心计，因为他总是凭自己的爱好行事，他的爱好产生得快，而且不止在一个方面。他关心我，甚至在我母亲不知道的情况下也是这样。他特别喜欢我，对此，我总是十分得意。这个怪人会在朝夕之间把我们平静的生活变成狂欢的节日。不，说他被自己的爱好牵着鼻子走还不够，他是同自己的爱好一起猛冲、狂奔，他给自己的乐趣带来的是一种狂热。

"有三年夏天，他把我们带到一幢别墅，或者不如说一座城堡，别墅位于喀尔巴阡山脉在匈牙利境内的山坡上，在埃佩尔耶什附近，我们经常乘汽车去那儿。但更多的是骑马去。我母亲最喜欢在附近十分美丽的乡村和森林闲逛。弗拉基米尔给我的那匹小种马，在一年多时间里是我在世界上最喜欢的东西。

"第二年夏天，阿尔登戈·巴尔迪来看我们，并教我下国际象棋。海尔登布鲁克已使我精通心算，所以我很快就能下盲棋。

"巴尔迪和别尔科夫斯基相处得很好。晚上，在一个孤独的箭楼里，沉浸在花园和森林的寂静之中，我们四人在一起打牌，玩得很晚。虽说我还是个孩子——我当时十三岁——但巴尔迪由于怕当'明家'，就教我玩惠斯特桥牌①，并教我如何作弊。

"此人会表演手技，会变魔术、戏法，会表演杂技。他刚来我们这儿时，我在想象中刚刚结束海尔登布鲁克规定的长期禁食。我当时渴望奇迹产生，十分轻信，非常好奇。后来，巴尔迪把他的戏法教给我，但在了解它们的秘密之后，最初的神秘印象并未因此而消失。第一天晚上，他若无其事地用小指的指甲点燃香烟，而在他打牌输了之后，又若无其事地从我的耳朵里和鼻子里取出必须给的卢布，这简直把我给吓坏了，但在场的人都给逗得乐不可支，因为他总是十分平静地说：'幸好这孩子是取之不尽的金矿！'

"在单独同我母亲和我在一起的那些晚上，他总是想出一种新的游戏、某种意想不到的事或某种玩笑。他滑稽地模仿我们所有的熟人，变得完全不像他自己，他模仿各种说话的声音、动物的叫声和乐器的声音，发出奇特的声音，唱歌时用单弦小提琴为自己伴奏，他跳舞、单足旋转，用手倒立走路，从桌子或椅子上跳过去，他不穿鞋用脚杂耍，就像日本人那样，让客

---

① 惠斯特桥牌是 19 世纪 90 年代至 20 世纪前十年流行的纸牌游戏。确定将牌后，打家的同伴为明手。明手首攻之后，摊开手中牌，由打家掌握。

厅里的屏风或独脚小圆桌在他脚趾上旋转。他的手技演得更好，用一张揉皱、撕碎的纸，可以变出许多白蝴蝶，我吹着气赶着这些蝴蝶，而他则扇着扇子，让蝴蝶停留在空中。这样，物体在他身边就失去了重量和现实性，甚至会不再存在，或者具有新的、出乎意料的、奇特的、毫无用处的意义。他说：'用手技来耍弄不好玩的东西十分罕见。'这极为有趣，我笑得前仰后合，我母亲则大声说道：'您别耍了，巴尔迪！卡迪奥要睡不着觉了。'但事实是我的神经坚强，抵挡得住这样的刺激。

"这种教育使我获益匪浅。即使对巴尔迪，只要练几个月，我就会在不止一项技巧方面超过他，甚至会……"

"我看到，我的孩子，您受到良好的教育。"尤利乌斯在这时打断了他的话。

拉弗卡迪奥笑了起来，小说家沮丧的神色使他感到有趣。

"哦！这些还只是个开头，别担心！但是，是费比舅舅来的时候了。别尔科夫斯基和巴尔迪被任命新的职务之后，费比来到我母亲的身边。"

"费比？在您记事册第一页上题词的是他？"

"是的。费比·泰勒，格雷文斯戴尔勋爵。他把我母亲和我带到一幢别墅，别墅位于杜伊诺附近的亚得里亚海海岸，我在那里变得非常强壮。那个地方的海岸形成一个多岩石的半岛，全部是别墅的地产。在那里，我走在松树下面、岩石中间，在小湾里或大海里游泳、划船，整天过着野人般的生活。您看到的那张照片，就是在那个时候拍的，照片我也烧掉了。"

"我感到，"尤利乌斯说道，"在当时的情况下，您的样子本来可以更加得体。"

"正是，但我做不到。"拉弗卡迪奥笑着说道，"费比借口要让我晒黑，把我的衣服都锁了起来，连我的内衣也……"

"那么，您母亲说什么呢？"

"她觉得这样很有趣。她说，如果我们的客人们感到反感，那他们就只有离开，但是，这并没有妨害我们邀请的任何客人留下。"

"在这段时间里，对您的教育，可怜的孩子……"

"是的，我学什么都易如反掌，所以在此之前，我母亲对我的教育有点忽视。当时我快满十六岁了。我母亲仿佛突然发现了这点，我同费比舅舅一起在阿尔及利亚进行了妙不可言的旅行之后（我觉得，这是我一生中最美好的时光），就被送到巴黎，托付给一个狱卒般的人，此人铁石心肠，管我的学习。"

"过了无拘无束的自由生活之后，我知道您对这段受到约束的时期会感到有点难受。"

"要是没有普罗托斯，我是会受不了的。他和我住在同一所寄宿学校，据说是为了学法语，但他的法语讲得非常好，我一直弄不清楚他在那里干什么，也不知道我在那里干什么。我无精打采，我对他说不上友好，但我倒向他那边，仿佛他应该来解救我。他只比我大几岁，但他看起来比自己的年龄要大，他的模样和爱好没有一点孩子气。他的脸非常富有表情，想表达什么表情就能显出什么表情，但在静下来时，他样子就像傻瓜。

有一天，我用这事同他开玩笑，他对我回答说，在这个世界上，不应该过于显露出自己的本来面目。

"他装出不起眼的样子才感到满意，他想被别人看成傻瓜。他常常说，喜欢炫耀自己，不善于隐瞒自己的才能，是会把人毁掉的，但这话他只对我一个人说。他在生活中疏远其他人，也疏远我，虽说在寄宿学校里，我是唯一不被他看不起的人。每当我让他说话，他就变得能说会道，但在大部分时间里，他沉默寡言，仿佛在反复考虑我很想知道的邪恶计划。我问他：您在这儿干什么？（我们之中没有人用'你'来称呼他）他就回答说：我在往前冲。他认为，在生活中，你要摆脱最困难的处境，就应该这样想：这没有什么了不起！我在逃跑时就是这样想的。

"我走的时候身上带着十八法郎，在去巴登时每天赶路不多，随便吃些什么，随便睡在什么地方……我走到那里时有点萎靡不振，但总的来说对自己感到满意，因为我口袋里还有三个法郎，当然，我在路上弄到五六法郎。我在那里看到我母亲和德·热斯弗尔舅舅在一起。他见我逃了回来，觉得十分有趣，但决定把我送回巴黎。他说，巴黎给我留下不良的回忆，使他感到难受。确实，我和他一起回到那里后，我对巴黎的印象有所改善。

"热斯弗尔侯爵对花钱有着狂热的爱好。这是一种持续的需要，仿佛对此如饥似渴。他好像感谢我帮助他满足这种需要，并用我的欲望来增加他花钱的欲望。同费比相反，他教会我如何鉴赏服装。我觉得我当时穿得相当气派。和他在一起，我学到很多东西。他的优雅十分自然，就像说话真挚一样。我和他相处得十分融洽。上午，我们一起去衬衫店、皮鞋店和裁缝店。他对皮鞋特别注意，据他说，要看清一个人，看他的皮鞋同看他的服装和相貌一样可靠，而且不大会被人发现……他教我花钱不要记账，也不要预先担心我是否有能力来满足我的奇想、欲望或食欲。他提出的原则是，食欲总是应该最后满足，因为（我记得他的话）他说，欲望或奇想是短暂的要求，而食欲总是会重新出现，等待时间更长，食欲只是更加强烈而已。他最后教导我，不要因一件东西贵重而刮目相看，也不要因它一钱不值而不屑一顾。

"正在这时，我失去了母亲。一封电报把我立刻叫到布加勒斯特，我见到她时她已咽了气。我在那里得知，侯爵走后，她欠了许多债，她的财产勉强能够还债，因此，我连一个戈比、一个芬尼、一个格罗申①也拿不到。葬礼后，我立刻回到巴黎，想找到德·热斯弗尔舅舅，但他突然去了俄国，也没有留下地址。

"我不想把我当时的想法都告诉您。当然喽，我有一些本领，可以凑合着过日子，但是，这些本领我越是用就越不想用。幸好，一天夜里，我有点茫然地在人行道上游荡时，遇到了卡萝拉·弗尼泰卡，您看到过她，她是普罗托斯以前的情妇，她把我收养在家里，待我不错。过了几天，有人通知我，说我每

---

①　戈比、芬尼、格罗申分别为俄国、德国、奥地利辅币名。

个月月初能拿到一小笔赡养费，赡养费寄到一位公证人那里，来源相当神秘。我害怕弄清事情的真相，去拿钱时并不深究。后来，您来了……您现在大致知道我想对您说的事了。"

"可喜的是，"尤利乌斯郑重地说道，"可喜的是，拉弗卡迪奥，您今天有了一些钱：没有职业，没受过教育，必须靠搞来的钱生活……我知道您现在就是这样，您什么都会去干。"

"相反，什么都不会去干。"拉弗卡迪奥严肃地看着尤利乌斯，接着说道，"我虽然对您说了这么多，我看您对我还是很不了解。任何东西都不会像贫困那样来阻止我，我过去追求的只是对我没有用的东西。"

"就像悖论。您认为它能当饭吃？"

"这要看是什么胃。您喜欢把悖论看做不合您胃口的东西……在我看来，我会让自己看着逻辑杂烩饿死，因为我看到您让您那些人物吃的就是这种逻辑杂烩。"

"请原谅……"

"至少，您最近那本书的主人公是这样。您通过他来描写您的父亲，对吗？在所有的地方，在任何时候，都把他写得对您和对他自己负责到底，忠于他的义务、他的原则，也就是您的理论……您看，我对此能说什么？……德·巴拉利乌尔先生，您应该同意这千真万确的事：我不是个始终如一的人。您看，我刚才说了这么多话！我昨天还以为自己是话最少、最内向、最深居简出的人。不过，我们迅速相识还是必要的，这已是无法改变的事。明天，今天晚上，我将重新守口如瓶。"

小说家听了这些话，无言以对，他竭力使自己重新占据上风。

"您首先要相信，在精神上和身体上，都不存在不负责任，"他开始说道，"您正在成长……"

敲门声打断了他的话。但是，由于没有人进来，尤利乌斯就走了出去。通过他没有关上的门，模糊的说话声传到了拉弗卡迪奥的耳边。然后是长时间的沉默。拉弗卡迪奥等了十分钟之后正想离开，一个穿制服的仆人来到他的面前：

"伯爵先生要我转告秘书先生，他不再挽留先生。伯爵先生刚得知他父亲的坏消息，所以不能向先生告辞，十分抱歉。"

根据他说话的声音，拉弗卡迪奥猜到，刚才他在宣布老伯爵去世的消息。他克制住自己的感情。

"好吧！"他在回到克洛德-贝尔纳死胡同时心里想道，"时间已到。船启航的时候到了①。从此，不管风向如何，只要有风就好。既然我不能待在老人身边，那就让我离他远远的。"

走到门房前，他把从昨天起一直带在身上的小盒交给旅馆的看门人。

"弗尼泰卡小姐今晚回来时，请把这个盒子交给她。"他说道，"另外，请给我结账。"

一小时后，他整理好行李，请人去叫出租马车。他走时没有留下地址。有他的公证人的地址就已足够。

_____

① 原文为英文。

第三卷

阿梅代·弗勒里苏瓦尔

一

　　居伊·德·圣普里伯爵夫人是尤利乌斯的妹妹，朱斯特-阿热诺尔伯爵去世后被立即叫到巴黎，她回到雅致的珀扎克城堡还没有很长时间，城堡离波城有四公里的路程，自寡居之后她很少离开城堡，而自从她的儿女婚嫁之后，她离开城堡的次数就更加少了。这时，她在那里接待了一次特殊的来访。

　　她每天上午都要乘坐她亲自驾驶的双轮轻便马车去兜风。她兜风回来后得知，一位嘉布遣会修士在客厅里等候她，已有一个小时。这位陌生人有安德烈红衣主教的介绍，呈交伯爵夫人的名片可以作证。名片放在信封里。在红衣主教的姓名下面，他用近于女性的纤细笔迹写道：

　　敬请圣普里伯爵夫人特别关照维蒙塔尔议事司铎 J.-P. 萨吕教士。

　　只有这句话，但已足够。伯爵夫人乐意接待神职人员，再说，伯爵夫人的灵魂掌握在安德烈红衣主教手中。她急忙来到客厅，对她让客人久等表示抱歉。

维蒙塔尔议事司铎是个美男子。他高贵的脸上显示出男性的精力，这同（如果我敢说出来的话）他手势和声音的谨慎、犹豫形成奇特的对照，就像他头发几乎全白，脸色却像年轻人那样容光焕发，使人感到惊讶。

虽然伯爵夫人和蔼可亲，谈话却并不顺利，只是说些客套话，谈到伯爵夫人最近服丧、安德烈红衣主教的健康和尤利乌斯在法兰西语文学院的新失败。但是，教士说话的声音越来越缓慢、低沉，脸上的表情越来越愁苦。他最后站起身来，但不是为了向主人告辞：

"伯爵夫人，我受红衣主教之托，本想和您谈论重要的话题。但是，在这个房间里说话声音太响，这么多的门也使我感到害怕。我担心别人会听到我们的谈话。"

伯爵夫人喜欢了解秘密和这种装腔作势。她请议事司铎走进只能从客厅进去的狭窄的小客厅，然后把门关上。

"我们在这里十分安全。"她说道，"您说话不必担心。"

但是，教士没有说话，他在伯爵夫人对面一把低矮的小扶手椅上坐了下来，从口袋里掏出一条头巾，用来止住痉挛性的啜泣。伯爵夫人不知所措，就去拿放在她旁边的独脚小圆桌上的针线活计篮，在里面找到一个嗅盐瓶，不知是否要递给客人，最后决定由她自己来闻。

"请您原谅。"教士说道。他拿开头巾，露出一张通红的脸。

"我知道您是虔诚的天主教徒，伯爵夫人，很快就会理解我，和我一样激动。"

伯爵夫人对感情外露感到厌恶，她把自己的彬彬有礼隐藏在单柄眼镜后面。教士立刻镇静下来，他把自己的扶手椅移近一点：

"伯爵夫人，我得到了红衣主教的庄严保证，才决定前来和您谈话，是的，他向我保证，说您的信仰并非是社交界人士的那种信仰，不只是无动于衷的一种外衣……"

"请转入正题，教士先生。"

"红衣主教对我肯定地说，我完全可以相信您会严守秘密，就像听神工的神父那样，如果我能这样说……"

"但是，教士先生，请您原谅。如果这是红衣主教获悉的一个秘密，那么，如此重要的秘密，他为什么不亲自来告诉我呢？"

教士只要微微一笑，就可以使伯爵夫人知道，她这个问题提得并不恰当。

"一封信！但是，夫人，现在，红衣主教的信在邮寄时都是不封口的。"

"他可以托您转交这封信。"

"是的，夫人。但是，谁知道一封信会变成什么？我们受到严密的监视。另外，红衣主教情愿不知道我准备对您说的事，并与此事无关……啊！夫人，在最后一刻，我失去了勇气，我不知道是否……"

"教士先生，您不了解我，因此，我不能因为您对我不是十分相信而感到生气。"伯爵夫人温和地说道，同时把头转了过去，并放下单柄眼镜，"我对别人告诉我的秘密都非常尊重。确实，我从未泄露过一点秘密。但是，我也从未要求别人吐露隐情……"

她稍微一动，仿佛想站起来，教士赶紧向她伸出手臂。

"您会原谅我的，夫人，因为在我看来，那些把通知您的可怕任务交给我的人们，认为您是能够接受并保守这个秘密的第一位妇女，我说是第一位。我害怕，这点我承认，因为我感到，揭露这样的事情，对一位妇女的智力来说是沉重的负担。"

"人们有十分错误的感觉，认为妇女的智力有限。"伯爵夫人几乎是用生硬的口气说道。然后，她稍稍抬起双手，用心不在焉的神情来掩盖自己的好奇，却又准备接受教会的秘密。教士再次把扶手椅移近。

但是，萨吕教士准备向伯爵夫人吐露的秘密，今天在我看来仍过于令人困惑、过于奇特，所以我在采取更加充分的预防措施之前，不敢在此进行报道。

有小说，也有历史。谨慎的评论家把小说看做可能发生的历史，把历史看做已经发生的小说。确实，必须承认，小说家的艺术往往使人相信，而事实却使人有时无法相信。唉！有些持怀疑态度的人，只要事实不符合常规就加以否定。我写作不是为了他们。

天主在尘世的代表被人从罗马教廷劫走，通过奎里纳尔宫 ①
的行动，可以说是把他从所有天主教徒那里抢走。这是个十分
棘手的问题，我是不敢冒冒失失地提出来的。但是，历史事实
是，一八九三年年底曾流传这样的消息，不容置疑的是，许多
虔诚的人因此而情绪激动。几家报纸惶恐地谈到此事，但有人
要它们保持沉默。关于这个问题的一本小册子在圣马洛出版 ②，
但被查禁。这是因为共济会不希望叙述如此大逆不道的行为的
故事公开传播，而天主教会则不敢支持这种看法，或者是不愿
庇护人们立刻为此而进行的临时募捐。许多虔诚的信徒捐出
了自己的全部财产（据估计，当时募捐到的或乱花掉的钱多达
五千万），但是，值得怀疑的是，那些得到捐款的人是否都是真
正的虔诚信徒，或者说他们有时也许是骗子。尽管如此，为了
搞好这种募捐，如果没有宗教信仰，那就必须大胆、灵活，做
得恰如其分，有说服力，对人和事了如指掌，身体健康，只有
像拉弗卡迪奥的老同学普罗托斯那样屈指可数的几个男子汉，
才具备所有这些条件。我要老实告诉读者：今天冒充维蒙塔尔
议事司铎来此的正是这位仁兄。

　　伯爵夫人决定在秘密完全说出以前不再开口，不再改变态
度，甚至不再改变表情，而是不动声色地听假教士说话。假教

---

　　① 奎里纳尔宫位于罗马西北部奎里纳尔山丘上，1870 年前为教皇的夏宫，现
为意大利总统府。
　　② 《解救被关在梵蒂冈单人囚室里的教皇陛下利奥十三世的情况汇报》（圣马
洛，Y. 比约瓦印刷所，榆树街 4 号），1893 年。——作者注

士则越来越感到自信。他站起身来，大步走着。为了更好地准备，他重提此事，即使不是从头说起（共济会和教会之间的冲突是主要的冲突，不是一直存在着？），至少他再次提起出现公开的敌对行为的某些事实。他首先请伯爵夫人回忆起教皇于九二年十二月写的两封信，一封是写给意大利人民的，另一封专门写给各位主教，要天主教徒提防共济会会员进行的活动。后来，由于伯爵夫人记不起来，他只好追溯往事，提到为焦尔达诺·布鲁诺①建造塑像是由克里斯皮②主持决定的，在此之前，共济会一直隐藏在他的身后。他说，克里斯皮感到气愤的是，教皇拒绝了他采取的主动态度，拒绝同他谈判——这里的"谈判"不应理解为：妥协、屈服！他描绘了这悲剧性的一天：双方都摆好阵势，共济会会员最终露出了真面目，在驻罗马教廷的外交使团前往梵蒂冈，用这一行动来表明对克里斯皮的蔑视和对我们患溃疡的圣父的崇敬之时，共济会在竖立挑衅的偶像的花田广场展开旗帜，对著名的亵渎神明者欢呼。

"不久之后，在一八八九年六月三十日召开的红衣主教会议上，"他继续说道（他仍然站着，靠在独脚小圆桌上，两臂往前伸，朝伯爵夫人欠着身子），"利奥十三世表示了极大的愤怒。

---

① 布鲁诺 (1548—1600)，文艺复兴时期意大利哲学家、天文学家，宣扬泛神论和人文主义思想，发展哥白尼的日心说，被宗教裁判所判为异端，火刑处死。

② 克里斯皮 (1819—1901)，意大利政治家，曾任意大利首相，同德国和奥地利签订三国军事同盟条约，使意大利走上扩张殖民地的道路，1896 年因意军在埃塞俄比亚的阿杜瓦战败而辞职。

他的抗议被整个尘世听到。天主教徒听到他说要离开罗马，都感到十分震惊！我说的是离开罗马……所有这些，伯爵夫人，您已经知道，您对此感到难受，并像我一样牢记在心。"

他又开始走动：

"最后，克里斯皮失去了权力。教会是否可以喘一口气？一八九二年十二月，教皇因此而写了这两封信。夫人……"

他坐了下来，突然把他的扶手椅移近长沙发，并抓住伯爵夫人的手臂：

"一个月后，教皇被囚禁了……"

伯爵夫人仍保持沉默，议事司铎放开她的手臂，用更为庄重的声音接着说道：

"夫人，我不想叫您去同情一个囚徒的痛苦。看到不幸的事，女人的心总是很快就会激动起来。我是要求助于您的智慧，伯爵夫人，并请您仔细考虑一下，我们精神领袖的失踪，使我们这些基督教徒陷入了何等的混乱。"

伯爵夫人苍白的前额上露出一条小小的皱纹。

"没有教皇是可怕的，夫人。但是，这没有什么了不起：假教皇还要可怕。为了掩盖自己的罪行，我说什么？为了让教会解体、自行投降，共济会在教皇的皇位上安置了利奥十三世的替身，我也不知道这是奎里纳尔宫的什么走狗，是哪个同他们神圣的牺牲品相像的人，是哪个冒名顶替者。为了不给真教皇带来损害，我们必须假装服从此人。最后，真是耻辱！在大赦年的活动中，所有的基督教徒都要向此人鞠躬。"

说这些话时，他双手拧着的手帕被撕成两半。

"假教皇的第一个行动就是这极为出名的通谕①，即向法国颁布的通谕，为此，每个名副其实的法国人的心至今还在流血。是的，是的，我知道，夫人，听到神圣的教廷在否定王国的神圣事业，听到梵蒂冈——我已经说了——在为共和国鼓掌，您这位伯爵夫人高贵的心是何等的痛苦。请您放心，夫人！您感到惊讶是理所当然的。请您放心，伯爵夫人！但是，您要想想，被囚禁的圣父听到这冒名顶替的骗子说他拥护共和政体，是多么痛苦！"

然后，他往后一仰，发出苦笑：

"圣普里伯爵夫人，我们的圣父接见《小报》主编，是这个无情的通谕的必然结果，您对此是怎样想的？《小报》，伯爵夫人，啊！呸！利奥十三世接见《小报》主编！您会感到，这不可能。您高贵的心已经对您在叫，这是假的！"

"但是，"伯爵夫人无法克制自己，大声说道，"这是必须对全世界大声说出来的。"

"不，夫人！这是不能说出来的！"令人生畏的教士用雷鸣般的声音说道，"对此，首先要保守秘密。为了行动，我们应该对此保守秘密。"

然后，他表示抱歉，并突然用哭泣的声音说道：

---

① 通谕是罗马教皇向全世界或一个地区、国家的天主教会颁布的公开文件，级别低于教皇诏书，多以主教为对象，用拉丁语写成。

"您看到，我对您说话，就像对男人说话一样。"

"您说得对，教士先生。您在说：行动。快，你作出了什么决定？"

"啊！我知道您高尚，会像男人一样焦急，与巴拉利乌尔的血统相符。但是，在这种情况下，最令人担心的，唉！莫过于不合时宜的热情。这种可恶的罪行，今天已有天主的几个选民获悉，但是，夫人，我们必须指望他们守口如瓶，希望他们完全服从在适当的时候会对他们下达的指示，没有我们参加就行动，等于是反对我们的行动。除了教会的反对将会引起……这没有什么关系：逐出教会，任何有关个人的主动行为，都会引起我们方面的断然否认。夫人，这里涉及的是一次十字军东征，是的，不过是一次暗中进行的十字军东征。请原谅我强调这点，但我是被红衣主教特地派来告诉您这件事的，他希望对这件事一无所知，如果有人对他谈起此事，他甚至不会知道涉及的是什么事。红衣主教希望自己没有见到过我，同样，即使以后的事件使我们重新取得联系，我们也要讲好，我和您从未谈过话，我们的圣父很快就会看出，哪些人才是他真正的信徒。"

伯爵夫人有点失望，就胆怯地说道：

"那么？"

"我们的行动，伯爵夫人。我们的行动，您别担心。我甚至获准向您透露我们的部分作战计划。"

他舒适地坐在扶手椅里，脸正对着伯爵夫人。现在，伯爵夫人上身前倾，双肘支在膝盖上，双手举起，两个手掌托着下巴。

他开始讲述，说教皇不是被关在梵蒂冈，而是很可能被关在圣天使城堡里，伯爵夫人肯定知道，城堡有地道同梵蒂冈相通，他说要把教皇从这个监狱里救出来，并非十分困难，只是每个信徒虽然和教会同心同德，却对共济会有一种酷似迷信的害怕。共济会指望的正是这点。圣父被非法囚禁，这个例子使人们陷入恐惧之中。任何信徒如果还无法到远离迫害者的地方去生活，就不会同意提供帮助。一些以审慎著称的虔诚信徒已同意为这种用途捐出巨款。现在要克服的只有一个障碍，但这比其他所有障碍加在一起还要困难。原因是这个障碍是一位亲王，即利奥十三世的典狱长。

　　"伯爵夫人，奥匈帝国的皇储罗多尔夫大公 ① 和格拉齐奥利王妃的侄女、大公刚娶的年轻妻子玛丽娅·韦特西埃拉双双去世，发现时女的还在男的身边嘶哑地喘气，死因至今还是个谜，您是否还记得？有人说是自杀！手枪放在那里只是为了欺骗公众舆论：事实是他们俩都是被毒死的。玛丽娅·韦特西埃拉那个当大公的丈夫的表弟也是大公，此人疯狂地爱着玛丽娅，看到她属于另一个男人，感到无法忍受……犯下这可恶的罪行之后，托斯卡纳 ② 大公夫人玛丽-安托瓦内特的儿子洛林的约翰-萨

---

　　① 即哈布斯堡的罗多尔夫（1858—1889），奥匈帝国皇帝弗兰西斯·约瑟夫一世的独生子。他思想自由、亲法，反对父亲的内外政策。他同比利时的斯泰法妮结婚，无子女。他同情妇玛丽娅·韦特西埃拉在奥地利迈耶林的猎人小屋自杀身亡。由于官方对调查结果保密，所以他的死引起小说家的种种猜测。

　　② 托斯卡纳为意大利中部行政区。

尔瓦多尔离开了他的亲属弗兰西斯·约瑟夫一世的宫廷。他知道自己会在维也纳被人发现，就去向教皇自首，恳求教皇手下留情。他得到了宽恕。但是，摩纳哥——摩纳哥·拉瓦莱特红衣主教——以赎罪为借口，把他关进圣天使城堡，他在那里已呻吟了三年。"

议事司铎用四平八稳的声音说完了这些话。他等了一会儿之后，轻轻地用脚顿了一下：

"摩纳哥任命的利奥十三世的典狱长就是他。"

"什么！红衣主教！"伯爵夫人大声说道，"一位红衣主教难道可能是共济会会员？"

"唉！"议事司铎沉思地说道，"共济会已深深地渗透到教会之中。您好好想想，伯爵夫人，如果教会有更好的自卫能力，这种事就根本不会发生。只有依靠几个居于高位的会员的帮助，共济会才能抓住我们的圣父。"

"真可怕！"

"伯爵夫人，还能对您说什么呢？约翰·萨尔瓦多尔以为自己是教会的囚徒，他却是共济会的囚徒。今天，他释放我们圣父的条件是同意让他一起逃跑。在一个不能引渡的国家里，他只能逃得很远。他索价二十万法郎。"

瓦朗蒂娜·德·圣普里刚把身子往后靠，并放下双臂，把头往后仰。她听到这些话，发出轻微的呻吟声，并失去了知觉。议事司铎急忙冲上前去：

"请您放心,伯爵夫人。"他拍着她的双手,"这没有什么关系!"他把嗅盐瓶拿到她的鼻孔前:"这二十万法郎,我们已经有了十四万。"他见伯爵夫人睁开一只眼睛:"莱克图尔公爵只同意给五万。现在还缺六万。"

"这钱您会有的。"伯爵夫人用依稀可辨的声音说道。

"伯爵夫人,教会没有把您看错。"

他站起身来,神情严肃,近于庄重。过了一会儿,他接着说道:

"圣普里伯爵夫人,我完全相信您慷慨的言辞。但是,您要想到随之而来的不可名状的困难,会妨碍乃至阻止这笔钱的交付。这笔钱,我说了,您将忘记已经给了我,我也会否认曾拿到过,因为我甚至不能给您一张收据……为了谨慎起见,我拿到这笔钱时不能留下书面凭据,而且要您亲手交给我。我们受到监视。我来到城堡会被人评论。我们什么时候能相信仆人?您要想想巴拉利乌尔伯爵当选院士的事。我不能再次来到这里。"

说完这些话,他仍站在那里,一动不动,一言不发,伯爵夫人明白了:

"但是,教士先生,您要想想,我身上没有这笔巨款。甚至……"

教士有点不耐烦。看来,她是不想再说一句,说她需要一些时间来凑齐这笔钱(因为她不希望由她一个人来掏钱)。她低声说道:

"怎么办？……"

然后，她见议事司铎的眉头皱得越来越紧，就说道：

"我楼上只有几件首饰……"

"啊！不，夫人！首饰是纪念品。您难道以为我是干旧货商这一行的？您是否想到，我要用最好的价钱把它们卖掉，会引起别人的注意？这样，我既会败坏您的名声，又会把我们的事情搞坏。"

他低沉的声音，在不知不觉中变得刺耳、可怕。伯爵夫人的声音则有点颤抖。

"请您等一会儿，议事司铎先生：我去看看，我抽屉里有多少。"

……她很快就下来了。她手里紧紧握着一把揉皱的蓝色钞票。

"幸好，我刚收到地租。我可以交给您六千五百法郎。"

议事司铎耸了耸肩。

"您要我拿这些钱干什么？"

他伤心的脸显出蔑视的神情，用庄严的手势把伯爵夫人的手推开：

"不，夫人，不，我不会拿这些钞票。这些钞票我只会和其他钱一起拿。完全正直的人要求的是完整无缺。您什么时候能把钱全部交给我？"

"您给我多少时间？一个星期？"伯爵夫人想到了集资，就问道。

"圣普里伯爵夫人，教会难道看错人了？一个星期！我只会说一句话：

'教皇在等待！'"

然后，他朝上天举起双臂：

"什么！您把解救他的莫大荣幸掌握在您的手中，却要拖延时间！您要想想，夫人，您要想想，当您将被解救的那天，主也会让您等待，让您无能为力的灵魂焦急地等在天堂的门外！"

他在威胁，变得可怕，然后，他突然把一串念珠上带耶稣受难像的十字架放在嘴唇上，沉浸在迅速的祈祷之中。

"但是，我给巴黎写信的时间……"昏乱的伯爵夫人发出呻吟般的声音。

"您就打电报！让您的银行把六万法郎付给巴黎的土地信贷银行，这家银行将打电报给波城的土地信贷银行，让它立即把这笔钱付给您。这连小孩子都会。"

"我有钱存在波城。"她壮着胆说道。

"存在一家银行里？"

"正是土地信贷银行。"

他完全给激怒了。

"啊！夫人，您为什么要转弯抹角才把这件事告诉我？这是否说明您的热心？我要是拒绝您的帮助，您现在又会怎么说呢？"

然后，他穿过房间，双手抄在背后，仿佛不想再听到任何话：

"这不光是不热心（他用舌头发出啧啧声，以表示厌恶），几乎是口是心非。"

"教士先生，我恳求您……"

教士低着头，神色坚决，又走了一些时间。他最后说道：

"我知道，您认识布丹教士，我今天要和他共进午餐（他掏出怀表）……我要迟到了。请您开一张支票，抬头写他。他代我领了这六十张钞票，他会马上转交给我的。您看到他的时候请告诉他，这钱用于'赎罪祭献'，他为人谨慎，很会做人，是不会问下去的。那么，您还等什么？"

伯爵夫人沮丧地坐在长沙发上，这时站了起来，慢慢地走向一张小写字台，并打了开来，拿出橄榄绿色的长方形支票簿，在一张支票上写下她长长的字体。

"请原谅我刚才对您有点粗暴，伯爵夫人。"教士接过她递给他的支票，用变得温和的声音说道，"但是，这涉及重大的利害关系！"

然后，他悄悄地把支票塞进里面的口袋：

"感谢您就是亵渎宗教，对吗？即使是以他的名义，而我只是他手中不称职的工具。"

他哭了一会儿，用头巾压低哭声，但他很快就镇静下来，用脚后跟往后一蹬，迅速用一种外语低声说出一句话。

"您是意大利人？"伯爵夫人问道。

"西班牙人！我真挚的感情把这点泄露了出来。"

"不是您的口音。确实，您讲的法语纯正得……"

"您太客气了，伯爵夫人，请原谅我要突然离您而去。依靠我们这个简单的办法，我今晚就能到达纳博讷，总主教正十分焦急地在那里等待着我。告辞了！"

他用双手握住伯爵夫人的双手，上身后仰，凝视着她：

"告辞了，圣普里伯爵夫人。"然后，他把一根手指放在自己的嘴唇上，"您要记住，您的一句话会把事情全部毁掉。"

他刚出去，伯爵夫人就跑过去拉铃绳。

"阿梅莉，请叫皮埃尔在午饭后立即准备好敞篷四轮马车，要去城里。啊！再等一会儿……让热耳曼骑上自行车，把我给您的信马上送到弗勒里苏瓦尔夫人那里。"

在没有关上抽屉的写字台上，她俯下身子写道：

亲爱的夫人：

我今天下午来看您。请在两点钟左右等我。我有非常重要的事情要告诉您。请安排好，让我们单独交谈。

她签上名，盖好封印，把信封递给阿梅莉。

二

阿梅代·弗勒里苏瓦尔夫人娘家姓佩特拉，是韦萝尼克·阿尔芒-杜布瓦和玛格丽特·德·巴拉利乌尔的妹妹。她名字古怪，叫阿尼卡①。菲利贝尔·佩特拉是第二帝国时期相当著名的植物学家，由于他夫妻生活不愉快，从年轻时起就决定给他将来会有的孩子起花卉的名字。有些朋友认为他给第一个孩子起的名字韦萝尼克②有点特别，但在起了玛格丽特③的名字后，他听到别人婉转地说他改变了主意，听从大家的意见，选了个普通的名字，就决定反其道而行之，给第三个孩子起个完全是植物的名字，封住了所有恶言中伤者的嘴。

阿尼卡出生后不久，菲利贝尔的性格变得乖戾，同妻子分居，离开首都，迁居波城。他妻子冬天住在巴黎，但天气一转暖，她就回到故乡塔布④，在家里的一幢老房子里接待她的长女和次女。

韦萝尼克和玛格丽特一年里有半年在塔布过，另外半年在波城过。至于小阿尼卡，由于两个姐姐和母亲都不把她当一回事儿，她又确实有点幼稚，与其说她漂亮，不如说她可怜，她夏天和冬天都待在父亲身边。

这个女孩最大的乐趣是同父亲一起到乡下去采集植物。但是，他往往十分古怪，沉浸在抑郁的情绪之中，把她留在家里，

---

① 原文为 Arnica，植物名：山金车，菊科一属，多分布在北美西南部，叶狭，花橘黄色。

② 原文为 Véronique，植物名：婆婆纳，一年生或二年生草本，早春开花，花小，淡紫红色。

③ 原文为 Marguerite，植物名：雏菊，菊科，多年生矮小草木，早春开花，舌状花白色、粉红色或红色，管状花黄色。

④ 塔布是法国南部上比利牛斯省省会。

自己一个人去进行长时间的散步，回来时疲惫不堪，吃完晚饭就钻进被窝睡觉，也不恩赐给女儿一个微笑或一句话。在诗意盎然的时刻，他就吹笛子，但老是吹同样的曲调，仿佛百听不厌。其余的时间，他给花卉仔细画像。

老女仆外号叫雷泽达①，管烧饭和家务，也看管这个孩子，并把自己知道得不多的知识教给她。在这种情况下，阿尼卡到十岁才勉强识几个字。对人的尊重终于使菲利贝尔清醒过来：阿尼卡进入了寡妇瑟梅纳太太的寄宿学校，这位太太把基础知识传授给十二个女孩和几个年纪很小的男孩。

阿尼卡·佩特拉既无防人之心，又无自卫能力，在此之前从未想到过自己的名字会引人发笑。在进入寄宿学校的那天，她突然发现自己的可笑之处。嘲笑像潮水般涌来，把她压成迟钝的藻类。她给说得脸红，有时脸色发白，还哭了出来。瑟梅纳太太因服装不整齐而惩罚了全班学生，但这种愚蠢的做法立即使起初没有恶意的嘻嘻哈哈变得充满敌意。

阿尼卡个子高，软弱无力，脸色苍白，行动迟钝，她摇晃着双臂待在这小小的教室的中央。瑟梅纳太太用手指出：

"佩特拉小姐，你坐在左面第三张凳子上。"虽然挨了骂，班级的同学却嘲笑得更加厉害。

可怜的阿尼卡！在她面前，生活只是两边充满嘲笑声和辱骂声的阴暗林荫道。幸好瑟梅纳太太对她的苦恼有所觉察，不

---

① 原文为 Réséda，植物名：木樨草。

久之后女孩就在这位寡妇的怀抱中得到了保护。

放学后，阿尼卡情愿留在寄宿学校，而不愿回到家里看不到父亲。瑟梅纳太太有个女儿，比阿尼卡大七岁，背有点驼，但乐于助人。瑟梅纳太太想给女儿找个丈夫，就在星期天晚上接待来客，甚至每年举办两次午后的主日聚会，有朗诵和舞会，前来参加的有她以前的几个因感激而来的女学生，她们由父母陪着，还有一些因无所事事而来的少年，他们没有钱，也没有前途。在这些聚会上，阿尼卡是毫不鲜艳的花朵，她不显眼，甚至黯然失色，但仍受到别人的注意。

十四岁时，阿尼卡失去了父亲，瑟梅纳太太收留了这个孤儿，因为两个姐姐不比她大多少，从此就很少来看望她。然而，在一次短暂的来访中，玛格丽特第一次遇到两年后成为她丈夫的那个男人。尤利乌斯·德·巴拉利乌尔当时二十八岁，在祖父罗伯托·德·巴拉利乌尔那里度假。我们在前文中已经说过，帕尔马公国并入法国后不久，罗伯托·德·巴拉利乌尔迁居波城郊区。

在眼花缭乱的阿尼卡看来，玛格丽特光彩夺目的婚姻（当时，佩特拉家这三位小姐并非完全没有财产）使姐姐离她更加遥远。她感到，一位像尤利乌斯那样的伯爵，即使朝她俯下身来，也绝不会去吸她的香味。她羡慕她姐姐终于摆脱了这令人不快的姓：佩特拉。玛格丽特这个名字很美。它同德·巴拉利乌尔多么相配！唉！结婚后有什么样的姓，才能使阿尼卡这个名字不显得滑稽可笑?

由于无法得到实惠的东西，她的心灵犹如尚未开放就给弄坏的花朵，想在诗意上进行尝试。十六岁时，她苍白的脸部两侧垂着鬈发，这种发式被称为鬈发垂鬓角，她那神色迷茫的蓝眼睛，在黑发旁露出惊讶的目光。她声音并不响亮，也不生硬。她阅读诗歌，竭力写诗。她认为，使她脱离生活的一切都富有诗意。

　　在瑟梅纳太太的晚会上，有两个小伙子是常客，温柔的友情从童年时代起就使他们成为好伙伴。其中一个曲背，但个子不高，虽然瘦，但还没有到皮包骨头的地步，头发像褪了色那样，而不是颜色金黄，鼻子高傲，目光羞怯，这是阿梅代·弗勒里苏瓦尔。另一个矮胖结实，黑发又硬又短地竖着，他有奇特的习惯，脑袋总是往左边倾斜，嘴巴张开，手笔直地往前伸出，我描写的是加斯东·布拉法法斯。阿梅代的父亲是大理石制品制造商、墓碑承包商和花圈制造商，加斯东则是大药店的小开。

　　（十分奇怪的是，布拉法法斯这个姓在位于比利牛斯山山梁分支的那些村庄里非常普遍，虽说有时写法不同。因此，光是在斯塔……这个市镇里，写下这几行文字的笔者去那里参加一次考试时，看到一位公证人姓 Blaphaphas，一位理发师姓 Blafafaz，一位猪肉食品店老板姓 Blaphaface，他们被问到时，都不承认他们有共同的祖先，并且都有点轻蔑地谈到其他两位的姓的写法不够优美。不过，这种有关语文学的评论只能引起少数读者的兴趣。）

弗勒里苏瓦尔和布拉法法斯缺少了对方又会怎样呢？这点很难想象。在高中的课间休息时，人们看到他们总是在一起。他们不断被人戏弄，就相互安慰，叫对方要忍耐，给予对方援助。大家把他们称为布拉法富瓦尔①。他们的友谊在他们俩看来是唯一的方舟，是生活这个冷酷无情的沙漠中的绿洲。其中一人要享受欢乐，就立即同另一人分享，或者说得更加清楚些，对一人来说，只有同另一人分享的东西，才是真正的快乐。

这两个布拉法富瓦尔虽然极其用功，但由于对各种文化都毫无悟性，所以成绩极差，要是没有厄多克斯·莱维雄的帮助，他们一定会在班级里一直排名倒数一二名。后者收取少量报酬，给他们修改作业，甚至为他们代做作业。这个莱维雄是市里一家大首饰店老板的小儿子。（二十年前，在同首饰店老板科恩的独生女结婚后不久——当时，他生意兴隆，就离开市里地势低的街区，搬到离游乐场不远的地方去住——首饰店老板阿尔贝·莱维就想把这两个姓合而为一②，正如他把这两家店合而为一那样。）

布拉法法斯能吃苦耐劳，弗勒里苏瓦尔却体质孱弱。快到青春期时，加斯东的脸上长满胡子，仿佛青春的活力会让他全

----

① 原文为 Blafafoires，由 Blafa（phas）（布拉法法斯）和 F（leuriss）oire（弗勒里苏瓦尔）构成并加 s 变为复数。

② 指把 Lévy（莱维）和 Cohen（科恩）这两个姓合并为 Lévichon（莱维雄）。

身都长出毛来。然而，阿梅代的皮肤更为敏感，就进行排斥，热得发了疱疹，仿佛胡子要客气一番才长出来。布拉法法斯的父亲建议服用净化机体的药。每星期一，加斯东就把一小瓶抗坏血病的糖浆放在书包里带来，偷偷地交给自己的朋友。他们也用了药膏。

在这时，阿梅代第一次患了感冒，虽说波城的气候温暖，他的感冒却持续了整整一个冬天，并在他的支气管里留下了讨厌的后遗症。这样，加斯东就有机会再次关心自己的朋友。他给他的朋友吃甘草汁糖、枣膏、苔藓膏以及桉叶止咳糖，桉叶止咳糖是老布拉法法斯根据一位老本堂神父的配方制成的。阿梅代很容易患黏膜炎，所以出去时都要系上围巾。

阿梅代除了继承父业之外，没有别的雄心壮志。加斯东虽说样子无精打采，却也不乏首创精神。他从高中时起就动脑筋搞小发明创造，当然这实际上主要是消遣性的，如活门捕蝇器、弹子秤、课桌安全锁，虽说他课桌里的秘密并不比他心里的秘密多。尽管他最初在应用自己的技术时天真无邪，但这些应用还是导致他在以后从事更加重要的研究，其第一个成果是发明了"供肺弱的吸烟者和其他人使用的卫生除烟烟斗"，这种烟斗曾长期陈列在药房的橱窗里。

阿梅代·弗勒里苏瓦尔和加斯东·布拉法法斯都爱上了阿尼卡：这是命运。值得称赞的是，他们立即向对方承认这种刚刚产生的热烈爱情，并没有使他们不和，反而把他们更加紧密地联系在一起。当然，在开始时，阿尼卡并没有向他们提供嫉妒的重大理由。她也决不会想到他们的爱情，虽说星期天在瑟梅纳太太家举办的小型晚会上，他们都是常客，当她把果汁、马鞭草茶或洋甘菊茶端给他们喝时，他们说话的声音颤抖。晚上回去时，他们俩都赞赏她的端庄和优雅，为她脸色苍白感到担心，大胆地……

　　他们讲好在同一天晚上一起向她求爱，然后让她作出选择。阿尼卡初次面对爱情，觉得意外，在纯朴的心里感谢上天。她请这两位求爱者给她一些时间进行考虑。

　　说实话，她并不偏爱他们中的任何一个，她对他们发生兴趣，只是因为他们对她发生兴趣，原因是她已失去使任何人发生兴趣的希望。在一个半月的时间里，她越来越觉得为难，同时却渐渐对两个求婚者向她表示的敬意感到陶醉。两个布拉法富瓦尔在夜里散步时相互估计对方的进展，并直截了当地向对方长久地谈论她赐给他们的片言只语、目光和微笑，而她则独自待在自己的房间里，在一些小纸片上写字，然后用烛火把它们烧掉，并反反复复地依次说道：阿尼卡·布拉法法斯？阿尼卡·弗勒里苏瓦尔？但不能在这两个残酷的名字中作出选择。

　　然后，有一天举行跳舞晚会时，她突然选择了弗勒里苏瓦尔。阿梅代刚才在叫她阿尼卡时，不是像说意大利语那样，把重音放在她名字的倒数第二个音节上？（不过，这并非是预先考虑好的，也许是受到瑟梅纳小姐所弹的钢琴曲的影响，钢琴曲使当时的气氛具有音乐的节奏。）而阿尼卡这个名字，即她自己的名字，立刻使她感到出乎意料地悦耳，也能表达诗意、爱情……他俩单独待在客厅旁边的小会客室里，互相靠得很近，有气无力的阿尼卡让她那因感激而变得沉重的脑袋垂了下来，她的前额碰到阿梅代的肩膀，而阿梅代则十分庄重地握住阿尼卡的手，吻了吻她的手指。

在回家时，阿梅代把自己的幸福告诉了自己的朋友，加斯东则一反常态，一句话也不说，当他们在一个路灯前走过时，弗勒里苏瓦尔觉得他在哭。不管阿梅代是如何天真无邪，他难道真的认为他的朋友也会在这最后一点上分享他的幸福？他十分羞愧、尴尬，但还是把布拉法法斯抱在怀里（街上空无一人），并向自己的朋友发誓，不管他爱得多深，他的友谊仍然最为重要，说他并不认为他结婚后他的友谊会有丝毫的减弱，最后还说，为了不让布拉法法斯因嫉妒而痛苦，他准备用自己的幸福向朋友保证，他决不使用他作为丈夫的权利。

布拉法法斯和弗勒里苏瓦尔的性格都不暴躁，但加斯东多一点阳刚之气，他沉默不语，让阿梅代许下诺言。

阿梅代结婚后不久，加斯东为了减轻痛苦，就投入到工作中去，发明了塑性纸板。这个发明在开始时看起来好像不起眼，其第一个结果是恢复了莱维雄对于两位布拉法富瓦尔有所减退的友情。厄多克斯·莱维雄立刻预感到宗教雕塑艺术可能会使用这种新材料，他凭着对意外情况的出色感觉，首先把这种材料起名为罗马纸板①。布拉法法斯、弗勒里苏瓦尔和莱维雄商行就此成立。

商行申报的启动资金为六万法郎，两个布拉法富瓦尔投入的资金只有一万。莱维雄慷慨地提供了其余的五万，因为他不希望他的两位朋友负债累累。其实，在这五万中，四万是弗勒里苏瓦尔的借款，是从阿尼卡的陪嫁财产中提取的，偿还期为十年，累积利息四分半，这是阿尼卡从未想到过的，可以使阿梅代这笔小小的财产避开这个企业不能不冒的巨大风险。两个布拉法富瓦尔提供的支持则是他们的社会关系和巴拉利乌尔家的关系，就是说，罗马纸板经受了考验之后，可以得到教会中许多有影响的神职人员的保护。这些神职人员（除了几次重大的订货之外）说服了许多小堂区向 F.B.L.② 商行购货，以满足信徒们不断增加的需要，因为越来越完善的艺术教育需要的作品，应该比在此以前祖先们的信仰一直感到满足的粗糙作品来得精致。为此，教会认为出色的几位艺术家，被请来推动罗马纸板的事业，最终看到自己的作品获得巴黎美术展览会评委的首肯。莱维雄让两个布拉法富瓦尔留在波城，自己则迁居巴黎，由于他善于周旋，商行很快就得到巨大的发展。

---

① 目录中说，塑性罗马纸板是最近发明、专门制造出来的，布拉法法斯、弗勒里苏瓦尔和莱维雄商行保存着制造技术的秘密，这种材料可以十分有利地取代石膏板、毛粉饰板和其他类似的材料，因为在使用中清楚地显示出这些材料的种种缺陷。（接下来是对各种样品的描述。）——作者注

② 即 Fleurissoire, Blafaphas, Lévichon（弗勒里苏瓦尔、布拉法法斯、莱维雄）的第一个字母。

瓦朗蒂娜·德·圣普里伯爵夫人想通过阿尼卡使布拉法法斯的商行对拯救教皇的秘密使命发生兴趣，是十分自然的事情。她相信弗勒里苏瓦尔夫妇的恻隐之心，会使他们同意负担她的部分捐款。不幸的是，两个布拉法富瓦尔由于在商行开张时投资少，所以得益也少：在公开承认的收入中得到两个十二分之一，在其他的收入中分文未得。这是伯爵夫人所不知道的，因为阿尼卡同阿梅代一样，对金钱的事羞于启齿。

三

"亲爱的夫人！发生了什么事？看了您的信我非常担心。"

伯爵夫人倒在阿尼卡推过来的扶手椅上。

"啊！弗勒里苏瓦尔夫人……噢，请让我叫您亲爱的朋友……这种痛苦，也关系到您，使我们更加亲近。啊！您要是知道……"

"您说吧！您说吧！别再吊我的胃口。"

"但是，我刚才获悉并将告诉您的事，应该成为我们之间的一个秘密。"

"我从未辜负过任何人的信任。"阿尼卡难过地说道，因为从未有人把任何秘密告诉过她。

"这事您是不会相信的。"

"会的！会的！"阿尼卡抱怨地说道。

"啊！"伯爵夫人用呻吟般的声音说道，"噢，劳驾您给我喝一杯，随便什么都行……我感到像要断气那样。"

"您要马鞭草茶？椴花茶？洋甘菊茶？"

"随便什么……还是喝茶……这事我开始时也不愿相信。"

"厨房里有开水。马上就能泡好。"

阿尼卡在忙碌时，伯爵夫人好奇的眼睛对客厅进行鉴定。客厅呈现出令人失望的简朴。几把饰有绿色棱纹平布的椅子，一把石榴红丝绒面扶手椅，另一把扶手椅饰有俗气的绒绣，就是她坐的那把，一张桌子，一张桃花心木的蜗形脚桌子。壁炉前有一块绳绒地毯。壁炉上，在一个用半球形玻璃罩罩着的大理石座钟的两侧，有两只大理石的镂空大瓶，也罩有半球形玻璃罩。桌子上放着一本家庭影集。在蜗形脚桌子上是卢尔德圣母在岩洞中的形象，是用罗马纸板做的模型。这一切都在劝阻伯爵夫人，她感到缺乏勇气。

不过，这些人也许是装穷、吝啬……

阿尼卡回来时拿着托盘，上面放着茶壶、糖和一只茶杯。

"麻烦您啦。"

"哦！别客气……只是我情愿做在前面，因为到后来我就没有力气了。"

"好吧！"瓦朗蒂娜等阿尼卡坐下后开始说道，"是这样：教皇……"

"不！别告诉我！别告诉我！"弗勒里苏瓦尔夫人立刻说道，并把一只手伸到前面。然后，她轻轻地叫了一声，闭上眼睛，往后一仰。

"可怜的朋友！可怜、亲爱的朋友，"伯爵夫人说着拍了拍她的手腕，"我知道这个秘密是您力所不能及的。"

最后，阿尼卡睁开一只眼睛，伤心地低声说道：

"他死了？"

于是，瓦朗蒂娜朝她俯下身子，在她耳边说道：

"被囚禁了。"

弗勒里苏瓦尔夫人大吃一惊，回过神来。瓦朗蒂娜开始长久地讲述她的故事，在讲述中弄错了那些日期，把年代的次序搞乱，但是，事实是确定无疑、无可争辩的：我们的圣父落到了那些非基督教徒的手中；人们秘密组织一次十字军东征来解救他；为了搞好这次十字军东征，首先需要许多钱。

"阿梅代会怎么说呢？"阿尼卡感到难受，用呻吟般的声音说道。

他和他的朋友布拉法法斯去散步了，要到晚上才能回来……

"特别是要他保守秘密。"瓦朗蒂娜在向阿尼卡告辞时反复说了好几次，"让咱们吻别吧，亲爱的朋友。要勇敢些！"阿尼卡不好意思地把有点潮湿的前额伸给伯爵夫人。"明天，我来了解一下，您觉得能做些什么。同弗勒里苏瓦尔先生商量一下。但您要想想，这关系到教会！那么，就说好了：只告诉您的丈夫！您要答应我：守口如瓶，好吗？守口如瓶。"

圣普里伯爵夫人让阿尼卡处于抑郁的状态，同昏厥相差无几。阿梅代散步回来后，她立刻对他说道：

"我的朋友，我刚获悉一个极为悲伤的消息：可怜的圣父被囚禁了。”

“不可能！”阿梅代说时就像在说“呵！”那样。

于是，阿尼卡抽抽噎噎地哭了起来：

“我知道，我知道你是不会相信我的。”

“好了，好了，亲爱的……”阿梅代脱掉外套接着说道。他不穿外套是不会出去的，因为他害怕温度的突然变化。“你在想什么？要是有人碰了圣父，所有人都会知道。会在报上看到……谁会把他囚禁？”

“瓦朗蒂娜说是共济会。”

阿梅代看了看阿尼卡，心想她一定疯了。他还是开了口：

“共济会！哪个共济会？”

“我怎么知道呢？瓦朗蒂娜答应过不说出此事。”

“这一切是谁对她说的？”

“她不准我说出来……一个议事司铎，是一位红衣主教派来的，带着红衣主教的名片……”

阿尼卡对公务一窍不通，所以对德·圣普里夫人告诉她的事，她脑子里只有一个模糊的印象。监禁和囚禁这两个词，在她眼前展现的是带有浪漫色彩的阴暗图像，十字军东征这个词则使她无比振奋。当阿梅代最终受到震动，说到要启程时，她突然看到他身穿护胸甲，头戴柱形尖顶头盔，骑在马上……他现在大步穿过房间，说道：

“首先，钱，我们没有……你认为我给钱就够了！你认为，因为我少了几张钞票，我就能安心休息？但是，亲爱的朋友，如果你对我说的事是真的，那就很可怕，是不允许我们休息的。很可怕，你要知道。"

"是的，我清楚地感到，很可怕……不过，你还是对我解释一下……为什么？"

"哦！要我现在对你解释……"阿梅代额头上渗出了汗水，举起了失望的双臂。

"不！不！"他接着说道，"这里要献出的不是金钱，而是自己。我去同布拉法法斯商量一下，看看他对我说什么。"

"瓦朗蒂娜·德·圣普里要我答应不把这件事告诉任何人。"阿尼卡羞怯地说道。

"布拉法法斯不是外人。我们可以叫他决不要把这件事告诉别人。"

"你动身别人怎么会不知道呢？"

"别人会知道我动身了，但不会知道我去哪里。"然后，他转向她，用哀婉动人的声音恳求道，"阿尼卡，亲爱的……你让我到那里去吧。"

她啜泣着。现在，是她请求布拉法法斯的支持。阿梅代正要去找他，他却不请自来，并按照他的习惯，先敲了敲客厅的玻璃门。

"这是我一生中听到的最有趣的故事。"他了解了事情的经过之后大声说道，"不！实际上，谁又会想到这种事？"他没等弗勒里苏瓦尔说出自己的意图，就突然说道："我的朋友，我们只有一件事要做：启程。"

"您看，"阿梅代说道，"这是他第一个想法。"

　　"可惜的是，我可怜的父亲身体不好，我无法离开。"这是第二个想法。

　　"总之，最好我一个人去。"阿梅代接着说道，"我们两个人去会被别人发现。"

　　"你是否知道该怎么做？"

　　于是，阿梅代挺起胸脯，竖起眉毛，样子仿佛在说：我一定尽力而为，你要我怎样呢？布拉法法斯继续说道：

　　"你知道是同谁打交道？去哪儿？你在那儿到底要干什么？"

　　"首先要了解当时的情况。"

　　"不过，如果这一切都不是真的呢？"

　　"对，我不能疑虑重重。"

　　加斯东立刻大声说道：

　　"我也不能这样。"

　　"我的朋友，你再考虑一下。"阿尼卡试图劝阻。

　　"一切都考虑好了：我秘密启程，但我要走。"

　　"什么时候？你没有做过任何准备。"

　　"今天晚上。我难道要带许多东西？"

　　"但你从未出门过。你是不会知道的。"

　　"你等着瞧吧，亲爱的。我会向你们讲述我的冒险故事。"他说时傻笑了一声，他的喉结为之一动。

　　"你会感冒的，肯定会。"

"我会系上围巾。"

他停下脚步，用食指微微托起阿尼卡的下巴，人们想引婴儿微笑就是这样做的。加斯东态度持重。阿梅代走到他的身边：

"查火车时刻表，我就拜托你了。你要告诉我，我去马赛乘哪一班火车好，是三等车厢。最后，请给我准备一份详细的时刻表，注有我要换车的地点。然后，我就动身，我会设法应付的，天主会把我带到罗马。你们给我写的信寄到那里，请写上：存局候领。"

他使命的重要性使他的头脑过于发热，这十分危险。加斯东走后，他仍在客厅里踱来踱去。他低声说道：

"把这事留给我来做！"他充满着赞赏和感激之情：他终于有了存在的理由。"啊！行行好吧，夫人，别把他留下来！世界上很少有人能找到用武之地。"

阿尼卡得到的唯一结果，是那天夜里他仍在她身边度过，因为加斯东在晚上带来的时刻表上指出，乘上午八点的火车最为方便。

那天上午，下着大雨。阿梅代不要阿尼卡或加斯东到火车站去给他送行。没有人用永别的目光看着这位滑稽可笑的旅行者，只见他眼睛像西鲱，脖子上系着石榴红围巾，右手提着灰色帆布手提箱，上面钉着他的名片，左手拿着大雨伞，胳膊上搭着一条绿色和棕色的格子披肩，火车把他送往马赛。

四

在这时，一次重要的社会学会议使尤利乌斯·德·巴拉利乌尔伯爵来到罗马。他也许不是被专门请来的（因为他对社会问题与其说精通，不如说相信），但他很高兴利用这个机会来结识一些学术权威。由于米兰是他的必经之地，正如读者知道的那样，米兰也是阿尔芒-杜布瓦夫妇听从安塞姆神父的建议而移居的地方，所以他将利用这个机会去看看他的襟兄。

就在弗勒里苏瓦尔离开波城的那天，尤利乌斯拉响了昂蒂姆家的门铃。

他被带进一个破旧的套间，如果阴暗的小室也能算一个房间，那么套间里就有三个房间，韦萝尼克亲自在这个小室里烧几个蔬菜，即他们的家常菜。一面难看的金属反射镜照出小院子里暗淡、狭窄的光线。尤利乌斯手里拿着帽子，而不是把它放在覆盖椭圆形桌子的不干净的漆布上，并因害怕坐在仿皮漆布上而仍然站着。他抓住昂蒂姆的手臂，大声说道：

"您不能住在这儿，可怜的朋友。"

"我有什么值得您可怜？"昂蒂姆说道。

听到说话的声音，韦萝尼克跑了过来：

"亲爱的尤利乌斯，您知道别人亏待了我们，我们又过于相信别人，您是否认为他只能这样说？"

"是谁叫你们到米兰来的？"

"是安塞姆神父。不管怎样，我们不能保留卢奇纳街的套间。"

"它对我们又有什么用呢？"昂蒂姆说道。

"问题不在这里。安塞姆神父答应补偿你们的损失。他是否知道你们的贫困？"

"他装作不知道的样子。"韦萝尼克说道。

"你们得向塔布的主教申诉。"

"昂蒂姆已经这样做了。"

"他说了什么？"

"他是个善良的人。他热情地鼓励我的信仰。"

"但是，你们来这里之后，没有求助过任何人？"

"我差一点去见帕齐红衣主教，他曾关心过我，我也在不久前给他写过信。他曾路过米兰，但他派他的男仆来对我说……"

"他痛风发作，只能待在房间里。"韦萝尼克打断了他的话。

"真可恶！必须告诉拉姆波拉。"尤利乌斯大声说道。

"告诉他什么，亲爱的朋友？我确实有点穷，但我们还需要什么？我在事业成功之时到处漂泊，我是罪人，我是病人。现在，我的病好了。过去，您处于有利的地位，可以来同情我。但您知道这点：虚幻的财产会使人离开天主。"

"但是，这些虚幻的财产是应该给您的。我同意教会教导您蔑视财产，但不同意教会剥夺您的财产。"

"说得好。"韦萝尼克说道，"我听您说话，尤利乌斯，感到十分宽慰。他的逆来顺受，使我极不耐烦。无法让他自卫。他像个傻瓜，听任别人骗取他的钱财，还要感谢想来捞钱的人们，那些人是以天主的名义来捞钱的。"

"韦萝尼克，我听你这样说很难受。人们以天主的名义做的事，已是生米煮成的熟饭。"

"如果您认为当傻瓜有趣。"

"jobard（傻瓜）这个词中有 Job（约伯 ①），我的朋友。"

于是，韦萝尼克转向尤利乌斯：

"您听到他的话了？唉！他每天都这样。他嘴里只有枯燥无味的说教。我在菜场、厨房里和家务上忙完之后，先生就读他的福音书中的语录，认为我在许多事情上都太冲动，要我去观赏田里的百合花。"

"我在尽量帮助你，我的朋友。"昂蒂姆用天使般的声音接着说道，"我现在步履轻健，所以多次向你提出去菜场买菜，或是替你做家务。"

"这不是男人们做的事。你还是写你的说教书，只是要设法让人多给你一点钱。"然后，她用越来越生气的声音说道（她以前总是笑脸相迎！），"但愿这不是一种耻辱！要想想他以前给《电讯报》写亵渎宗教的文章时得到的稿费：他今天给《朝圣者报》写主日说教只拿到几文钱，却还要把其中的四分之三留给穷人。"

"那么，他是十足的圣人……"尤利乌斯难受地大声说道。

---

① 据《圣经·旧约》，约伯是乌斯人，极为富有，并且具有忍耐精神。神为了试他，夺去了他的全部财产、女儿，他都能忍受。

"啊！他用他的圣洁来烦我……喂，您是否知道这是什么？"她走到房间的一个暗角里，去找一只鸡笼，"这两只老鼠的眼睛，是以前给科学家先生弄瞎的。"

"唉！韦萝尼克，您为什么要重提旧事？当时，我在对它们做实验，您给它们喂食，我当时还责备您……是的，尤利乌斯，在我犯罪时，我因在科学上的无谓好奇而弄瞎了这两只可怜的动物，我现在对此感到负疚，是理所当然的。"

"我希望教会在使您失明之后，也认为为您做您为这两只老鼠做的那种事是理所当然的。"

"您说：失明！您是这样说的？是眼明，老弟，眼明。"

"我对您说的是实利。您被人抛弃，处于这样的状况，这在我看来是无法接受的。教会对您许下了诺言，就必须履行，这是为了教会的名誉，也是为了我们的信仰。"然后，他转向韦萝尼克，"如果你们还是一无所得，那就再对上面去说，一级一级上去。我刚才说了拉姆波拉？我现在想向教皇呈交请求书，教皇知道您皈依天主的事。受到这样不公正的待遇，应该让他知道。明天我就回罗马。"

"您留下来和我们一起吃晚饭吧。"韦萝尼克胆怯地说道。

"请您原谅，我的胃不是很好（尤利乌斯的指甲保养良好，他发现昂蒂姆手指粗糙，指尖呈方形）。从罗马回来之后，我再来看您，我会多待一些时间，亲爱的昂蒂姆，同您谈论我准备写的新书。"

"最近我又看了《顶峰巍峨》，感觉要比我初次看时来得好。"

"您的感觉不对！这是本失败的书。当您能理解我的意思，能评价我思想中的奇特工作时，我再向您解释其中的原因。我要说的话太多了。今天就到此为止。"

他离开阿尔芒-杜布瓦夫妇时，要他们充满希望。

第四卷

千足帮

我赞扬的只能是在呻吟中探求的人们。

帕斯卡，3421

一

　　阿梅代·弗勒里苏瓦尔离开波城时，口袋里带着五百法郎，这些钱在他旅途中肯定够用，虽然共济会狡诈，可能会让他花冤枉钱。另外，如果钱不够，他又不得不延长逗留时间，他就求助于布拉法法斯，他的朋友留了一小笔钱供他使用。

　　在波城无人知道他去哪儿，他买的车票只能乘到马赛。从马赛到罗马，三等车票只要三十八法郎四十生丁，而且他能中途下车，他想利用这点来满足的并非是他那从未十分强烈的对各地别致景色的好奇心，而是他过于讲究的睡眠需要。这就是说他特别害怕失眠，而由于教会要求他到达罗马时精神饱满，所以他并不在乎迟两天到达，也不在乎多付些旅馆的住宿费……这要比在车厢里过夜好得多，因为在车厢里肯定会彻夜不眠，而吸进其他旅客呼出的空气，又极不卫生。另外，其中一位旅客如想更换车厢里的空气，打开一扇窗，那他一定会感冒……因此，他第一天在马赛过夜，第二天在热那亚过夜，住在一家并不豪华但十分舒适的旅馆里，这种旅馆在火车站附近很容易找到，这样他将在第三天晚上到达罗马。

总之，他对这次旅行感到高兴，也对终于能独自一人旅行感到高兴，他已四十七岁，却总是在别人的保护下生活，到处都由他的妻子或他的朋友布拉法法斯陪伴。他坐在自己的座位上，像山羊那样尴尬地微笑着，希望自己的冒险没有很大危险。他到达马赛，一切平安。

第二天，他乘错了车。他当时全神贯注地阅读他刚买的意大利中部《导游手册》，所以弄错了火车，乘上去里昂的列车，到阿尔勒才发现，当时火车重新启动，一直开往塔拉斯孔。他得重新确定路线，然后乘晚上的火车前往土伦，他不想再次在马赛过夜，那里的臭虫使他难受。

他在那里的房间朝向大麻田林荫街 ①，外面的景色不错，床也不错，他叠好衣服、算好账、做好祈祷之后，就放心地躺在床上。他困得要命，立刻就睡着了。

臭虫有特别的习性，它们等到蜡烛熄灭、房间里一片漆黑之后，立刻开始攻击。它们并非没有目的地乱走，而是直接走到它们特别喜欢的颈部，有时走到手腕，少数几只则偏爱踝部。人们不知道它们为什么要把一种能引发荨麻疹的渗透性油注入睡眠者的皮肤下面，只要摩擦皮肤，这种油的毒性就会

---

① 大麻田林荫街（一译"拉卡内比耶尔林荫街"）是马赛市的街道，通往老港。

剧增……

　　弗勒里苏瓦尔感到奇痒，醒了过来。他点上蜡烛，跑到镜子前面，看到下颌下面有一块模糊的红斑，上面布满模糊的白色小点，但蜡烛照得不清楚，镜子的锡汞齐又被弄脏，他的视觉也因困倦而变得模糊……他又躺了下来，仍在抓挠，又熄了蜡烛，五分钟后再次点上，因为灼痛变得无法忍受。他冲到盥洗室，在水罐里把手帕浸湿，敷在发炎的部位，那部位越来越大，已扩大到锁骨。阿梅代以为自己要生病了，就进行祈祷，然后又把蜡烛熄灭。敷着的湿手帕清凉，使疼痛得到了缓解，但时间十分短暂，疼痛者仍无法睡着。现在，除了荨麻疹般的疼痛之外，还有被弄湿的睡衣领子，他的眼泪也使领子变湿。突然，他害怕地跳了起来：臭虫！是臭虫！他感到奇怪的是他没有预先想到它们，但是，他对这种昆虫只知其名，又怎么能把一种确定的叮咬的结果归结为这种不确定的灼痛？他从床上下来，第三次点燃蜡烛。

　　他讲求理论，又神经过敏，所以像许多人那样，对臭虫有不符合实际的看法，他又因厌恶而感到寒心，开始在自己身上寻找臭虫，但没有找到，以为自己弄错了，并再次认为自己病了。在被单上也找不到。他在重新躺下之前，想到把长枕微微翻开。他发现三个黑黝黝的小圆点迅速躲到床单的皱褶里。正是它们！

　　他把蜡烛放在床上，开始捕捉它们，他把皱褶展开，看到了五只，但由于厌恶，不敢用指甲把它们掐死，就把它们赶到

他的便壶里，对着它们撒了泡尿。他看着它们挣扎了一会儿，
既满意又残忍，同时感到心里舒服了一点。他再次躺下，把蜡
烛吹灭。

几乎与此同时，他身上又开始痒了，现在是颈背发痒。他
感到恼火，又点燃蜡烛，下了床，这次把睡衣脱下来，从容不
迫地仔细检查衣领。最后，他看到缝线上有几个难以觉察的淡
红色小点在迅速移动，就当即把它们掐死，在上面留下一个个
血迹。这些讨厌的昆虫这么小，他很难相信这就是臭虫。但是，
不久之后，他再次微微翻开长枕，看到里面有一只大臭虫：这
一定是它们的母亲。他受到鼓舞，非常兴奋，几乎感到有趣，
就拿掉长枕，掀开被单，开始有条不紊地进行搜索。现在，他
在想象之中觉得到处都有臭虫，但一共只抓到四只。他重新躺
下，享受到一小时的安宁。

接着，他又开始感到灼痛。他再次起来捕捉，最终弄得精
疲力竭，只好罢休，但发现灼痛的地方只要不去碰它，很快就
会不痛。拂晓时，最后几只臭虫吃饱之后，就不来叮咬他。他
睡得很熟时，侍者来叫醒他，因为他要去赶火车。

在土伦则是跳蚤。

也许跳蚤是他从车厢里带来的。他整夜搔痒，辗转反侧，
无法入睡。他感到它们沿着他的两条腿在跑，使他腰部发痒，
浑身发热。他皮肤娇嫩，被跳蚤咬了以后就长出许多疙瘩，他
随手一搔就发炎了。他多次点燃蜡烛，起床后脱下睡衣，重新

穿上，却不能杀死一只跳蚤。他刚看到它们，就被它们逃出他的手掌，即使抓到了它们，以为它们被他的手指压扁后死了，可它们却马上又鼓了起来，像刚才那样活蹦乱跳地逃之夭夭。他最终觉得还是臭虫好。他感到生气，抓不到跳蚤就更加恼火，结果影响了睡眠。

第二天，他夜里长出的疙瘩使他身上发痒，而新发痒的地方则在提醒他，跳蚤仍在咬他。车厢里又过于热，使他感到更不舒服。车厢里挤满了工人，他们喝酒、抽烟、吐痰、打嗝，吃着气味难闻的粗短香肠，使弗勒里苏瓦尔好几次想要呕吐。但是，他到了边境之后才敢离开这节车厢，因为他害怕工人们看到他登上另一节车厢，会以为是他们妨碍了他。他在其后登上的车厢里，一个身体庞大的奶妈在给婴儿换尿布。他竭力想睡着，但帽子妨碍了他。这是一顶系黑带的扁平白草帽，通常称为canotier。当弗勒里苏瓦尔像平常那样戴着它时，坚硬的帽边使他的脑袋离开隔板。为了把头部靠在隔板上，他把草帽稍稍抬起，隔板却把它往前猛推，而他反过来把草帽往后压，帽边则被夹在隔板和他颈背之间，他额头上面的帽边就像阀门那样往上翻。他决定把草帽脱下来，用围巾裹着头，因害怕阳光，他用围巾遮住眼睛。他至少已为夜里采取了预防措施：他上午在土伦买了一盒杀虫药粉。他心里想，即使房钱贵，他今晚也要毫不犹豫地在一家条件良好的旅馆下榻，因为这一夜再睡不好，他到达罗马时会处于何等萎靡不振的状态？遇到共济会会员就只能听凭摆布。

热那亚火车站前停着各大旅馆的公共马车。他径直走向最豪华的一辆马车，没有被拿起他寒酸的手提箱的仆人的傲慢神情吓倒。但是，阿梅代不愿离开自己的手提箱。他不同意把它放在车顶上，而是要求把它放在他座位旁边的坐垫上。在旅馆的门厅里，看门人说的是法语，使他不感到拘束。于是，他鼓起了勇气，不仅仅要"一间非常好的房间"，而且询问向他推荐的那些房间的房钱，房钱在十二法郎以下的房间，他都看不中。

他决定要房钱为十七法郎的房间，看了好几间之后，他觉得房间宽敞、干净、雅致，又恰到好处。床在房间中显得突出，是一张铜床，十分整洁，肯定没人睡过，要是用除虫菊，对这张床是一种侮辱。盥洗室隐藏在一种大橱之中。两扇宽阔的窗子开向花园。阿梅代朝黑夜中俯下身子，久久地观赏着模糊不清的阴暗枝叶，让温热的空气逐渐缓解他的焦躁，并使他昏昏欲睡。在床的上方，一面罗纱做的帆像薄雾般准确地落在三个边上，如缩帆那样的细纱带在前面把它拉起，形成优美的曲线。弗勒里苏瓦尔认出这就是人们所说的蚊帐，而他却一直不屑使用蚊帐。

洗完澡之后，他愉快地躺在凉爽的被单里。他让窗子开着，当然不是完全敞开，因为他怕感冒，怕得眼炎，而是把一扇窗子关上，使风不能直接吹到他的身上。他算好账，做完祷告，就把灯熄了。（照明是用电气的，只要把开关上的小栓往下一按，就能把灯熄灭。）

弗勒里苏瓦尔正要睡着，轻微的歌唱声使他想起他没有采取预防措施，即只能在熄灯后开窗，因为光线会吸引蚊子。他也想起曾在什么地方看到，有人感谢仁慈的天主把一种特殊的轻音乐赋予这种飞虫，使睡眠者在即将被叮咬时得到警告。然后，他让无法逾越的罗纱飘落在自己的周围。他温顺地想道："这毕竟比像毡帽那样的小圆锥形干草要好得多，布拉法法斯老爹在出售时用 fidibus（纸捻）这个古怪的名称。人们把它们放在金属茶托上点燃，它们烧着时散发出大量有麻醉性的烟雾，会把睡眠者熏得半死。Fidibus！多么奇怪的名称！Fidibus……"他已经睡着，突然，他鼻子的左侧被狠狠地叮了一下。他用手去打，但当他轻轻地触摸皮肤上灼痛的隆起时，手腕上又被叮了。然后，耳边发出嘲讽般的嗡嗡声……讨厌！他把敌人关在自己身边！他摸到开关上的小栓，把电流接通。

是的！蚊子是在里面，停在蚊帐的顶上。阿梅代眼睛虽然有点老花，却看得十分清楚，见它纤细得滑稽可笑，四只脚站得很稳，其他两只脚放在后面，长长的，成环状。真是盛气凌人！阿梅代在床上站了起来。但是，这织物像薄雾那样轻柔，怎么能把停在上面的这只昆虫打死？……没关系！他用手掌拍，拍得既猛又快，他以为把蚊帐给弄破了。蚊子肯定已被打死，他用眼睛寻找它的尸体，什么也没有看到，但感到又被叮了一下。

为了尽量保护好他身体的其他部分，他又钻进被窝，呆呆地躺了一刻钟左右，不敢熄灯。后来，他没有再见到和听到敌人，就放下心来，把灯熄了。但音乐声立刻重新响起。

于是，他伸出一条胳膊，把手放在脸的旁边，当他感到一只蚊子稳稳地停在他的额头上或面颊上时，他就伸出手掌打下去。但是，他立刻又听到这昆虫在歌唱。

然后，他想出个主意，用围巾把头包起来，这大大妨碍了他呼吸的顺畅，但并不能阻止他下巴受到叮咬。

这时，蚊子也许已经吃饱，开始默不作声。至少，阿梅代已困得睡着，不再听到它的声音。他已把围巾拿掉，睡觉时浑身发热。他一面睡觉，一面在搔痒。第二天早上，他那原先是鹰嘴状的鼻子，变得像酒鬼的鼻子一样。面部的肿块长得像钉子那样大，下巴上的肿块活像火山。在离开热那亚之前，他剃胡子时请剃须匠帮忙治疗，以便在到达罗马时不失体面。

二

到达罗马后，弗勒里苏瓦尔在火车站前犹豫不决。他手里拿着手提箱，疲惫不堪，晕头转向，不知所措，无法作出决定。他感到浑身无力，只能拒绝主动上来兜生意的旅馆看门人。他幸运地遇到一个讲法语的搬运工。巴蒂斯坦是个小伙子，出生在马赛，几乎还没有长出胡须，他目光炯炯有神，认出弗勒里苏瓦尔是哪个国家的人，就提出给他带路，并帮他拿手提箱。

在长时间的旅途中，弗勒里苏瓦尔已仔细阅读了他的《导游手册》。一种本能、预感和内心的警告几乎立刻使他虔诚的关心从梵蒂冈转到圣天使城堡，即哈德良①过去的陵墓，这座著名的监狱曾在秘密囚室中关押过许多著名的囚犯，看来有一条地道使它和梵蒂冈相通。

他看着地图。"必须在这里找到住宿的地方。"他作出了决定，并用食指指着圣天使城堡对面的托尔迪诺纳滨河街。凑巧的是，这也是巴蒂斯坦提议带他去的地方，不是在滨河街上，这其实只是一条河堤，而是在它旁边的小老头街上，从刚在堤上建成的翁贝托桥过去是第三条街。他知道有一幢安静的房屋（从四楼的窗子俯身望去，可以看到陵墓），那里的女士乐于助人，能讲各种语言，特别是法语。

"要是先生觉得累，可以乘马车，那里很远……是的，今晚的空气更加凉爽，长途旅行后走点路有好处……不，手提箱不是很重，我可以一直拿到那里……是第一次来罗马！先生也许来自图卢兹？……不，是来自波城。我应该听出您的口音。"

他们就这样边走边谈。他们走到维米纳尔街，然后转到阿戈斯蒂诺·德普雷蒂斯街，这条街把维米纳尔街和平乔街连接起来。然后，他们从民族街走到科尔索街，并穿过这条街。从此，他们走过一条条迷宫般的不知名的小街。手提箱不是很重，搬运工可以阔步前进，弗勒里苏瓦尔跟在后面却十分吃力。他跟着巴蒂斯坦碎步疾走，走得筋疲力尽，热得浑身无力。

---

① 哈德良（76—138），罗马皇帝，对外采取谨守边境政策，对内加强集权统治，在不列颠境内筑"哈德良长城"，镇压犹太人暴动，编纂罗马法典，奖励文艺。

"我们到了。"巴蒂斯坦终于说道，而另一位正想求他别再走了。

小老头街确切地说应为小街，狭窄而又阴暗，弗勒里苏瓦尔犹豫不决，不知该不该进去。但巴蒂斯坦已走进右面第二幢房子，这幢房子的大门离滨河街的街角只有几公尺远。同时，弗勒里苏瓦尔看到一个狙击兵从里面走了出来。这种漂亮的军装，他已在边境见到过，使他感到放心，因为他相信军队。他往前走了几步。一位女士在门口出现，显然是客栈的老板娘，她和蔼可亲地对他微笑。她系着黑缎围裙，戴着手镯，脖子上套着天蓝色塔夫绸饰带，她乌黑发亮的头发盘在头顶上，用巨大的玳瑁压发梳顶住。

"你的手提箱已送到四楼。"她对阿梅代说道。阿梅代认为，她用"你"来称呼是意大利的习惯，或者是她对法语了解不够。

"Grazia！"他也微笑着回答道。Grazia！就是：谢谢 ①，这是他唯一会说的意大利语词，他觉得在感谢一位女士时，把这个词改成阴性更为礼貌。

他开始上楼，走到每个楼梯平台都要歇一会儿，鼓鼓勇气，因为他已筋疲力尽，肮脏不堪的楼梯也使他感到失望。每走十级楼梯就有一个楼梯平台，楼梯游移不定，转来转去，转了三次才通到二楼。第一个楼梯平台对着大门，平台的天花板上挂

---

① 意大利语的"谢谢"应为：Grazie。阿梅代因对方为女性而把词尾 e 改成 a。

着一只关金丝雀的鸟笼，在街上就能看到。在第二个楼梯平台上，一只生疥癣的猫叼着它准备吞下去的鳕鱼干走了一会儿。第三个楼梯平台通向厕所，厕所的门大开，可以看到在便桶旁边有一只大礼帽般的黄色陶土便壶，一把小扫帚的柄从壶口伸出。在这个平台上，阿梅代没有停留。

在二楼，一盏汽油灯燃烧时有烟，旁边是一扇宽阔的玻璃门，门上写着客厅这两个毛糙的字。客厅阴暗，透过玻璃门，阿梅代只能隐约看到他对面的墙上有一个框子为金色的镜框。

他走到第七个楼梯平台时，有一个军人——这次是炮兵——从三楼的一个房间里走了出来，撞到了他，十分迅速地下楼。此人将他一把扶住，走时笑着用意大利语含糊不清地说了句道歉的话，因为弗勒里苏瓦尔像喝醉酒那样，累得几乎站不住。他对第一个军人感到放心，对第二个军人却感到不安。

"这些军人会大声喧闹。"他想道，"幸好我的房间在四楼，我喜欢他们住在我下面。"

他还没有离开三楼，只见一个女人穿着敞开的浴衣，头发散乱，从走廊里跑了出来，叫唤着他。

"她把我当做另一个男人了。"他心里想道，并急忙上楼，把眼睛转过去，使她不至于因被别人看到她穿得这么少而感到尴尬。

他走到四楼时气喘吁吁，并看到了巴蒂斯坦。巴蒂斯坦用意大利语同一个年龄无法确定的女人说话，这个女人特别使他想起布拉法法斯家的女厨师，但没有那么胖。

"您的手提箱在十六号房间，是第三个门。走过去时请注意放在走廊里的水桶。"

"我把水桶放在外面，是因为它漏了。"那女人用法语解释道。

十六号房间的门开着。在一张桌子上，一支点燃的蜡烛照亮了房间，也把亮光射到走廊之中。在十五号房间的门前，在一只便桶周围的石板地面上，一个水洼闪闪发亮，弗勒里苏瓦尔跨了过去。从中散发出一股呛人的气味。手提箱放在一把椅子上，十分显眼。一走到房间闷热的空气之中，阿梅代立刻感到头晕。他把他的伞、披肩和帽子都扔在床上，自己则倒在扶手椅上。他额头上全是汗，觉得自己要晕过去了。

"这位是卡萝拉太太，她会说法语。"巴蒂斯坦说道。

他们俩都走进了房间。

"请把窗子打开一点。"弗勒里苏瓦尔站不起来，就哀叹道。

"哦！他有多热！"卡萝拉太太说道，并从胸衣里拿出一条香手帕，把他苍白的脸上的汗水揩干。

"咱们把他推到窗子旁边。"

他俩把扶手椅抬了起来。阿梅代稳稳地坐在上面，他已几乎晕倒，就任人摆布。他们使他能舒畅地呼吸，不是靠走廊里难闻的气味，而是用街上的各种臭味。但是，凉爽的空气使他恢复了知觉。他在背心的小口袋里找出用纸卷起来的五个里拉，这是他准备给巴蒂斯坦的：

"我对您非常感谢。现在，您自便吧。"

搬运工走了出去。

"你不应该给他这么多。"卡萝拉说道。

阿梅代以为用"你"来称呼是意大利的习惯。他现在只想睡觉，但卡萝拉看来并不准备出去。出于礼貌，他开了口：

"您讲法语像法国人一样好。"

"这并不奇怪，我是巴黎人。您呢？"

"我是南方人。"

"这点我猜到了。看到您时，我心里就想：这位先生想必是外省人。您是第一次来意大利？"

"是第一次。"

"您是来办事的？"

"是的。"

"罗马，真美。有许多地方可以去玩。"

"是的……但是，今天晚上，我有点累。"他试着说道，又仿佛是表示抱歉，"我乘了三天火车。"

"来到这里要很长时间。"

"我三夜没有睡觉。"

卡萝拉像意大利人那样会突然表示亲热，这种亲热一直使弗勒里苏瓦尔感到困窘。听到这话，她拧了一下他的下巴。

"下流坏！"她说道。

这一拧使阿梅代脸上有了点血色。他想立刻摆脱这种令人不快的暗示，就长时间地谈论跳蚤、臭虫和蚊子。

"在这里，这些东西你都不会遇到。你看，多干净。"

"是的。我希望我能睡得好。"

但是，她仍然不走。他艰难地从扶手椅上站了起来，解开背心上的几粒纽扣，胆怯地说道：

"我想我要睡了。"

卡萝拉太太知道弗勒里苏瓦尔感到拘束。

"我看出，你希望我让你单独待一会儿。"她说得很有分寸。

她出去后，弗勒里苏瓦尔立刻把门锁上，从手提箱里拿出他的长睡衣，躺在床上。但是，锁舌显然咬得不紧，因为他还没有把蜡烛吹灭，卡萝拉的脑袋已再次出现在微微打开的门洞里，到了床的后面、床的旁边，脸上露出微笑……

一小时后，他坐了起来，卡萝拉则依偎着他，躺在他的怀抱里，身上一丝不挂。

他左臂被她压得发酸，就抽了出来，然后同她分开。她睡着了。房间里看到的全是小街散发出来的微弱光线，听到的只有这个女人均匀的呼吸声。这时，阿梅代·弗勒里苏瓦尔的整个肉体和灵魂都感到一种奇特的疲惫，就把他瘦削的双腿从被单里伸了出来，坐在床边上哭了起来。

正如刚才的汗水那样，现在的泪水也在给他洗脸，并同车厢里带来的灰尘混杂在一起。泪水无声无息地流，不停地流，就像溪流那样，从他内心流出，仿佛从隐藏的水源流出。他想到阿尼卡、布拉法法斯，唉！啊！他们要是看到他这样！现在，他不敢再回到他们身边……然后，他想到他庄严的使命从此坏在他的手里。他低声呻吟道：

"一切都完了！我再也配不上了……啊！全完了！全完了！"

但是，他叹息时声调奇特，把卡萝拉给吵醒了。现在，他跪在床脚，用拳头捶打他虚弱的胸部，卡萝拉惊讶得愣住了，她听到他牙齿格格作响，在抽噎的间隙反复说道：

"逃命吧！教会垮了……"

最后，她忍不住了：

"你这是怎么啦，可怜的大哥？你疯了？"

他朝她转过头去：

"我求求您，卡萝拉太太，您走吧……我必须一个人待在这儿。我明天早上再和您见面。"

他只是责怪他自己，所以温柔地吻了吻她的肩膀：

"啊！我们在这儿做的事，您不知道有多么严重。不，不！您是不知道的。您永远不会知道。"

三

诈骗行动打着解救教皇的十字军东征这个庄严旗号，把黑手伸向不止一个法国省份。普罗托斯，即维蒙塔尔的假议事司铎，并非是诈骗组织的唯一成员，正如圣普里伯爵夫人并非是唯一的受害者那样。所有的受害者并不是同样乐于助人，虽说诈骗组织的所有成员都会表现出同样的机灵。即使是普罗托斯，即拉弗卡迪奥的老朋友，在行动后也要加倍警惕。他一直生活在忧虑之中，害怕真的神职人员获悉此事，所以为保护自己的后方所花费的心机，同推进工作时一样多。不过，他善于应变，另外也有出色的助手。这个帮派（称之为千足帮）的上上下下都十分默契，纪律严明。

当天晚上，巴蒂斯坦把这个外国人来到的消息告诉了普罗托斯。普罗托斯得知此人来自波城，十分不安，第二天上午七点就来到卡萝拉那里。她还躺在床上。

他从她那里得到的消息，以及她对夜里发生的事情、"朝圣者"（这是她给阿梅代起的外号）的焦虑不安、抗议和流泪所作的混乱叙述，不会再给他留下疑问。显然，在波城的讲道有了结果，但并非完全是普罗托斯希望的那种结果。必须睁着眼睛看着这个幼稚的十字军参加者，此人的笨拙可能会使阴谋败露……

"来吧，让我过去。"他突然对卡萝拉说。

这句话可能显得奇怪，因为卡萝拉仍躺在床上，但奇怪的事不会阻止普罗托斯行动。他一条腿跪在床上，另一条腿从这个女人身上跨过去，灵活地转了个身，把床推了一下，就落到床和墙壁之间。也许卡萝拉对这种跳跃早就习以为常，因为她只是问道：

"你要干什么？"

"做神父呗。"普罗托斯也只是回答道。

"你从这边出去？"

普罗托斯犹豫了片刻，然后说道：

"你说得对，这样比较自然。"

说着，他弯下腰，打开墙上的一个暗门，暗门很低，完全被床遮住。他要钻进暗门时，卡萝拉抓住了他的肩膀。

"你听着，"她有点郑重其事地对他说道，"那个人，我不希望你去伤害他。"

"我对你说，我做的是神父！"

他刚走，卡萝拉立刻起床，开始穿衣服。

我不大知道对卡萝拉·弗尼泰卡应该有怎样的看法。她刚才发出的呼声使我认为，她的心灵还没有被腐蚀得太深。因此，在卑鄙无耻之中，有时会突然出现奇特的绵绵情意，犹如在一堆粪便之中会长出一朵天蓝色的花朵。卡萝拉像其他许多女人一样，从本质上说是顺从的和忠实的，所以需要一个男人来指导。她被拉弗卡迪奥抛弃之后，立刻去找她第一个情夫普罗托斯，是出于抗拒和恼恨，是为了进行报复。她再次度过艰难的时刻。普罗托斯在重新把她变为自己的掌中之物后，才把她找了回来，因为他喜欢控制别人。

如果不是普罗托斯，而是另一个男人，就会使这个女人振作起来，让她重新做人。当然，首先要有这种愿望。相反，普罗托斯好像一心想让她堕落。我们已经看到这个帮派要求她提供的色情服务。老实说，要这个女人服从，看来没有太大的困难，但是，一个人反抗屈辱的命运，往往不会发现自己初期的骚动。只有依靠爱情，内心的反抗才会揭示出来。卡萝拉是否爱上了阿梅代？得出这种看法是轻率的，但是，在接触到这样纯洁的男人之后，她这个堕落的女人也感到激动，我刚才讲的她发出的呼声，确实出自她的内心。

普罗托斯回来了。他没有换衣服。他把手里拿着的一包衣服放在一把椅子上。

"怎么？"她说道。

"我考虑过了。首先我必须去邮局检查他的信件。我到中午再换衣服。把你的镜子递给我。"

他走到窗前，俯身看着自己的影像，黏上一对褐色的小胡子，颜色比他的头发略浅，在接近上唇的地方向两边撇开。

"你把巴蒂斯坦叫来。"

卡萝拉打扮完毕。她走到门旁，把一条细绳拉了一下。

"我已经对你说过，我不想再看到你戴着这对链扣。这会使你引人注目。"

"你很清楚，是谁把链扣给我的。"

"是的。"

"你嫉妒了？"

"大傻瓜！"

这时，巴蒂斯坦敲门进来了。

"喂！你办事胆子要大。"普罗托斯对他说道，并指着他从外面带进来后放在椅子上的外衣、硬领和领带，"你去陪你的顾客周游市区。我要到傍晚才把他从你手里接过来。在此之前，你别让他跑掉。"

阿梅代去忏悔的地方是法国人的圣路易教堂，他认为这比圣彼得大教堂要好，因为圣彼得大教堂大得使他有压抑感。巴蒂斯坦给他做向导，然后把他带到邮局。应该料到的是，千足帮在那里有亲信。钉在手提箱盖子上的小小名片，使巴蒂斯坦知道了弗勒里苏瓦尔这个姓，并告诉了普罗托斯，普罗托斯不费吹灰之力就叫邮局的一个乐于助人的职员把阿尼卡的一封信交给了他，并毫无顾忌地看了这封信。

"真奇怪！"弗勒里苏瓦尔在一小时后也来要他的信时大声说道，"真奇怪！信封好像被人拆开过。"

"这种事这里经常发生。"巴蒂斯坦冷冷地说道。

幸好阿尼卡十分谨慎，只是做了十分含蓄的暗示。另外，信也很短，她只是根据米尔教士的建议，请他在"进行任何尝试之前"，前往那不勒斯进见圣费利切·S.B.红衣主教。这样的措辞已经极其含糊，因此不大会连累别人。

四

在被称为圣天使城堡的哈德良陵墓前面，弗勒里苏瓦尔感到十分失望。巨大的陵墓竖立在一个院子中央，院子禁止公众入内，只有持卡的游客才能进去。另外还规定，他们必须由看门人陪伴……

当然，这些过于严格的预防措施证实了阿梅代的怀疑，但也使他了解到这个任务极其困难。在这个傍晚时分，在几乎空无一人的滨河街上，弗勒里苏瓦尔最终甩掉了巴蒂斯坦，沿着阻止外人接近城堡的外墙漫步。他在城堡门口的吊桥前走来走去，心里抑郁、失望，然后一直走到台伯河边，竭力想使目光越过第一道围墙，看到里面更多的东西。

他到现在为止还没有注意到一位教士（他们在罗马人数众多！）坐在不远处的一张长凳上。从表面上看，教士在全神贯注地看自己的日课经，实际上，教士观察他已有很长时间。这位神色严肃的教士有着浓密的银色长发，他的脸显得年轻，气色很好，是生活纯洁无瑕的标志，同老年的这种特点形成鲜明的对照。只要看脸，就能认出教士，能认出教士的还有法国教士特有的某种端庄。当弗勒里苏瓦尔第三次即将从长凳前走过时，教士突然站了起来，走到他的面前，用酷似抽噎的声音说道：

"什么！不光是我一个人！什么！您也在找他！"

说着，他用双手捂住脸，在忍了很长时间之后，终于抽抽噎噎地哭了起来。后来，他突然镇静下来：

"冒失！冒失！隐藏你的眼泪！忍住你的叹息……"他抓住阿梅代的胳膊，"咱们别待在这儿，先生，有人在注意我们。我没能克制住的激动已被人发现。"

阿梅代跟着他走，心里感到极为惊讶。

"但是，怎么，"他终于想出了要说的话，"但是，你怎么猜到我在这里的原因？"

"老天只让我一人看出这点。但是，您的不安，但是，您仔细观察这些地方时的忧郁目光，难道能逃过三个星期以来白天黑夜都来到这里的一个人的眼睛？唉，先生！我一看到您，某种预感、上天的某种警告立即使我看出，和我相同，您的……当心！有人来了。出于对上天的爱，请您装出毫不在意的样子。"

一个送蔬菜的人在滨河街上迎面走来。教士立刻装出继续说话的样子，说话的语调不变，但语速更快：

"因此，这些弗吉尼亚雪茄虽说受到某些吸烟者的青睐，却只能用蜡烛的火来点燃，而且要在抽出里面一根细麦秆之后，麦秆的作用是保留一个贯穿雪茄的小槽，使烟能在其中畅通。一支弗吉尼亚雪茄如果吸起来不顺畅，就只能扔掉。我看到有些讲究的吸烟者把这种雪茄点了六支，先生，却只能找到一支使他们中意……"

等那个人走过去后，他立刻说道：

"您是否看到他怎样看着我们？无论如何要把他给骗了。"

"什么！"弗勒里苏瓦尔惊讶地大声说道，"这个普通的菜农也会是我们要提防的那种人？"

"先生，这点我不能肯定，但能猜到。这座城堡的周围受到特别的监视，特种警察的警探不断在那里巡逻。为了不引人注目，他们穿着各种各样的衣服。这些人十分机灵，十分机灵！而我们却十分轻信，天生的轻信！但是，我要对您说，先生，我差一点因没有提防一个外表不像的搬运工而把一切都搞砸了，我在到达的那天晚上，只是让他拿了我简单的行李，从火车站拿到我的住房。他说法语，虽然我从童年时代起就能说流利的意大利语……您也一定会感到这种激动，但我没能克制自己的激动，因为我在外国的土地上听到别人讲我祖国的语言……那么，这个搬运工……"

"他是这种人？"

"他是这种人。这点我几乎完全可以肯定。幸好，我当时说话不多。"

"您使我感到胆战心惊。"弗勒里苏瓦尔说道，"我也是，在我到达的那天晚上，也就是昨天晚上，我落到了一个向导手中，我把我的手提箱交给了他，他说法语。"

"公正的老天！"教士惊恐万状地说道，"他好像名字叫巴蒂斯坦？"

"巴蒂斯坦，是他！"阿梅代用呻吟般的声音说道。他感到双膝发软。

"真遗憾。您对他说了些什么？"教士紧紧捏着他的胳膊。

"我什么也记不得了。"

"您想想，您想想！您要以老天的名义想起来……"

"真的想不起来了。"阿梅代恐惧地低声说道，"我觉得没对他说什么。"

"您会让他看出什么？"

"没有，什么也没有，真的，我可以向您保证。但是，您提醒了我，您做得很对。"

"他把您带到了哪个旅馆？"

"我没住旅馆，我住的是私房。"

"这没有什么关系。您到底住在哪里？"

"在一条小街上，您肯定不会知道。"弗勒里苏瓦尔极为局促不安，就嘟嘟哝哝地说道，"没关系，我以后就不住在那里了。"

"您千万要小心：要是您走得太快，您就会显出是在怀疑。"

"是的，也许是。您说得对：我最好不要立刻离开那里。"

"但是，我要好好感谢老天，让您在今天来到罗马，要是再过一天，我就碰不到您了！明天，最晚明天，我必须到那不勒斯去看望一位大圣人，他在暗中经管那件事。"

"是不是圣费利切红衣主教？"弗勒里苏瓦尔激动得颤抖地说道。

教士惊讶得退了两步：

"您怎么知道他？"然后，他走到近前，"我为什么要感到惊讶？他独自在那不勒斯，知道我们关心的那件事的秘密。"

"您……对这件事知道得一清二楚。"

"我知道！唉！善良的先生，他有恩于我……不过，没什么关系。您想去见他？"

"也许是，如果需要的话。"

"他是最好的好人……"他突然擦了擦眼角，"当然，您知道在什么地方能找到他？"

"我想，任何人都会告诉我。在那不勒斯，所有的人都知道他。"

"当然喽！但是，不用说，您不希望全那不勒斯都知道您的来访，是吗？另外，如果别人不告诉您如何去见他，他们就不会对您说他参加了……我们知道的那件事，也不会让您给他传递某个信息。"

"请原谅我。"弗勒里苏瓦尔胆怯地说道，因为阿尼卡没有向他传达这种指示。

"什么！您想直接去找他？也许去总主教府，"教士笑了起来，"直截了当地向他推心置腹！"

"我对您承认……"

"但是，您是否知道，先生，"对方语气严肃地接着说道，"您是否知道，您会让他也被囚禁起来？"

他显得极为不快，弗勒里苏瓦尔不敢再开口了。

"这样罕见的大事，竟交给这种冒失鬼去办！"普罗托斯低声说道。他从口袋里掏出一串念珠的末端，然后又放了进去，焦躁不安地画了个十字。接着，他转向自己的同伴：

"但是，先生，到底是谁请您插手此事？您听从谁的指令？"

"请原谅我，教士先生，"弗勒里苏瓦尔含糊地说道，"我没有接受过任何人的指令：我是个可怜的人，十分苦恼，但在进行探索。"

这些谦卑的话显然使教士软了下来。他把手伸给弗勒里苏瓦尔：

"我刚才对您说话生硬……但这是因为我们周围存在着这

种危险！"然后，他犹豫了片刻之后说道，"喂！明天您是否愿意陪我去？我们一起去见我的朋友……"他把眼睛望着天上。"是的，我敢称他为我的朋友，"他用确信无疑的声音接着说道，"我们在这张长凳上坐一会儿。我来写一封短信，我们俩都签上名，我们用这封信把我们的来访通知他。六点钟（这里他们说十八点钟）前在邮局把信寄出，他明天上午就能收到，并做好准备在中午十二点左右接见我们。我们也许可以和他共进午餐。"

他们坐了下来。普罗托斯从口袋里拿出一本记事册，阿梅代惊慌的眼睛看着他在空白的一页上开始写道：

老大姐……

然后，他见对方惊慌，感到有趣，就十分平静地微微一笑。

"那么，要是让您来写，您就写给红衣主教喽？"

他用更加友好的声音，把情况告诉阿梅代：每星期一次，圣费利切红衣主教秘密离开总主教府。他身穿普通教士的服装，变成管理小教堂的巴尔多洛蒂神父，前往沃梅罗山的山坡，在一幢简朴的别墅里接待少数几位密友，并拆阅教徒们用这个化名寄给他的秘密信件。但是，即使乔装打扮成普通教士，他仍感到不安全：他不能肯定通过邮局寄给他的信件不被拆阅，所以要求在信中不说任何意味深长的话，要求从信的语气中一点也猜不出是写给红衣主教阁下的，一点也看不出有丝毫的敬意。

现在，阿梅代成了同谋，露出会心的微笑。

"老大姐……唔，我们要对这位亲爱的大姐说些什么呢？"教士拿着铅笔犹豫不决，开玩笑地说道。"啊！我给你带来一个滑稽老头。（不！不！您别管：我知道需要哪种语气！）请你拿出一二瓶法莱纳葡萄酒，明天我们来和你一起痛饮。我们会很开心。喂，您也签上名。"

"我也许最好不要签上我的真实姓名。"

"您，这并不重要。"普罗托斯接着说道。在阿梅代·弗勒里苏瓦尔的姓名旁边，他写上：卡弗 ①。

"哦！真机灵！"

"什么？我签卡弗这个名字使您感到奇怪？您脑子里只想着梵蒂冈的地窖。您要知道，我的好好先生弗勒里苏瓦尔：Cave是个拉丁语词，意思是：当心！"

这些话都是用十分傲慢、奇特的口吻说出的，可怜的阿梅代感到背部自上而下地战栗。这样只持续了片刻时间。卡弗教士已恢复了他和蔼可亲的语气。他把刚写上红衣主教假地址的信封递给弗勒里苏瓦尔：

"请您亲自在邮局把信寄出，这样比较保险：教士的信都是不封口的。现在，我们就分手。不能让别人看到我们老是在一起。我们约好明天早上在七点三十分开往那不勒斯的火车上见面。三等车厢，对不对？当然喽，我不会穿这套衣服（这点您

---

① 原文为 Cave，法语中意思是：地窖。

会想到）。您会看到我像卡拉布里亚①的普通乡下人那样（这是因为我的头发，我不想被迫把头发剃掉）。再见！再见！"

他离开时用手画着小小的十字。

"感谢老天让我遇到这位可敬的教士！"弗勒里苏瓦尔在回去时低声说道，"要是没有他，我会怎么做呢？"

普罗托斯则在离开时低声说道：

"红衣主教，会让你找到的！……要是他一个人去，他会见到真的红衣主教！"

五

由于弗勒里苏瓦尔抱怨说十分疲倦，卡萝拉在这天夜里就让他睡觉，虽说她对他感到兴趣，在他向她承认他在做爱方面不大有经验之后，她又立刻爱上了他。至少要睡觉，只要他在奇痒难忍的情况下能够睡着。他全身被咬得伤痕累累，跳蚤和蚊子咬的地方平分秋色。

"你这样搔痒是不对的！"她在第二天早上对他说道，"你搔得发炎了。哦！这个肿得多厉害！"她说着摸了摸他下巴上的肿块。当他准备离开时，她又说道："拿着！把这个留着，作为对我的纪念。"她把普罗托斯不想看到她戴着的链扣戴在**朝圣者**的袖口上。阿梅代答应在当天晚上回来，最迟在第二天回来。

---

① 卡拉布里亚是意大利西南部行政区名。

"你要对我发誓，不去伤害他。"卡萝拉在片刻之后对普罗托斯再次说道。普罗托斯化装完毕，从暗门里钻了进来。他来得晚了，因为要等弗勒里苏瓦尔走了之后才能露面，所以只好叫马车把他送到火车站。

他焕然一新，身穿宽袖外套、棕色长裤，脚穿蓝色长袜和凉鞋，嘴里叼着短管烟斗，头戴红棕色窄边帽。应该承认，他样子不像教士，而是同阿布鲁佐地区 ① 的强盗一模一样。弗勒里苏瓦尔在火车前踱来踱去，感到犹豫不决，不知该不该去认他，只见他走了过来，一个手指放在嘴唇上，就像殉教者圣彼得 ② 那样，然后走了过去，装出没有看到阿梅代的样子，并消失在第一节车厢之中。但是，过了一会儿，他又出现在车厢门口，朝阿梅代那边观看，一只眼睛半闭，悄悄地做了个手势，叫阿梅代过去，当阿梅代准备上车时，他低声说道：

"您要确信旁边没有任何人。"

什么人也没有，而他们的车厢又在火车的一头。

"我在街上远远地跟着您，"普罗托斯接着说道，"但我不想叫您，因为我怕别人看到我们在一起。"

"我怎么没有看到您？"弗勒里苏瓦尔说道，"我回头看了好几次，正是为了确定我没有被人跟踪。您昨天的谈话使我感到极为不安，我觉得到处都是密探。"

---

① 阿布鲁佐地区位于意大利中部，多山。
② 彼得是《圣经》中人物，耶稣十二使徒之一，耶稣死后，为众使徒之首，在罗马殉教，后来在他被埋葬的地方建起圣彼得大教堂。

"不幸的是，这样太明显了。每走二十步路就回头一次，您觉得正常吗？"

"什么！真的，我看上去……"

"疑心重重。唉！咱们就说：疑心重重。这种样子特别会把事情搞砸。"

"我这样做，也没能发现您在跟踪我……相反，自从我们谈话以来，我遇到的所有行人，我都觉得他们有什么形迹可疑之处。我感到不安的是他们看着我，而那些没有看着我的行人，好像是装出没有看到我的样子。直到今天我才知道，人们在街上的原因，绝大多数是无法解释的。在十二个人中，做的事显而易见的还不到四人。啊！可以说，您教我深思熟虑！您知道，对一个像我以前那样天生轻信的人来说，怀疑并非易事。这是一种学习……"

"唔！那您就学吧！要快！您会看到，过一段时间，这会成为一种习惯。唉！我想必是有了这种习惯……重要的是保持高高兴兴的样子。啊！仅供参考：您要是怕被人跟踪，就别回头。只要让您的手杖掉到地上，下雨天就让雨伞掉到地上，或是让您的手帕掉到地上，您低着头捡起来时，就自然而然地能从您的胯下看到您的后面。我建议您练习一下。但是，请告诉我，我穿着这套衣服，您是怎样认出我的？我担心某些地方会显露出教士的样子。"

"请您放心。"弗勒里苏瓦尔天真地说道，"我可以肯定，除了我之外，任何人都不会认出您是谁。"然后，他和颜悦色地观察对方，稍稍低着头说道："显然，我经过仔细观察，可以透过您的化装，看出属于教士的某种东西，并在您快乐的语调之中，听出折磨我们两人的焦虑不安。但是，要如此不露相，您又必须如何克制自己！至于我，我还有许多地方要学，这我很清楚。您的建议……"

"您的链扣真奇特。"普罗托斯看到弗勒里苏瓦尔戴着卡萝拉的链扣，感到有趣，就打断了他的话。

"这是别人送的。"对方红着脸说道。

天气酷热。普罗托斯在车厢门口张望。

"卡西诺山。"他说道，"您看到山上著名的修道院吗？"

"是的，我看到了。"弗勒里苏瓦尔漫不经心地说道。

"我发现，您对景色不是很感兴趣。"

"不对，不对，"弗勒里苏瓦尔表示反对，"我感兴趣！但是，我仍然焦虑不安，您要我对什么感兴趣呢？这就像罗马的古迹，我什么也没看，我什么也不想看。"

"我对您十分理解！"普罗托斯说道，"我也是，我对您说过，自从我到罗马之后，我所有的时间都花在来往于梵蒂冈和圣天使城堡之间。"

"真遗憾。但是，您对罗马已经熟悉。"

我们这两位旅客就这样交谈着。

他们在卡塞塔下车，各自去吃了猪肉食品并喝了酒。

"到了那不勒斯也这样，"普罗托斯说道，"我们接近别墅时，您和我就分开。您要远远地跟着我。我需要一些时间，特别是在他有客人的时候，要向他说明您是谁，以及您来访的目的，因此，您要比我晚一刻钟再进去。"

"我将利用这段时间去剃胡子。今天早上我没能抽出时间。"

有轨电车把他们送到但丁广场。

"现在，我们就分手。"普罗托斯说道，"路还很长，但最好这样。请您后退五十步。别老是看着我，仿佛您怕看不到我那样，也不要再回头看，这样别人会跟踪您的。要显出高兴的样子。"

他往前走了，微微垂下的眼睛注视着弗勒里苏瓦尔。狭窄的街道是一条陡坡。阳光四射，行人在流汗，被激动的人群挤来挤去，人群大声叫嚷，指手画脚，放声歌唱，使弗勒里苏瓦尔目瞪口呆。在一架自动钢琴前，几个半裸的孩子在跳舞。两个铜板一张票，这是自发组织的抽奖活动，中间站着一个街头卖艺者，手里举着一只煺了毛的胖火鸡。为了显得更加自然，普罗托斯在经过时买了一张票，并消失在人群之中。弗勒里苏瓦尔无法往前走，一时间以为真的看不到他了，后来又发现了他，看到他从人群中出来，继续用小步爬坡，腋下夹着那只火鸡。

最后，房屋变得稀疏，更加低矮，行人也越来越少。普罗托斯放慢脚步。他在一家剃须店前停了下来，朝弗勒里苏瓦尔转过头去，并眨了眨眼睛。然后，他在二十步开外的一个低矮的小门前再次停下，并拉了铃。

剃须店的门面并不是特别吸引人，但是卡弗教士指定这家店肯定有他的原因。另外，弗勒里苏瓦尔要找到另一家剃须店，就必须往后走好多路，而且可能不像这一家那样吸引人。由于天气太热，店门开着，纱罗门帘不让苍蝇进去，却可以使空气流通。他撩起门帘，走进店里。

当然，这个剃须匠精于此道。他小心谨慎，在阿梅代的下巴上涂了肥皂水之后，用毛巾的一角把泡沫擦掉，显露出胆怯的顾客向他指出的淡红色肿块。哦！在这家安静的小店里昏昏欲睡，热得浑身麻木！阿梅代仰着头，半躺在皮扶手椅上，听人摆布。啊！在这短暂的时间里，至少可以忘却！不再去想教皇、蚊子和卡萝拉！觉得自己在波城，在阿尼卡身边，觉得自己在别处，不再确切地知道自己在什么地方……他闭上眼睛，然后重新睁开，感到仿佛在梦中一般，看到自己对面的墙上，有一个头发散乱的女人，来自那不勒斯那边的大海，从波涛里拿出一瓶闪闪发光的净发、护发剂，使人有一种清新的肉感。在这个广告牌下面的大理石搁板上，其他瓶子旁边放着一支发蜡、一个粉扑、一把钳子、一个梳子、一把柳叶刀，一瓶香脂和三只短颈大口瓶，第一只瓶里懒洋洋地游动着几条蚂蟥，第二只瓶里孤零零地关着一条带状的蚯蚓，第三只瓶没有盖子，里面装着半瓶胶状物，在透明的玻璃上贴有一张标签，上面用手写的花式大写字体写着：抗菌剂。

现在，剃须匠为了把自己的工作做得尽善尽美，就在已经剃过的脸上重新涂上滑腻的泡沫，在他潮湿的手掌里磨了磨第二把剃刀，把胡子刮得更加干净。阿梅代不再去想有人等着他。他不再想走，渐渐睡着……这时，一个嗓门大的西西里男子走进店里，打破了这种寂静。剃须匠立刻和此人交谈，剃胡子的手随之变得漫不经心，啪的一下把剃刀割到肿块上。

阿梅代叫了一声，想把手放在割破的地方，那里流出了一滴血。

"不要紧，不要紧！"①剃须匠说着拉住了他的手臂，然后立刻从一个抽屉里拿出一团黄色的棉花，在抗菌剂里浸湿后敷在伤口上。

弗勒里苏瓦尔不再担心他是否会使行人们回过头来看他。他下坡往市里方向跑，但跑到了哪里？在他看到的第一家药铺里，他把伤口指给里面的人看。药铺里的人是个脸色有点发青的老头，样子像是有病，他在一只盒子里拿了一小块圆形的塔夫绸，用宽阔的舌头在上面舔了一下，并……

弗勒里苏瓦尔从药铺里逃了出来，厌恶地吐了口痰，把那块黏糊糊的塔夫绸拉掉，用两个手指挤压肿块，让血尽量多流出来一点。然后，他把手帕沾上唾液，这次是他自己的唾液，在肿块上擦了擦。接着，他看了看表，心里发慌，就跑着沿街而上，来到红衣主教府门口时流着汗，喘着气，肿块流血，满脸通红，而且迟到了一刻钟。

六

普罗托斯迎接他时，把一只手指放在嘴唇上。

———————————

① 原文为意大利文。

“那里不光是我们两个。”他迅速地说道，“只要仆人们在那里，任何话都能引起警觉。他们都会说法语。会泄露秘密的任何话都不能说，任何事都不能做。至少别称他为红衣主教。接见我们的是奇罗·巴尔多洛蒂神父。我不是‘卡弗教士’，我只是‘卡弗’。懂吗？”他突然改变了口气，用大嗓门说话，并拍了拍阿梅代的肩膀：“啊，是你，是阿梅代！哎！老兄，你剃了胡子，真像是在享福！再过几分钟，per Baccho（啊），我们就不等你了，要坐下来吃饭了。在铁钎上转动的火鸡，已烤得黄澄澄的，就像落日一样。”然后又低声说道：“啊！亲爱的先生，要我装假真难！我心里难受……”接着又大声说道：“我看到了什么？他们把你割破了！你在出血！多里诺，赶快到谷仓去，拿一张蜘蛛网来，这对伤口来说是灵丹妙药……”

他这样说着滑稽可笑的话，推着弗勒里苏瓦尔穿过门厅，走向里面的一个花园，花园呈阶梯状，在葡萄架下，餐桌已准备就绪。

“亲爱的巴尔多洛蒂，我向您介绍德·拉弗勒里苏瓦尔先生，他是我的表兄，就是我对您说过的勇士。”

“欢迎您，我们的客人。”巴尔多洛蒂说时做了个幅度很大的手势，但并没有从他坐着的扶手椅上站起来。然后，他指了指他浸在盛清水的小木桶里的两只赤裸的脚：

“脚浴能增加我的食欲，减少我脑子里的血气。”

这是个矮胖的怪人，脸上没有胡子，所以看不出他的年龄，也不知道他是男是女。他身穿羊驼毛织物的衣服。他的样子一点不像高级教士。必须像弗勒里苏瓦尔那样目光敏锐或经验丰富，才能发现他快乐的外表下隐藏着一种红衣主教的热情。他靠在旁边的一张桌子上，无精打采地拿着用一张报纸做的尖顶帽当扇子扇。

"啊！我非常敏感……啊！有趣的花园……"弗勒里苏瓦尔结结巴巴地说道。他说话或不说话都感到局促不安。

"浸得够了！"红衣主教叫道，"喂！给我把这只桶拿掉！阿孙塔①！"

一个胖乎乎的、可爱的年轻女仆急忙走来，她拿了桶，把里面的水倒在一个花坛里。她的乳房从胸衣中袒露出来，在她的短袖衬衫里微微抖动。她脸带笑容，在普罗托斯身边待了一会儿，弗勒里苏瓦尔看到她鲜亮的赤裸手臂，感到不大自在。阳光透过葡萄藤射到没铺台布的桌上，犹如在嬉戏一般，用不等量的光线轻轻地戳着桌上的菜肴。

"在这里不要客气。"巴尔多洛蒂说道。他戴上用报纸做的帽子："我的话您听了半句就懂，亲爱的先生。"

卡弗教士用威严的口吻清楚地说出每个音节，并用拳头敲着桌子。他接着说道：

"在这里不要客气。"

弗勒里苏瓦尔机灵地递了个眼色。他的话半句就懂！是的，当然如此，这话不需要再说一遍。他力图想出一句话，听起来

---

① 原文为 Assunta，意大利语的意思是：圣母马利亚。

毫无意义，实际上意味深长，但就是想不出来。

"您说吧！说吧！"普罗托斯低声说道，"您用同音异义词做文字游戏：他们对法语的理解力很强。"

"来吧！请坐。"奇罗说道，"亲爱的卡弗，请您切开这只西瓜，把它切成土耳其国徽上的新月那样。德·拉弗勒里苏瓦尔先生，您是否喜欢徒有其表的北方甜瓜、蜜瓜、普雷斯科特甜瓜以及罗马甜瓜，而不喜欢我们汁水多的意大利甜瓜？"

"什么也没有意大利甜瓜好，我可以肯定。但是，请允许我不吃这种甜瓜：我有点恶心。"阿梅代说道。他想起药铺里的那个人，感到十分厌恶。

"那么，至少吃点无花果！是多里诺刚摘下来的。"

"请原谅我：也不想吃。"

"这样不好！不好！用同音异义词做文字游戏。"普罗托斯对他耳语道。然后又大声说道："咱们用葡萄酒来消除他的恶心，为吃火鸡做好准备。阿孙塔，给我们亲爱的客人倒酒。"

阿梅代只好干杯，他喝的酒比平时的量要多。他既热又累，眼前很快就变得模模糊糊。他开玩笑没有刚才那样来劲了。普罗托斯叫他唱歌。他声音尖细，但大家听了非常高兴。阿孙塔想要吻抱他。然而，从他破败不堪的信仰之中，产生了一种难以形容的焦虑，他笑是为了不哭。他欣赏卡弗的那种洋洋自得、那种自然……除了弗勒里苏瓦尔和红衣主教之外，谁会想到他是在弄虚作假？另外，巴尔多洛蒂在伪装和控制自己的能力方面，一点也不比教士逊色。他笑着，鼓着掌，淫荡地把多里诺推来推去，而卡弗则抱着倒在他怀里的阿孙塔，把脸紧紧地贴在她的身上。这时，弗勒里苏瓦尔朝卡弗俯下身去，有点伤心地低声说道："您想必很痛苦！"卡弗从阿孙塔背后握住他的手，紧紧地握着，一声不哼，把脸转了过去，眼睛看着天上。

接着，卡弗突然站起身来，拍了拍手：

"啊！让我们单独待在这儿！不：餐桌你们过一会儿再来收拾。你们走吧。Via！（走开！）Via！"

他查看了一下，确定多里诺和阿孙塔都没有留下来偷听，就走了回来，脸色突然变得严肃、阴郁，而红衣主教正用手抚摸着脸，脸上渎神的虚假愉悦顿时消失得一干二净。

"您看到了，德·拉弗勒里苏瓦尔先生，我的孩子，您看到了，我们已沦落到何等的地步！啊！这出喜剧！这出可耻的喜剧！"

"它使我们感到厌恶，"普罗托斯接着说道，"厌恶最舒适的愉悦和最完美的快乐。"

"天主会感谢您的，可怜而又亲爱的卡弗教士，"红衣主教把脸转向普罗托斯，接着说道，"您帮我喝完这杯酒，天主会报答您的。"他象征性地一口气喝完他的半杯酒，而他的脸上则显出极其痛苦的厌恶。

"什么！"弗勒里苏瓦尔欠着身子大声说道，"阁下在这僻静之处，穿着这身乔装打扮的衣服，还要……"

"我的孩子，请叫我先生。"

"请原谅：在我们之间……"

"我独自一人时会发抖。"

"您难道不能选择自己的仆人。"

"仆人是别人给我挑选的，您看到的那两个……"

"啊！要是我对他说话，"普罗托斯打断了他的话，"真不知他们听了我们的片言只语，会到什么地方去告发！"

"可能在总主教府……"

"嘘！别说漏了嘴！您这样说，我们会被绞死的。您别忘记，您在对奇罗·巴尔多洛蒂神父说话。"

"我听凭他们的摆布。"奇罗呻吟道。

普罗托斯在前面的桌子上俯下身子，交叉着双臂，把脸的大部分转向奇罗：

"要是我对他说，他们白天或夜里不让您单独待上一个小时！"

"是的，无论我怎样乔装打扮，"假红衣主教接着说道，"我也决不能肯定秘密警察不在跟踪我。"

"什么！在这里，他们也知道您是谁？"

"您没有听懂我的意思。"普罗托斯说道，"我可以对天主说，您是能自豪地看出圣费利切红衣主教和无足轻重的巴尔多洛蒂有某种相似之处的少数几个人中的一个。但是，您必须知道这点：他们的敌人并不相同。红衣主教必须在总主教府里防御共济会，巴尔多洛蒂神父则受到监视，监视者为……"

"耶稣会会士！"神父发狂似的打断了他的话。

"这点我还没有告诉过他。"普罗托斯说道。

"啊！要是耶稣会会士也反对我们。"普罗托斯又补充道。

"啊！要是耶稣会会士也反对我们。"弗勒里苏瓦尔用呜咽般的声音说道，"那是谁想出来的？耶稣会会士！您能肯定？"

"您只要稍微想一想，就会觉得这十分自然。您要知道，罗马教廷的这种新政策，充满了和解和妥协，正是为取悦他们而制定的，他们在最近的几篇《通谕》中得到了好处。也许他们不知道颁布《通谕》的教皇并不是真的，但是，他们会对他的变化感到忧伤。"

"如果我没有听错您的话，"弗勒里苏瓦尔接着说道，"那么，在这件事上，耶稣会是共济会的同盟者。"

"这点您是怎样发现的？"

"是巴尔多洛蒂先生现在对我泄露的。"

"您别让他胡说八道。"

"请原谅，我对政治简直是一窍不通。"

"因此，别人对您说的有关政治的话，您别再往远处去想。插手的是两个大党：共济会和耶稣会。由于我们了解这个秘密，但在不暴露自己想法的情况下无法要求其中一个党的支持，所以这两个党都反对我们。"

"嗯！您对此是怎么看的？"红衣主教问道。

弗勒里苏瓦尔一无所思。他感到震惊。

"都反对自己！"普罗托斯接着说道，"当你拥有真理时，情况就是这样。"

"啊！当我一无所知时，我是多么的幸福。"弗勒里苏瓦尔用呻吟般的声音说道，"唉！现在，我再也不能不知道了……"

"他还没有把所有的事都告诉您。"普罗托斯轻轻地碰了碰他的肩膀，继续说道，"您要对最可怕的事有思想准备……"然后，他俯下身子，低声说道："虽然采取了一切预防措施，秘密还是泄露了出去。几个骗子借此机会，在那些居民虔诚的省份里挨门挨户地进行募捐，而且都是以十字军东征为名，他们用应该捐给我们的钱来中饱私囊。"

"真是骇人听闻！"

"除此之外，"巴尔多洛蒂说道，"他们还使我们信誉扫地、被人怀疑，并迫使我们更加机智、谨慎。"

"瞧！看看这个。"普罗托斯一面说一面把一份《十字架报》递给弗勒里苏瓦尔，是前天的报纸。这篇普通的短文揭露了事情的真相！

弗勒里苏瓦尔念道："我们想提请虔诚的人们注意，提防假教士的非法活动，特别是一个假议事司铎的活动，此人自称负有秘密使命，并利用人们的轻信，来骗取钱财，说是为了解救教皇的十字军东征这个事业。这个事业的名称就足以说明其荒谬绝伦。"

弗勒里苏瓦尔感到脚下的土地仿佛要塌下去了。

"那么，该相信谁呢？但是，如果我也对你们说，先生们，也许是因为这个骗子——我是说假议事司铎——我现在才来到你们中间！"

卡弗教士神情严肃地看了看红衣主教，然后用拳头敲着桌子：

"啊！这点我早就料到。"他大声说道。

"现在，一切都使我感到担心，"弗勒里苏瓦尔继续说道，"担心把此事告诉我的人，正是那个强盗的非法活动的受害者。"

"这不会使我感到奇怪。"普罗托斯说道。

"您现在可以看到，"巴尔多洛蒂接着说道，"一边是那些把我们取而代之的骗子，另一边是警察局，想把他们捉拿归案，却有可能把我们错当做他们，我们夹在中间，处境是何等的困难。"

"这就是说，"弗勒里苏瓦尔用呻吟般的声音说道，"人们不知所措。我觉得到处都有危险。"

"知道了这些事之后，您是否还会对我们过于谨慎感到奇怪？"巴尔多洛蒂说道。

普罗托斯继续说道："我们有时会毫不犹豫地穿上罪恶的号衣，并对应该严厉谴责的欢乐装出殷勤的样子，您是否也会理解？"

"唉！"弗勒里苏瓦尔结结巴巴地说道，"至少你们，你们一定要弄虚作假，你们假装犯罪，是为了掩盖你们的美德。但是我……"由于他既有酒意又有愁云，既因酒醉打嗝又因抽噎打嗝，所以当他的身体向普罗托斯那边倾斜时，他把吃下去的午饭都吐了出来，然后含糊不清地讲述他同卡萝拉共度的夜晚，以及他失去童贞的痛苦。巴尔多洛蒂和卡弗教士费了很大的劲才没有笑出来。

"那么，我的孩子，您是否忏悔过？"红衣主教十分关心地问道。

"在第二天上午。"

"神父是否宽恕了您？"

"太容易了。这正是我感到痛苦的原因……但是，我难道能对他说，我不是个普通的朝圣者，难道能说出我来到这个国家的原因？不，不！现在，一切都完了。这个崇高的使命需要一位没有污点的信徒来完成。我被指定去完成这个使命。现在，一切都完了。我堕落了！"说到这里，他重又啜泣起来，一面轻轻地敲着胸脯，一面反复说道，"我再也配不上了！我再也配不上了！"然后，他像配乐朗诵那样说道："啊！您现在在听我说话，知道我的悲伤，请您来审判我，给我定罪，请您来惩罚我……请您告诉我，可以给我洗刷掉这种非同寻常的罪行的，是何种非同寻常的补赎？是何种惩罚？"

普罗托斯和巴尔多洛蒂面面相觑。最后，后者站起身来，轻轻地拍着阿梅代的肩膀：

"好了，好了！我的孩子。可不能这样自暴自弃。啊，是的！您犯了罪。不过，哎！别人还是需要您的。（您身上都弄脏了，那就拿着这条餐巾，好好擦擦！）尽管如此，我理解您的苦衷，既然您来找我们，我们就要把您赎罪的方法告诉您。（您做得不好。让我们来帮助您。）"

"哦！你们别费心了。谢谢！谢谢！"弗勒里苏瓦尔说道。巴尔多洛蒂一面给他身上擦干净，一面继续说道：

"尽管如此,我理解您的顾虑。为了对此表示尊重,我首先请您做一件小事,使您有机会重新站起来,并对您的忠诚进行考验。"

　　"我盼望的正是这样。"

　　"喂,亲爱的卡弗教士,您身上带有那张小小的支票?"

　　普罗托斯从宽袖外套里面的口袋里拿出一张票据。

　　"由于我们受骗上当,"红衣主教接着说道,"所以我们有时会遇到一点困难,不能拿到几个好心人根据秘密的请求寄给我们的捐款的现金。我们同时受到共济会和耶稣会、警察局和强盗的监视,所以不能让人看到我们拿了支票或汇票到银行或邮局的营业窗口去兑换现金,因为我们在那里会被人认出。卡弗教士刚才跟您谈起的那些骗子,把募捐弄得信誉扫地(这时,普罗托斯不耐烦地用手指在桌子上轻轻地敲着)!总之,这张支票金额不多,只有六千法郎,我亲爱的孩子,我请您代我们去拿钱。支票是蓬特-卡瓦洛公爵夫人开的,由罗马商业信贷银行兑付。虽说它是给总主教的,但为了谨慎起见,收款人的名字空着没写,因此,任何持票人都能取款。您可以毫无顾忌地签上您的真实姓名,而不会引起任何怀疑。注意别让人把支票偷掉,也别……亲爱的卡弗教士,您怎么啦?您好像很烦躁。"

　　"请说下去。"

　　"也别让人把钱偷掉。您把钱带给我,是在……啊,您今天夜里回到巴黎,明天晚上您可以乘六点钟的快车,并于十点钟回到那不勒斯,您会在火车站的站台上看到我在等您。然后,我们再来看看，可以把哪一件更加重要的工作交给您去做……不，我的孩子，不要吻我的手，您可以看到，手上没戴指环。"

他摸了摸半跪在他面前的阿梅代的额头，普罗托斯则握着阿梅代的胳膊，轻轻地摇着：

"来吧！上路前请喝上一杯。我感到遗憾的是，不能陪您回到罗马，各种事务都要我留在这里，另外，最好不要让别人看到我们待在一起。再见了。让我们拥抱吧，亲爱的弗勒里苏瓦尔。天主会照顾您的！我感谢天主让我认识了您。"

他把弗勒里苏瓦尔送到门口，在分手时说道：

"啊！先生，您对红衣主教的看法如何？在一位如此高尚的智者身上，很难看出迫害留下的痕迹！"

然后，他回到假红衣主教身边：

"蠢货！你想出的办法真妙！叫一个笨蛋去兑换你的支票，他连护照也没有，我要对他进行监视。"

但是，巴尔多洛蒂已昏昏欲睡，他的脑袋不由自主地倒在桌子上，一面低声说道：

"必须让老头儿有事情干。"

普罗托斯走到别墅的一个房间里，脱掉他的假发和农民的衣服。他很快又走了出来，年轻了三十岁，穿戴得像商店或银行里最低级的职员。他要去赶火车，已没有充裕的时间，他知道弗勒里苏瓦尔也将乘这班火车。他不辞而别，因为巴尔多洛蒂已经睡着。

七

弗勒里苏瓦尔于当天晚上回到罗马的小老头街。他疲惫不堪，得到卡萝拉的同意后独自睡了。

第二天刚醒来，他摸了摸他的肿块，觉得很奇怪。他照着镜子仔细察看，发现暗黄色的鳞屑覆盖着肿块上的伤口，样子十分难看。这时，他听到卡萝拉在楼梯平台上走动，就把她叫来，让她看看这伤口。她让弗勒里苏瓦尔走到窗前，看了一眼后就肯定地说：

"这不像你以为的那样。"

说实话，阿梅代并没有特别去想这个东西，但卡萝拉竭力想使他放心，反而使他感到不安，因为从她肯定这不是这个东西时起，这有可能就是这个东西。总之，她是否十分肯定这不是这个东西？而这就是这个东西，在他看来是理所当然的事，原因是他犯了罪，他这样是罪有应得。他应该是这个东西。他感到背上一阵寒战。

"你怎么会弄出这种东西？"她问道。

啊！剃刀割破或药剂师的唾液这种偶然原因并不重要，但是，使他受到这种惩罚的深刻原因，他难道能体面地告诉她？她又是否会理解这种原因？也许她会感到好笑……由于她重提自己的问题，他就回答道：

"是一个剃须匠。"

"你应该在上面涂点什么。"

这种关心消除了他最后的怀疑。她最初说的话，只是为了使他放心。他仿佛看到自己脸上和身上长满脓疱，而这正是阿尼卡害怕的东西。他眼睛里全是泪水。

"那么，你认为……"

"不，亲爱的，你不必这样担心，你的样子像是家里死了人。首先，即使是这个东西，我们也还不能肯定。"

"不！不……啊！我活该如此！活该如此！"他接着说道。

她感到怜悯：

"另外，这在开始时绝不会这样。你是否要我把老板娘叫来对你说说？不要？那么，你应该出去散散心，喝一杯马沙拉白葡萄酒。"她沉默了片刻。最后，她不再坚持己见。

"你听着，"她接着说道，"我有重要的事要对你说。你昨天是否遇到一个白发教士？"

她是怎么知道的？弗勒里苏瓦尔惊讶地问道：

"干吗？"

"那么……"她仍然犹豫不决，看了看他，见他脸色十分苍白，就接着说了下去，"那么，你要提防他！你要相信我，可怜的宝贝，他会骗取你的钱财。这事我不应该对你说，但是……你要提防他。"

阿梅代准备出去，对最后这些话感到震惊。当他走到楼梯上时，她又叫唤他：

"特别是，你再次见到他时，别对他说是我告诉你的。你要是说了，就像是把我杀了一样。"

对于阿梅代来说，生活确实变得过于复杂。另外，他感到自己双脚冰冷，额头滚烫，思想很不到位。现在，如果卡弗教士也只是在恶作剧，他的脑子又如何能清醒呢？……也许，红衣主教也是如此……然而，这张支票！他从口袋里拿出支票，摸了摸，证实了它的真实性。不！不！这不可能！卡萝拉弄错了。另外，秘密的利害关系迫使那个可怜的卡弗玩弄两面手法，她对此又知道些什么？也许，这是巴蒂斯坦因斤斤计较而怀恨在心，善良的教士要他提防的正是此人……没关系！他会把眼睛再睁得大一些：从此要提防卡弗，就像他已在提防巴蒂斯坦一样。谁知道是否要对卡萝拉……

他心里想道："对于这最初的坏事，对于罗马教廷的这种失误，这既是后果又是证明：其他一切都会同时覆灭。"

如果不相信教皇，该相信谁呢？只要教会下面的这块基石断裂，就不能再相信任何东西。

阿梅代迈着急促的小步，朝邮局方向走去，因为他希望得到家乡的消息，这种消息不掺假，可以最终寄托他错乱的信任。早晨的薄雾以及每个物体在其中变得浮漂、虚幻的散射光线，使他感到更加眩晕。他像在梦中那样往前走，怀疑土地是否结实，墙壁是否牢固，他遇到的行人是否确实存在，特别是怀疑他是否在罗马……于是，他拧了自己一下，以便摆脱噩梦，回到波城自己的床上，旁边的阿尼卡已经起来，通常总是朝他俯下身来，并准备问他："您睡得好吗，我的朋友？"

在邮局，职员认出了他，爽快地把他妻子新近寄来的一封信交给了他。阿尼卡写道：

……我刚从瓦朗蒂娜·德·圣普里那里获悉，尤利乌斯也在罗马，是去参加一个大会。我想到你会遇到他，感到十分高兴！可惜瓦朗蒂娜不能把他的地址告诉我。她认为他住在大饭店，但她不能肯定。她只知道星期四上午他将在梵蒂冈受到接见。他事先写信给帕齐红衣主教，以得到接见。他是从米兰来的。在米兰时他去看望了昂蒂姆。昂蒂姆非常不幸，原因是昂蒂姆在受到抨击之后，没有得到教会答应给他的补偿。尤利乌斯想去觐见我们的圣父，以便请他主持公道，因为他想必还一无所知。他会向你讲述他的拜访，你则可以向他说明情况。

我希望你多加小心，不要受到感染，也不要过于劳累。加斯东每天来看我。我们非常想念你。当你向我们宣布你要回来之时，我会非常高兴……

在第四页上，布拉法法斯用铅笔写了下面两句字迹潦草的话：

如果你去那不勒斯，请你了解一下他们是怎样在通心面里钻孔的。我将会有一个新发现。

阿梅代心里感到快乐，就像在吹喇叭那样，同时又带有某种不安：这个星期四，即觐见的日子，就是今天。他不敢把内衣拿去浆洗，因为他会缺少内衣。这至少是他的担心。他今天早上又戴上昨天的活硬领，但当他得知他将遇到尤利乌斯时，他立刻觉得硬领不够干净。他因这种相遇而感到的快乐，因此而受到影响。如果他想遇到觐见后出来的襟兄，回小老头街的想法是不能有的。但这不像让他去大饭店那样使他感到不安。他至少要把他的链扣还掉。至于活硬领，他用围巾把它覆盖，这样做还有一个好处，就是可以把他的肿块几乎全部遮住。

但是，这些鸡毛蒜皮的小事又算得了什么？重要的是弗勒里苏瓦尔收到这封信后，感到自己有一种不可言喻的振奋，而同他的一位亲戚以及他过去的生活重新取得联系的前景，则使那些因他这个旅行者的想象而产生的怪物突然变得安分守己。卡萝拉、卡弗教士、红衣主教，所有这些犹如浮现在他面前的梦，因鸡叫声而突然中断。他为什么要离开波城？使他离开幸福生活的这种荒谬传说意味着什么？当然喽！有一位教皇。过一会儿，尤利乌斯将可以宣布：我见到了他！一位教皇，这就够了。如果没有那种荒谬的自豪感，想在这件事上起到一定的作用，弗勒里苏瓦尔肯定不会相信怪物会替代教皇，天主难道会允许这种替代？

阿梅代迈着急促的小步走着，他竭力克制自己，才没有奔跑。他最终恢复了信心，而他周围的一切也重新变得稳重、可靠、节制、自然，具有可以相信的真实性。他手里拿着草帽。他走到圣彼得大教堂前，感到一种崇高的陶醉，先在右面的喷泉周围转了一圈。当他在水柱的气流下面走过时，他让水湿润自己的额头，对着彩虹微笑。

突然，他停住了脚步。在他旁边，坐在柱廊第四个柱子的柱座上的人，不就是尤利乌斯吗？阿梅代犹豫不决，不知该不该去认他，因为虽然他穿戴体面，他的仪表却并非如此：巴拉利乌尔伯爵把他那顶喀琅施塔得式的黑色草帽放在他旁边那根手杖的乌鸦喙状柄上，手杖插在两块铺路石中间；他对这地方的庄严感到不安，右脚搁在左脚的膝盖上，犹如西斯廷教堂的一位预言者，在脚的膝盖上放着一本练习簿；他不时突然斜握着长长的铅笔，在练习簿上全神贯注地写着，倾听着迫不及待地涌现的灵感，阿梅代即使在他面前发出喇叭般的响声 ① 也不会被他发现。他一面写一面说，虽然喷泉发出的窸窸窣窣的声音盖住了他说话的声音，但至少能看到他的嘴唇在动。

阿梅代走到近前，小心翼翼地绕过柱子。他想拍一下对方的肩膀。

"在这种情况下，我们都不在乎！"尤利乌斯朗诵道。他把这句话记在练习簿一页的末尾，然后把铅笔放在口袋里，突然站了起来，鼻子碰到了阿梅代。

"以圣父的名义，您在这里干什么？"

阿梅代激动得浑身颤抖，结结巴巴地说不出话来。他痉挛

---

① 原文为 faire la buciloque，buciloque 是作者杜撰的词，由拉丁语 buccina（喇叭）和 loque（说话，发出声音）构成。

般的用双手紧紧握住尤利乌斯的一只手。尤利乌斯端详着他：

"可怜的朋友，您怎么变成这样！"

老天赋予尤利乌斯的连襟，实在是太好但不妙：他的两个连襟，一个变成伪善者，另一个则是可怜虫。他没有看到阿梅代的时间还不到三年，现在却觉得阿梅代老了不止十二岁。阿梅代面颊凹陷，喉结突出；他戴着苋红色的围巾，显得更加苍白；他的下巴在颤抖；他那颜色不同的两只眼睛的眼珠在转动，应该是哀婉动人，实际上却滑稽可笑；他昨天旅行回来，嗓子神秘地哑了，因此，他的说话声仿佛从远处传来。他一面在想，一面说道：

"那么，您看到了他？"

尤利乌斯则一面在想，一面问道：

"谁？"

阿梅代听到这个"谁"字，仿佛听到丧钟声和亵渎神明的话一般。他谨慎地把问题说清：

"我觉得，您是从梵蒂冈出来的？"

"正是。请原谅我：我不再去想此事……要是您知道，我遇到的是什么事！"

他眼睛发亮：这亮光仿佛从他自身中发出。

"哦！"弗勒里苏瓦尔恳求道，"这事您以后再对我说。请您先对我谈谈您的拜访。我迫不及待地想知道……"

"您对此感到兴趣？"

"您很快就会知道，我是多么感兴趣。说吧！请您说吧。"

"好吧！是这样的！"尤利乌斯开始说道，并抓住弗勒里苏瓦尔的一条胳膊，拉着他离开圣彼得大教堂，"也许您已经知道，我们的昂蒂姆皈依天主教，使他落到何等贫困的境地！他还在徒劳地等待教会答应给他的补偿，即补偿共济会夺走他的东西。昂蒂姆被耍弄了：这点必须承认……亲爱的朋友，这件事您想怎么理解就怎么理解，但我把它看做一个出色的闹剧，要是没有这个闹剧，我对我们今天关心的事情，即我急于跟您谈的事情，也许就不会看得这样清楚。此人言行不一！这样说太过分……也许这表面上的言行不一掩盖着更加微妙和隐蔽的续唱。重要的是，能促使他行动的不再是涉及利益的简单原因，或者像你们平常说的那样，让他别再受到一些谋求私利的动机的驱使。"

"我听不大懂您的话。"阿梅代说道。

"确实如此，请原谅：我没说我的拜访，是离题了。当时，我决定去管昂蒂姆的事……啊！我的朋友，您要是看到他在米兰住的套间！'您不能待在这里了。'我当时立刻对他说。当我想到这可怜的韦萝尼克！但是，他变成了苦行者、狂热的信徒，他不准别人同情他，特别是不准别人谴责神职人员！'我的朋友，'我还对他说，'我同意，高级神职人员没有错，但这是因为他们不知情。请允许我去告诉他们。'"

"我认为帕齐红衣主教……"弗勒里苏瓦尔悄悄地说道。

"是的，这没有成功。您知道，这些达官贵人，全都害怕连累自己。要抓这件事，必须有一个像我这样的局外人。您要赞赏发现的方式！我说的是最重要的发现：你以为是突然感悟，实际上你是在不断考虑这个问题。因此，我早已感到不安，既是因为我那些人物过于合乎逻辑，又是因为他们不够果断。"

"我担心，"阿梅代轻轻地说道，"您又离题了。"

"一点没有，"尤利乌斯接着说道，"是您没有领会我的想法。总之，我决定把请愿书亲自交给我们的圣父。今天上午，我去向他递交请愿书。"

"那么？您快说：您见到了他？"

"亲爱的阿梅代，如果您老是打断我的话……啊！无法想象，见到他是多么困难。"

"当然喽！"阿梅代说道。

"您是说？"

"我过一会儿再说。"

"首先，我必须完全放弃向他亲自递交我的请愿书。我把请愿书拿在手里，这是一卷十分雅致的纸，但从第二个候见室起（或者是第三个，我已记不大清楚），一个身穿红黑两色制服的高大男子汉，彬彬有礼地把我的请愿书给拿走了。"

想到谣传，阿梅代开始笑了起来，仿佛他是知情人，但不想多加解释。

"在下一个候见室，他们拿掉了我的帽子，把它放在一张桌子上。在第五个或第六个候见室里，我同两位女士和三位高级教士一起等了很久之后，一个侍从来找我，把我带到隔壁的大厅，但当我走到圣父面前时（根据我的记忆，他当时高高地坐在皇位上，上面有华盖保护），他请我跪倒在地，我照此办理，但再也看不到他了。"

"但是，您下跪的时间不是很长，头也不是低得很低……"

"亲爱的阿梅代，您说得倒轻巧。您难道不知道崇敬使我们变得多么盲从？除了我不敢抬头之外，总管拿着一把戒尺，每当我开始谈到昂蒂姆时，他就在我颈背上轻轻地打几下，让我重新低下头。"

"他至少和您谈了话。"

"是的，谈了我的书，但他对我承认他没有看过。"

"亲爱的尤利乌斯，"阿梅代沉默片刻后接着说道，"您对我说的话极为重要。这么说，您没有见到他：从您说的话中我了解到，见到他十分困难，而且困难得有点古怪。啊！所有这些都证实了，唉！证实了最令人痛苦的担忧。尤利乌斯，我现在应该把此事告诉您……不过，请您从这边走，那条街上行人这么多……"

他把尤利乌斯拉到一条几乎空无一人的小胡同里，尤利乌斯感到有趣，就跟着他走了进去。

"我要告诉您的事十分重要……特别是不要让别人看出任何可疑之处。我们要装出这种样子，仿佛在谈无关紧要的事情，而您要做好听到可怕的事情的思想准备：尤利乌斯，我的朋友，您今天上午看到的那位……"

"您的意思是说，我没有看到的那位。"

"正是……不是真的。"

"您说什么？"

"我说，您没能见到教皇，是由于这可怕的原因……我是从秘密、可靠的渠道得到这个消息的：真教皇被囚禁了。"

这令人震惊的消息对尤利乌斯产生了最出乎意料的作用：他突然放开了阿梅代的胳膊，用小步跑到前面，穿过小胡同，并叫道：

"啊！不。啊！有这种事，不，不，不！"

然后，他走到阿梅代跟前：

"当然！我可以，虽说十分困难，把所有这些从我的思想中清除出去。我相信，对此不会有任何指望，不会有任何希望，不会有任何可能，相信昂蒂姆被要弄了，相信我们都被要弄了，相信这是在给人吃药！现在也只好对此付之一笑……就是这样！我自由了。您刚才对我说：到此为止！我才不会对此感到难受。有错误：您要重新开始！啊！不，有这种事！啊！这种事：绝不可能！我坚持这种看法。如果那个不是真的，活该！"

弗勒里苏瓦尔感到沮丧。

"但是，"他说道，"教会……"他感到遗憾的是，他嗓子嘶哑，无法侃侃而谈。

"但是，要是教会也被要弄呢？"

尤利乌斯斜站在他面前，挡住他一半的去路，并用与平时不同的讥讽和断然的口气说道：

"怎么！这——又——会——使——您——怎——样——呢？"

于是，弗勒里苏瓦尔产生了怀疑，是新的怀疑，这怀疑是不定形的、难以忍受的，隐约混杂在他深深的不安之中：尤利乌斯，尤利乌斯本人，同他说话的尤利乌斯，他想寄托自己的期待和忧伤的真挚的尤利乌斯，这个尤利乌斯也不是真的尤利乌斯。

"什么！是您在这样说话！是我所指望的您！您，尤利乌斯！巴拉利乌尔伯爵，其作品……"

"我请您不要谈我的作品。不管是真是假，我都讨厌今天上午你们的教皇对我说的有关这方面的话！我希望，由于我的发现，以后的作品将会更好。我急于想对您说重要的事情。您和我一起吃午饭，好吗？"

"好的，但我很快就要离开您。今天晚上，有人在那不勒斯等我……是的，是为了我要和您谈的事。我希望，您不是把我带到大饭店。"

"不是，我们去圆柱餐厅。"

在他这方面，尤利乌斯并不在乎他在大饭店被人看到和弗勒里苏瓦尔这样的瘦老头待在一起。弗勒里苏瓦尔感到自己逊色、委顿，他坐在餐厅的这张桌旁，面对着襟兄，处于其探索的目光之下，已经对襟兄把他置于其中的夺目光彩感到难受。如果这目光寻找的只是他的目光也就罢了，不，他感到这目光沿着他觅红色的围巾，在寻找他脖子上可耻的地方，这是可疑的肿块长出的地方，也是他感到没有被遮住的地方。在堂倌端来冷盘时，巴拉利乌尔说道：

"您应该去洗个含硫矿水浴。"

"您相信的不是这个。"弗勒里苏瓦尔提出异议。

"太好了。"巴拉利乌尔说道，因为他什么也不相信，"这个建议我是顺便向您提出的。"然后，他傲慢地往后一靠，用教训的口吻说道：

"好吧！是这样，亲爱的阿梅代：我觉得，自从拉罗什富科 ① 以来，我们步其后尘，受骗上当；我觉得，利益并非总是能支配人的东西，觉得存在着无私的行动……"

"我正希望如此。"弗勒里苏瓦尔天真地打断了他的话。

"我请您不要把我的话理解得这么快。我用无私的这个词，来表示：无偿的。而恶，即人们称之为'恶'的东西，也可能像善那样是无偿的。"

"但是，在这种情况下，为什么要这样做呢？"

"正是！由于钱太多，有花钱的需要，出于好玩。我认为，最无私的人并不一定是最优秀的人，这是这个词在天主教中的含义。相反，从天主教的这个观点来看，被调教得最好的人，是把自己的账管得最好的人。"

"也是总感到自己欠了天主的情的人。"弗勒里苏瓦尔想显示自己的水平和襟兄不分上下，就装模作样地补充道。

尤利乌斯对襟弟老是打断他的话，显然感到生气，觉得这样做十分可笑。

---

① 拉罗什富科（1613—1680），法国伦理作家，出身贵族，曾参加投石党反王政的战争，著有《箴言录》5 卷，内容主要表现其愤世嫉俗的思想。

"当然，蔑视会对你有用的东西，"他接着说道，"表明灵魂有某种高贵之处……因此，不再管账的人，在不看教理书、不再取悦别人和精打细算之后，是否能被我们接受？"

巴拉利乌尔等待着对方的赞同，但事实并非如此。

"不！不！一千个不：我们决不能接受！"弗勒里苏瓦尔激动地大声说道。然后，他突然对自己大声说话感到害怕，就朝巴拉利乌尔俯下身子。

"咱们说得轻点，有人在听我们说话。"

"哎！您以为谁会对我们说的话感到兴趣？"

"啊！我的朋友，我看到您不知道他们在这个国家是怎样的。对我来说，我开始了解他们了。在他们中间生活的四天里，我无法摆脱奇遇！他们强行向我灌输的是，我可以向您保证，一种我不是生来就有的谨慎。他们受到围捕。"

"这些都是您想象出来的。"

"我希望如此，唉！希望这一切只存在于我的脑中。但是，您希望什么呢？当假的取代了真的之后，真的就得隐藏起来。我担负着使命——这我待一会儿再对您说——又夹在共济会和耶稣会之间，我算是完蛋了。我被众人怀疑，我对一切怀疑。但是，如果我对您承认，我的朋友，我刚才听到您嘲笑我的痛苦，就怀疑我是否在和真的尤利乌斯说话，或者是在和您的某个替身说话……但是，如果我对您说，今天早上，在遇到您之前，我曾怀疑自己的真实性，怀疑我是否在这里，在罗马，或者是怀疑我是否只是梦见自己在罗马，并即将在波城醒来，静静地躺在阿尼卡身边，处在我平时的环境之中。"

"我的朋友，您当时有热度。"

弗勒里苏瓦尔抓住他的手，用感人的声音说道：

"热度！您说：我有热度。这种热度是治不好的，也不想治好。这种热度，我承认，我曾希望，您在了解了我对您揭露的事情之后，也会有这种热度。这种热度我曾传染给您，这点我承认，以便使我们一起发热，我的襟兄……不，我现在清楚地感到，我独自深入到阴暗的小道之中，我也应该走这种小道，甚至您对我说的事也迫使我去走……怎么！尤利乌斯，他是不是真的？那么，人们见不到他了？人们不能见到他了？"

"我的朋友，"尤利乌斯接着说道，并挣脱了兴奋的弗勒里苏瓦尔的手，却把自己的一只手放在他的胳膊上，"我的朋友，我要向您承认我刚才不敢对您说的一件事：当我走到圣父面前时……啊，我感到心不在焉。"

"感到心不在焉！"弗勒里苏瓦尔十分惊讶地重复道。

"是的：我突然发现自己在想别的事。"

"我是否应该相信您说的话？"

"因为正在此时，我得到了默启。'但是，'我在继续我第一个想法时心里在想，'但是，如果认为坏的行为和罪行是无偿的，那么它就是无法归咎的，而犯下这种罪行的人是抓不住的。'"

"什么！您又说这个了。"阿梅代绝望地叹息道。

"因为犯罪的动机、原因，是抓住罪犯的把柄。如果像法官将会声称的那样：Is fecit cui prodest①……您学过法律，是吗？"

"请原谅。"阿梅代说道。他额头上全是汗珠。

但正在这时，对话突然中断：餐厅穿制服的跑堂用碟子送来一只信封，信封上写着弗勒里苏瓦尔的姓名。弗勒里苏瓦尔十分惊慌地打开信封，只见里面的便笺上写着这几句话：

您不能有片刻的耽误。开往那不勒斯的列车于三点钟启动。请德·巴拉利乌尔先生陪您前往商业信贷银行，银行里的人认识他，他可以证明您的身份。

卡弗

"啊！我刚才不是对您说过？"阿梅代低声说道。这个插曲使他感到如释重负。

"确实，这不正常。见鬼，他们怎么知道我的姓？怎么知道我同商业信贷银行有关系？"

"那些人什么都知道，这是我对您说的，错不了。"

"我不喜欢这便笺的调子。写便笺的人打断了我们的谈话，至少应该赔礼道歉。"

"何必呢？他清楚地知道，我的使命最为重要……是要兑现一张支票……不，不能在这里对您谈论此事，您清楚地看到，有人在监视我们。"然后，他掏出怀表，"确实，我们时间

---

① 拉丁语，意思是：犯罪者为受益者。

很紧。"

他摇铃叫堂倌来。

"您别管！您别管！"尤利乌斯说道，"是我请您。信贷银行不远，需要的话，我们可以乘出租马车去。您别紧张……啊！我还想对您说：您要是今晚去那不勒斯，请拿着这环游火车本票。本票上写着我的名字，但不要紧（因为尤利乌斯喜欢用小恩小惠来笼络人心）。我在巴黎买的时候没有仔细考虑，因为当时想到更南边的地方去。但我现在要参加大会，就不能去了。您想在那里待多少时间？"

"时间尽可能短。我希望明天就回来。"

"那么，我等您共进晚餐。"

在商业信贷银行，由于巴拉利乌尔伯爵的介绍，弗勒里苏瓦尔轻而易举地兑现了支票，拿到六张钞票，放在他短上衣里面的口袋里。但是，他好歹把支票、红衣主教和教士的故事说给他的襟兄听了。巴拉利乌尔一直把他送到火车站，只是心不在焉地在听。

与此同时，弗勒里苏瓦尔走进一家衬衫店去买一个活硬领，但他没有立刻戴上，因为他怕让尤利乌斯久等，尤利乌斯则在商店门口耐心等待。

"您不把行李带走？"尤利乌斯等襟弟出来后问道。

当然，弗勒里苏瓦尔很想去拿他的披肩、梳洗用品和睡衣，但怎么能向巴拉利乌尔承认小老头街的事！……

"哦！就这么一夜！"他机灵地说道。"另外，我们没时间去我的旅馆了。"

"那么，您到底住在哪家旅馆？"

"在罗马斗兽场后面。"对方随口回答道。

他仿佛在说：在桥的下面。

尤利乌斯又看了他一眼。

"您样子真怪！"

他是否真的样子这么怪？弗勒里苏瓦尔揩干额头上的汗水。他们到达火车站，默默地在车站前走了几步。

"好了，咱们该分手了。"巴拉利乌尔向他伸出手时说道。

"您不……您不陪我去了？"弗勒里苏瓦尔感到害怕，就结结巴巴地说道，"我也不知道为什么，一个人走，我有点担心……"

"您是一个人来到罗马的。您以为自己会发生什么事？请原谅，我不能把您送到站台，因为看到一列开走的火车，我会感到无法言喻的伤心。再见！一路顺风！明天请到大饭店来，把回巴黎的车票还给我。"

第五卷

"只有一个补救办法！使我们能从现状中
　　解救出来的唯一办法！……"
"是的。严格地说，问题不在于如何被解救，
　　而在于如何生活。"

约瑟夫·康拉德①《吉姆爷》第226页

---

① 康拉德(1857—1924)，英国小说家，当过水手、船长，作品大多描写其航海生活经历，代表作有《水仙号上的黑家伙》《黑暗之心》等。引文为英文。

一

　　拉弗卡迪奥通过尤利乌斯的中介和公证人的干预，得到了已故的朱斯特-阿热诺尔·德·巴拉利乌尔伯爵留给他的四万利弗尔①的年金收入之后，主要关心的是不让此事露出蛛丝马迹。

　　"也许用的是金碗碟，"他心里在想，"但你要吃同样的饭菜。"

　　他并没有注意到，或者是他还不知道，从今以后，他饭菜的味道将要改变。他认为克制食欲和贪图美食有着同样的乐趣，但现在他不再有贫困的压力，所以他至少是放松了自己的克制。我们不用详细描绘就可以说：他具有贵族的本性，没有让贫困对他指手画脚，他现在允许这样做，是在戏弄、玩耍，是觉得有趣，所以更看重的是他的乐趣，而不是他的兴趣。

　　他遵守伯爵的遗愿，没有戴孝。他到他最后一个舅舅热斯弗尔侯爵的供货商那里去购置衣物时，等待着他的是耻辱和失

――――――――

　　① 利弗尔为法国计算收入的货币单位，相当于法郎。

望。当他说出侯爵的名字时，成衣商就拿出侯爵因疏忽而没有付钱的几张发票。拉弗卡迪奥厌恶欺骗行为。他立刻装出是专门来结清这些账的，并用现金付了新买的衣服的钱。在制靴商那里也遇到同样的情况。至于衬衫商，拉弗卡迪奥为了谨慎起见，去找了另一家。

"德·热斯弗尔舅舅，我要是知道他的地址就好了。我真想把他那些现金收讫的发票寄给他。"拉弗卡迪奥想道，"这件事我应该蔑视他，但我是巴拉利乌尔，从此之后，混蛋侯爵，我要设法把你除掉。"

没有任何事情要他留在巴黎或别的地方。他每天赶路不多，进行穿越意大利的旅行，前往布林迪西①，准备在那里登上一艘劳埃德船级的船前往爪哇。

他一个人待在离开罗马的车厢里，虽然里面很热，他仍把柔软的茶色毛毯横盖在膝盖上，并高兴地在毛毯上欣赏着他两只戴有灰白色手套的手。透过他这套西装柔软、絮状的面料，他全身的毛孔都感到舒服。脖子上半高的领子没有绷紧，但上浆不多，从领子上垂下一条细细的青铜色薄绸领带，犹如爬在皱褶衬衫上的脆蛇蜴。他感到身体舒服，穿着这身衣服舒服，穿着这双鞋子舒服，这双柔软的低帮便鞋同手套一样，是用麂皮做的。他的脚犹如关在柔软的监狱里，绷得紧紧的，弯成弓

---

① 布林迪西是意大利东南部城市，濒临亚得里亚海，先后曾多次为十字军登船港。

形，感到生气勃勃。他的海狸皮帽拉到眼睛上，使他看不到前面的东西。他抽着一个用刺柏做的小烟斗，让自己的思想自由驰骋。他想道：

"老太太头顶上有一小片白云，她在指给我看时说：雨，但今天还不会下……那个老太太，我把她的包扛在自己的肩上（他心血来潮，在四天时间里步行穿越亚平宁山脉，从博洛尼亚走到佛罗伦萨，在科维利亚约过夜），在山坡上面吻抱了她……这就是科维利亚约的本堂神父所说的一件好事。我也会掐住她的脖子，用一只不会颤抖的手掐，当我的手指碰到这种布满皱纹的讨厌皮肤时……啊！她抚摸着我上装的领子，抹去上面的灰尘！并说道：我的孩子！亲爱的！① 在那棵大栗树的树荫下，我没有吸烟，躺在青苔上面，我当时还在出汗，怎么会有那种极度的欢乐？我感到我胸怀相当宽广，可以拥抱整个人类，也许可以把整个人类掐死……人生是多么微不足道！只要有小显身手的机会，我就会机灵地去冒生命危险……但我还是不能成为登山运动员或飞行员……那个深居简出的尤利乌斯会建议我做什么呢？让他这个不知趣的家伙见鬼去吧！有个哥哥，我本来应该感到高兴。

"可怜的尤利乌斯！写书的人这么多，读书的人却这么少！事实是：读书的人越来越少……如果由我来看，正如那个人说的那样。这将以灾难结束，某种巨大的灾难，骇人听闻！人们

---

① 原文为意大利文。

将把印刷品扔到海里。如果最好的不同最差的一起被扔到海底，那将是奇迹。

"但是，感到好奇是想知道，老太太会怎么说，如果我开始掐……可以想象，如果这样会发生什么，但总是会有一小段时间，意外就是在这段时间里发生的。任何事情总是不会完全像人们以为的那样发生……促使我们行动的正是这个……人们做得这样少……'让能够存在的一切存在！'我是这样来理解创世的……爱可能存在的东西……如果我是国家，我就让人把我囚禁起来。

"那个加斯帕尔·弗拉芒先生的信件不是非常吸引人，我在博洛尼亚邮局的存局候领窗口是当做自己的信件领来的。没有一封值得退还给他。

"天啊！有些人的手提箱，别人希望搜查，可惜这种人很少遇到！用某种话、某种行为就能使其反应奇特的那种人十分罕见……一群美妙的木偶，只是提线过于明显，毫无疑问！同你在街上交错而过的只是些无能之辈和自命不凡的草包。拉弗卡迪奥，我问你，把那种闹剧看得过于认真，是否一个有教养的人应该做的事？来吧！咱们卷起铺盖逃走。是时候了！逃到一个新的世界。咱们离开欧洲，把我们赤裸的脚后跟印在土地上……如果在婆罗洲①的森林深处，还生活着一个智力迟钝的

_____

① 婆罗洲是东南亚加里曼丹岛的旧称，政治区划大部为印度尼西亚领土，西北海岸和北端属马来西亚。中间为文莱。

直立猿人，我们就会立刻到那里去推测一种可能存在的人类的能力……

"我很想见到普罗托斯。也许他已出海，前往美洲。他认为自己只欣赏芝加哥的蛮族……那些狼，不大有肉感，不对我的胃口：我的本性像猫。咱们别谈这个。

"科维利亚约的本堂神父十分宽厚，不想使同他谈话的孩子过于堕落。他肯定不会这样。他肯定不会这样。我很想让他做我的朋友，当然不是本堂神父！而是那孩子……他向我抬起的眼睛有多美！它们不安地寻找着我的目光，就像我的目光寻找着他的目光那样，但我立刻避开了他的目光……他比我小五岁不到。是的，十四至十六岁，不会超过……我在这个年龄时是怎样的？一个贪心十足的小伙子①，我今天很想遇到这样的小伙子，我觉得我会非常喜欢这样的人……费比感到自己喜欢我，在开始时觉得尴尬。他向我母亲承认了这点，这样做很对：这样，他心里感到更加轻松。但是，他的自制力使我感到十分厌烦！……后来，在奥雷斯的帐篷里，我把这事对他说了，我们都哈哈大笑……我很想在今天见到他。真遗憾，他死了。咱们别谈这个。

"真的，我是想惹得本堂神父讨厌。我在想，我能对他说些什么不愉快的话，但我想到的却都是令人高兴的话……要我显得不迷人，真难！然而，我不能像卡萝拉对我建议的那样，把

---

① 原文为英语。

脸变得像核桃壳那样，也不能吃大蒜……啊！咱们别再去想这可怜的姑娘，好吗？我最为寻常的乐趣，是从她那里得到的……哦！这奇怪的老头是从哪里出来的？"

这时，从过道的拉门中，阿梅代·弗勒里苏瓦尔走了进来。

在到达弗罗西诺内车站之前，弗勒里苏瓦尔的车厢里只有他一个人。火车停在这个车站时，一个意大利中年男子走进这个车厢，坐在离他不远的地方，脸色阴沉地盯着他看，弗勒里苏瓦尔见了赶紧逃走。

在隔壁车厢里，拉弗卡迪奥这个年轻人的优雅吸引了他。

"啊！可爱的小伙子！几乎还是个孩子。"他想道，"也许是在度假。他的穿着多好！他目光单纯。消除了我的怀疑，那将会多么松快！如果他会法语，我很高兴和他说话……"

他在拉弗卡迪奥对面坐了下来，坐在车门旁的一个角落里。拉弗卡迪奥把他的海狸皮帽拉了上去，开始用忧郁的眼睛看着他，但从表面上看，这目光显出冷淡的样子。

"在这个丑鬼和我之间，有什么共同之处？"他想道，"他好像自以为机灵。他干吗要这样对我微笑？他以为我会吻抱他！有些女人还会去抚摸老头……他要是知道我能流利地阅读手写的或印刷的文字，能反面朝外读或透过书页读它的反面，能在镜子里读或在吸墨水纸上读……三个月的学习和两年的实习。这是为了对艺术的爱。卡迪奥，我的孩子，问题提了出来：钩破这种命运。但从哪里钩起？……啊！我来请他吃口香糖。不管他要不要，咱们都能看出说的是哪种语言。"

"Grazio！（谢谢！）Grazio！"弗勒里苏瓦尔在谢绝时说道。

"对这个差生真没办法。咱们睡吧！"拉弗卡迪奥心里想道，并把他的海狸皮帽拉到眼睛上。他竭力想做一个梦，回忆他的少年时代。

他回忆起在别人叫他卡迪奥的时候，在喀尔巴阡山脉的那个偏僻的城堡里，他母亲和他有两个夏天住在那里，意大利人巴尔迪和弗拉基米尔·别尔科夫斯基亲王陪伴着他们。他的房间在一条走廊的尽头。这是他第一年和母亲分开住……他房门的铜把手形状为狮头，用一枚大钉子固定……啊！他的那些感觉的回忆是多么确切……一天夜里，他从沉睡中被叫醒，以为自己还在做梦，却看到弗拉基米尔舅舅站在他的床头，他觉得舅舅比平时更为高大，就像在噩梦里看到的那样。舅舅身穿红棕色的皮里长袍，小胡子垂了下来，头戴一顶奇特的睡帽，犹如波斯人的帽子，使他变得奇长无比。他把手里拿着的有遮光装置的提灯放在床边的桌上，在卡迪奥的怀表旁边，把弹子袋稍稍推了一下。卡迪奥首先想到的是他母亲死了或病了。他想询问别尔科夫斯基，但亲王把一个手指放在嘴唇上，并做手势叫他起来。孩子急忙穿上他在洗完澡后穿的便袍，便袍是他舅舅从一把椅子的椅背上拿来递给他的。在做这些事时，他舅舅眉毛紧皱，样子不像在开玩笑。但是，卡迪奥对弗拉基称十分信任，一点也不感到害怕。他穿上拖鞋，跟着舅舅走，对舅舅的举止感到十分惊讶，但跟往常一样，想要乐一乐。

他们走到走廊里。弗拉基米尔神情严肃、神秘兮兮地往前走,把提灯远远地拿在自己前面。他们仿佛在举行一种仪式,或是在跟随仪式的行列行进。卡迪奥有点跟跟跄跄,因为他还沉浸在梦幻之中,但是,好奇很快就使他的脑子清醒过来。在他母亲的房门前,两个人都停留片刻,竖起耳朵听着:没有一点声音,屋子里的人都睡着了。走到楼梯平台时,他们听到一个仆人的打鼾声,仆人房间的门开在顶楼旁边。他们开始下楼。弗拉基轻轻地把脚踩在梯级上。一听到咯啦声,他就回过头来,显出十分生气的样子,卡迪奥见了差点要笑出声来。他特别指出一个梯级,让卡迪奥跨过去,脸上一本正经,仿佛有危险一样。卡迪奥不想破坏自己的乐趣,所以没有去考虑这样小心谨慎是否必要,也没有去想他们做的事是否必要。他喜欢玩耍,就倚在栏杆上一滑,跨过了这个梯级……他被弗拉基称逗得出奇的高兴,只要跟着弗拉基称,他连火也可以一跨而过。

到达底楼后,他们都在最后第二个梯级上坐下来喘一口气。弗拉基称点了点头,用鼻子轻轻地叹息一声,仿佛在说:啊!我们侥幸地脱险了。他们又站起来走了。在客厅的门前,是多么的谨慎!提灯现在由卡迪奥来拿,照得客厅样子奇特,孩子差一点认不出来。在他看来,客厅显得硕大无比,暗淡的月光从微微开启的百叶窗中悄悄进入室内,一切都沉浸在超自然的宁静之中。这仿佛是一个池塘,人们将秘密地把罩形网撒在其中。他现在认出来了,每个东西都放在各自的地方,但他第一次体会到它的奇特。

弗拉基称走到钢琴前面,把盖子稍稍打开,用手指摸了摸几个琴键，琴键作了低声的回答。突然，盖子落了下来，发出很响的声音（想到此事，拉弗卡迪奥现在还会吓一跳）。弗拉基称急忙冲向提灯，把它熄灭，然后倒在一把扶手椅上，卡迪奥则钻到一张桌子下面。他们俩长时间地待在黑暗之中，一动不动，悄悄地听着……但是，毫无动静，屋子里一点动静也没有。远处，一条狗对着月亮乱叫。于是，弗拉基称慢慢地把灯点亮。

在餐厅里，他转动餐具橱的钥匙时是什么模样！孩子清楚地知道这只是一种游戏，但舅舅看来是信以为真。他用鼻子闻了闻，仿佛是为了闻出哪里的味道最好，拿了一瓶托考依白葡萄酒，倒了两小杯，把饼干浸在里面吃。他建议碰杯，但把一个手指放在嘴唇上。玻璃杯发出难以觉察的响声……夜宵吃完后，弗拉基称把东西都收拾好，他和卡迪奥一起在配膳室的小木桶里洗杯子，并把杯子擦干，把酒瓶的瓶塞塞好，把饼干盒盖好，小心翼翼地把饼干屑揩掉，朝橱里看了最后一眼，看到东西都放在原来的地方……神不知，鬼不觉。

弗拉基称把卡迪奥一直送到房间，离开时对他深深地鞠了一躬。卡迪奥继续睡他没有睡完的觉。到第二天他会想，这一切他是否在梦中见到的。

对一个孩子来说，这是奇特的游戏！对此，尤利乌斯会怎样想呢？

拉弗卡迪奥虽说闭着眼睛，却没有睡着。他睡不着。

"那个矮老头，我觉得他在那里，他以为我睡着了。如果我微微睁开眼睛，我就会看到他在看着我。普罗托斯认为，装出睡着的样子，同时却全神贯注，特别不容易做到。他能从眼皮的微微颤动中看出是在假睡……我现在正克制住这种颤动。普罗托斯本人见了也会上当。"

这时，太阳已经落山，它最后的光辉已经变得暗淡，但弗勒里苏瓦尔却在激动地观赏。突然，在车厢的拱顶上，分枝吊灯亮了起来。在这光线柔和的黄昏，灯光显得过于强烈。由于怕灯光妨害他邻座的睡眠，弗勒里苏瓦尔转动了开关，但没有使灯光完全熄灭，而是把中央分枝吊灯的电流切断，却接通了蓝色夜明灯的电流。按照弗勒里苏瓦尔的意愿，这只蓝色灯泡也发出过多的光线。他又把开关转了一下，夜明灯熄灭了，但两盏枝形壁灯立刻亮了起来，比中央的灯妨害更大。再转一下，夜明灯又亮了：他不再转动。

"他是否立刻停止玩弄灯光？"拉弗卡迪奥不耐烦地想道，"他现在在干什么？（不！我不会睁开眼睛。）他站着……他是否被我的手提箱吸引住了？好！他看到手提箱开着。由于不久后就丢了钥匙，在米兰让人在箱子里装上一把复杂的锁是对的，但到博洛尼亚后却要把锁撬开！挂锁至少可以更换……天主在罚我：他脱掉自己的上衣？啊！咱们还是来瞧瞧。"

弗勒里苏瓦尔没有去注意拉弗卡迪奥的手提箱，而是忙于摆弄他新买的活硬领。他脱掉了上衣，以便更容易扣好硬领的纽扣，但上了浆的平纹细布硬得像纸板一样，他用足力气也无法让它听凭摆布。

"他样子不高兴。"拉弗卡迪奥心里想道，"他大概患有肛瘫,或是某种见不得人的毛病。我来帮助他！他一个人不能做到……"

能做到！硬领的纽扣终于扣上。于是,弗勒里苏瓦尔在坐垫上把放在他帽子、上衣和链扣旁边的领带拿了起来,走到车门旁边,像那喀索斯①对着水面一样,对着玻璃去照,力图把自己的影像和外面的景色区分开来。

"他看得不够清楚。"

拉弗卡迪奥又把电灯开亮。这时,火车正沿着一个斜坡行驶,透过玻璃,可以看到每个车厢的灯光投射在斜坡上,形成一系列发亮的方块,在铁路旁跳跃,并因地面上的每个起伏而依次变形。在其中一个方块的中央,可以看到弗勒里苏瓦尔滑稽可笑的影子在跳动,其他的方块里都没有人影。

"这谁会看到？"拉弗卡迪奥想道,"这双保险门扣就在我的手旁边,就在我的手下面,我可以轻而易举地把它打开。这扇门突然打开,就会使他往前倒,只要轻轻一推就行了,他会倒在黑夜之中,就像一大块肉那样,别人甚至听不到一声叫喊……明天就去安的列斯群岛②……这谁会知道？"

领带戴好,系上海员小领结。现在,弗勒里苏瓦尔已重新拿起一个链扣,戴在右手的袖口上。他一面戴,一面仔细看他刚才坐的位子上方的一张照片(装饰车厢的四张照片中的一张),

---

① 那喀索斯是希腊神话中的美少年,只爱自己,不爱别人。爱神阿佛洛狄忒惩罚他,使他爱恋自己在水中的倒影,最后憔悴而死,死后变成水仙花。
② 安的列斯群岛是南北美洲两大陆之间的西印度群岛的一部分。

照片上是海边的一座宫殿。

"无动机谋杀,"拉弗卡迪奥继续想道,"这对警察局来说是多么棘手! 总之,在这个该死的斜坡上,隔壁车厢的任何人都会发现车门开了,并看到人影倒了下来。至少过道上的窗帘都已拉上……我感兴趣的不是发生的事,而是我自己。有人认为自己什么事都能干,但事到临头却退缩了……在想象和事实之间,距离有多大! ……既不能再干一次,也不能失败。啊! 要是能预见所有的风险,这游戏就毫无意思! ……对一个事实的想象,以及……瞧! 斜坡到此为止。我觉得,我们上了一座桥,是一条河……"

现在玻璃里一片漆黑,上面的影像显得更加清楚,弗勒里苏瓦尔俯着身子,以便把他的领带拉直。

"这双保险门扣就在我的手下面,而他正漫不经心地看着他遥远的前方。玩吧,没问题! 这比想象的还要容易。如果我数到十二,慢慢地数,还看不到农村里的灯光,这个差生就得救了。我开始数:一、二、三、四(要慢! 要慢!)、五、六、七、八、九……十,一个灯火……"

二

弗勒里苏瓦尔一声也没有叫出来。他被拉弗卡迪奥推了一下,看到自己面前突然出现深渊,他为了不掉下去,就用左手一把抓住光滑的门框,这时他已将身体转过来一半,把右手往后一伸，伸到拉弗卡迪奥的头顶上，把他正要戴上的第二个链扣扔出，链扣滚到车厢另一端的座位下面。

拉弗卡迪奥感到颈背被他放下的手用力抓了一下，就低下头，又推了一下，推得比第一次更不耐烦。他觉得指甲在他硬领上划了一下。弗勒里苏瓦尔能抓到的只有海狸皮帽，他绝望地抓住帽子，掉了下去。

"现在，要冷静。"拉弗卡迪奥想道，"咱们别把车门砰的一声关上：隔壁会听到的。"

他逆着风，用力把车门往自己这边拉，轻轻地把门关上。

"他给我留下了他那顶难看的扁平草帽，只要再有一点时间，我就会一脚把它踢给他，但他拿了我的帽子，也就够了。我已把帽子上我姓名的开头字母给弄掉了，这样小心谨慎没错……但是，帽子上还有店主的商标，不会每天有人去那家店订购海狸皮帽……玩好了，活该……他们会以为是意外事故……不，既然我把车门关好了……让火车停下来？好了，好了，卡迪奥，不要画蛇添足：一切都像你希望的那样。

"证明是，我能完全控制自己：我首先平静地观看那老头刚才欣赏的照片上是什么……米拉马尔！去那个地方玩，没有任何兴趣……这里空气不流通。"

他打开了窗子。

"这畜生抓伤了我。我伤口在流血……他抓得我很疼。要用水在上面擦一下。厕所在过道的尽头，在左边。咱们再拿一块手帕。"

他把放在他上面网架上的手提箱拿了下来，在他刚才坐过的座位的软垫上打开箱子。

"如果我在过道里和一个人交错而过：要镇静……不，我的心不跳了。干吧！……啊！他的上衣，我可以轻而易举地把它穿在我的上衣里面。口袋里的纸：咱们在剩下的旅程中再来看。"

这是件破旧的短上衣，甘草色，是薄呢做的，料子毛糙、粗俗，拉弗卡迪奥有点不大喜欢，就把它挂在狭窄的厕所里的一个衣钩上，并关上门。然后，他朝盥洗盆俯下身子，开始照着镜子仔细察看。

他的脖子上有两个地方被抓出难看的伤痕。一条细细的红色伤痕，起点为颈背后面，转向左边，在耳朵上方消失，另一条较短，是不折不扣的皮肤擦伤，在第一条伤痕上面，相距两厘米，它往上直达耳朵，耳垂上也有点擦伤。伤痕在出血，但并不像他担心的那样严重。相反，他开始时不感到疼痛，现在却疼得相当厉害。他在盥洗盆里把手帕浸湿，把血止住，然后把手帕洗干净。

"活硬领上有血迹，没关系，"他在整理衣服时想道，"一切正常。"

他正要出去，机车的汽笛响了，一道光线在厕所的毛玻璃窗后出现。到了卡普阿①。这个车站离事故发生地非常近，在这个车站下车，在黑夜里奔跑，取回他的海狸皮帽……这个想法突

---

① 卡普阿是意大利坎帕尼亚区城镇，位于那不勒斯市北。

然出现，令人着迷。他丢失了他那顶帽子，十分后悔：帽子柔软、轻巧、光滑、温暖、鲜亮，又揉不皱，有一种藏而不露的优雅。然而，他从不完全听从自己的欲望，也不喜欢让步，即使是对他自己。但是，他特别讨厌优柔寡断，多年来一直随身带着西洋双六棋的骰子，把它当做护身符，那是以前巴尔迪给他的。这骰子他总是随身带着，这时放在他背心的小口袋里：

"要是我掷到六点，"他拿出骰子时想道，"我就下车！"他掷到五点。

"我还是下车。快！灾民的短上衣……现在，我的手提箱……"

他跑到自己的车厢。

啊！在奇怪的事实面前，感叹看来毫无用处！发生的事越是出人意外，我的故事就越是简单。这事我就说得直截了当：拉弗卡迪奥回到车厢去取他的手提箱时，手提箱不见了。

他先是以为自己走错了车厢，就回到过道之中……不对……不对……他刚才是在这儿。这是米拉马尔的照片……但又怎样呢？……他跳到窗前，以为自己在做梦：火车站的站台上，在离他的车厢不远的地方，他的手提箱正静静地远去，由一个用碎步走路的高大男子拿着。

拉弗卡迪奥想要冲过去。他伸手想去打开车门，却使甘草色短上衣掉到他的脚旁。

"见鬼！见鬼！我差一点上钩了……那个恶作剧的家伙要是以为我会去追他，他还是走得太快了一点。难道给他看到了？……"

这时，由于他俯身看着，一滴血沿着他的面颊流了下来。

"手提箱算它倒霉！骰子说得很清楚：我不应该在这里下车。"

他关上车门，坐了下来。

"手提箱里没有身份证件，我的内衣上也没有标记，我会有什么危险？……没有关系：我尽快开始行动，这样也许不大有趣，但肯定要明智得多。"

这时，火车又启动了。

"我惋惜的倒不是手提箱……而是我的海狸皮帽，我真想把它找回来。咱们别再去想它了。"

他又把小烟斗装满、点燃，然后把手伸到那件短上衣里面的口袋里，把阿尼卡的一封信、库克旅行社的一个火车本票和一只淡黄纸的信封都拿了出来，并打开信封。

"三张、四张、五张、六张一千法郎的钞票！正人君子不感兴趣。"

他把这些钞票又放进信封，把信封放进短上衣的口袋。

过了一会儿，他翻开库克旅行社的火车本票，顿时感到头晕目眩。第一张纸上写着尤利乌斯·德·巴拉利乌尔的姓名。

"我难道疯了？"他想道，"同尤利乌斯有什么关系？……钞票是偷的？……不，不可能。钞票肯定是借的。见鬼！见鬼！我也许把事情搞糟了：这两个老头的关系，比我想象的要密切……"

然后，他因疑虑而感到害怕，打开了阿尼卡的信。事情显得太离奇了。他无法集中自己的注意力。也许他弄不清楚尤利乌斯和这个老头有什么亲戚关系或友好关系，但他至少弄清了一点：尤利乌斯在罗马。他立刻作出决定：他迫切希望见到自己的哥哥，并想清楚地看到这个案件引起的反响，他的思想既平静又合乎逻辑：

"一言为定！今晚我在那不勒斯过夜。我去赎回箱子，明天乘第一班火车回罗马。这样做肯定很不明智，但也许会增添一点乐趣。"

三

在那不勒斯，拉弗卡迪奥下榻于火车站附近的一个旅馆。他设法搞了个手提箱随身拿着，因为没有行李的旅客会引起别人的怀疑，而他也尽可能不要引起别人对他的注意。然后，他急忙去购买他缺少的那些梳洗用品，还买了一顶帽子，以替代弗勒里苏瓦尔留给他的那顶难看的扁平草帽（另外，那顶草帽戴在他头上也太小）。他还想买一把手枪，但商店都已关门，只好等到第二天再买。

他打算在第二天乘的那班火车大清早就启程，到达罗马是吃午饭的时候……

他想等报上刊登"凶杀"的消息之后再去找尤利乌斯。凶杀！这个词使他感到特别奇怪，把凶手这个词用在他身上，是一点也不恰当的。他更喜欢冒险家这个词，因为该词同他的海狸皮帽一样迎合人意，他可以随心所欲地把帽边翻上去。

晨报还没有谈到这次冒险。他焦急地等待着晚报的出售，因为他急于见到尤利乌斯，急于看到这场游戏开始，他犹如捉迷藏的孩子，虽然不愿意被人捉住，至少希望有人在捉他，在等待时他会感到无聊。这是他尚未体验过的一种模糊不清的状态。在街上同他摩肩接踵的人们，在他看来特别平庸、讨厌和丑陋。

夜晚来临时，他从科尔索街上的一个报贩那里买了一份《晚邮报》，然后走进一家餐厅，但出于一种挑战，仿佛是为了增强他的欲望，他首先迫使自己吃晚饭，把折起来的报纸放在一边，然后走出餐厅，再次走到科尔索街上，在一家商店橱窗的亮光下打开报纸，并在第二页上看到一条社会新闻标题：

凶杀，自杀……还是意外事故

然后，他看了这条消息，我翻译如下：

在那不勒斯火车站，铁路公司的职员在来自罗马的列车的一个一等车厢里的行李网架上捡到一件深色男上衣。在这件短上衣里面的口袋里，有一只打开的黄色信封，里面放着六张一千法郎的钞票，但没有能说明上衣主人身份的任何证件。如果是凶杀，那就很难解释这样一笔巨款留在被害人衣服里的原因。这看来至少说明，凶杀的动机不会是抢劫。

在车厢里没有发现搏斗的任何痕迹，但在一个座位下面发现了一个链扣，上面有两个扣子，镀金的小银链把扣子连结起来，扣子用一种半透明的石英琢磨而成，这种石英的名称是：发光云翳玛瑙，珠宝商称之为月亮宝石。

搜查正在铁道沿线积极进行。

拉弗卡迪奥把报纸揉皱。

"什么！现在是卡萝拉的链扣！这个老头是个焦点。"

他翻了一页，看到最新消息：

最新消息

铁路沿线发现一具尸体

拉弗卡迪奥没有再看下去，就直奔大饭店。

他把自己的名片放进信封，名片上，在他的姓名下面，写了下面这句话：

拉弗卡迪奥·卢基

来了解一下，尤利乌斯·德·巴拉利乌尔伯爵是否需要一名秘书。

然后，他让人把信封送了进去。

最后，一个仆人来到他正在耐心等待的门厅里找他，带他穿过一条条走廊，领他走进房间。

拉弗卡迪奥第一眼就看到扔在房间一个角落里的《晚邮报》。在房间中央的桌子上，放着一大瓶花露水，瓶塞打开，散发出浓郁的香味。尤利乌斯伸出双臂。

"拉弗卡迪奥！我的朋友……见到您，我多么高兴！"

他头发微微翘起，在太阳穴上漂浮、摇动。他显得心花怒放。他手里拿着一条带黑点花纹的手帕，把它当扇子扇。"您是我最意想不到的客人，却是我最希望能在今晚与其促膝交谈的客人……我在这里，是卡萝拉太太告诉您的？"

"多么奇怪的问题！"

"确实如此！由于我刚才遇到她……不过，我不能肯定她是否看到我。"

"卡萝拉！她在罗马？"

"您难道不知道？"

"我刚从西西里岛来到这里，您是我在这里见到的第一个人。我不想再见到她。"

"我觉得她很漂亮。"

"您并不挑剔。"

"我的意思是说：比在巴黎时漂亮得多。"

"这是异国情调。但是，如果您有兴趣……"

"拉弗卡迪奥，这种话在我们之间是不能说的。"

尤利乌斯想装出一本正经的样子，但只是做了个鬼脸，并接着说道：

"您看到我非常烦躁。我处于生活的一个转折点。我感到头脑发热，像在燃烧，全身昏昏沉沉，仿佛即将突然消失。我在罗马待了三天，是来参加一次社会学大会的，却遇到了接二连三的意外事件。您的来到使我感到不安……我无法控制自己。"

他迈着大步走着，在桌子前停了下来，拿起瓶子，在他的手帕上倒了许多花露水，用手帕敷在前额上，并把它留在那里。

"我年轻的朋友……请您允许我这样叫您……我觉得我想出了我的一本新书！您在巴黎和我谈起《顶峰巍峨》时说，它的风格还有过分之处，这使我认为，对这本新书您不会无动于衷。"

他的双脚像是在击脚跳，手帕落到了地上。拉弗卡迪奥急忙去捡，当他弯下腰时，他感到尤利乌斯的手轻轻地放在他的肩上，同以前老朱斯特-阿热诺尔把手放在他肩上完全一样。拉弗卡迪奥微笑着直起身子。

"我认识您的时间这么短，"尤利乌斯说道，"但今天晚上，我无法克制自己，对您说话就像对一个……"

他停住不说了。

"我听您说话就像弟弟那样，德·巴拉利乌尔先生，"拉弗卡迪奥壮着胆接着说道，"既然您想让我这样。"

"您要知道，拉弗卡迪奥，我在巴黎生活的环境中，经常交往的是社交界人士、神职人员、作家和院士，在这些人中，我真正能说说话的人一个也找不到，我的意思是说，能说说我新的忧虑的人。我应该向您承认，自从我们第一次相遇以来，我的观点已经完全改变。"

"啊，太好了！"拉弗卡迪奥放肆地说道。

"您是不会相信的，您干的不是这一行，您不会相信，错误的伦理对创造能力的发展是多么大的障碍。因此，离我过去的那些小说最为遥远的，莫过于我今天构思的小说。过去，我要求我那些人物具有逻辑性和重要性，为了使它们更为可靠，我首先对自己提出这种要求，但这样并不合乎情理。我们与其说不像我们最初为我们自己勾画的形象，不如说是在生活中被伪装起来，这是荒谬的。这样做，我们就有可能歪曲最美好的东西。"

拉弗卡迪奥仍在微笑，他期待着他最初说的话产生久远的作用，并高兴地看到这种作用。

"我要对您说什么呢，拉弗卡迪奥？我第一次看到自己面前出现自由场……您是否理解'自由场'这三个字的意思？我心里想，它以前已经这样，我又在想，它现在仍然这样，而在此之前，我负担重重，只是因为怀着私心杂念来考虑职业生涯、公众和评判者，这些评判者忘恩负义，诗人徒劳地指望得到他们的报答。从此，我只指望我自己。从此，我一切都指望我自己，我一切都指望真挚的人，我任何东西都要，因为我现在也清楚地预感到我自身中存在着最奇特的可能性。既然这只是纸上的东西，我就敢对这种可能性自由发挥。咱们等着瞧！"

他深深地呼吸着，肩膀往后仰，肩胛骨微微抬起，简直像是翅膀那样，仿佛新的困惑使他感到有点气闷。他压低声音，含含糊糊地继续说道：

"既然他们不要我，法兰西语文学院的那些先生们，我就准备向他们提供不接受我的充分理由，因为他们没有理由。他们没有理由。"

他的声音突然变得近于尖叫，强调地说出最后这几个字。他停了下来，然后心平气和地接着说道：

"因此，这就是我想象的东西……您在听我说？"

"一直听到心里。"拉弗卡迪奥仍然笑着说道。

"并且跟着我的思路？"

"一直跟到地狱。"

尤利乌斯又在手帕里倒了花露水，然后坐在一把扶手椅上。拉弗卡迪奥跨坐在他对面的一把椅子上。

"说的是一个年轻人，我想把他变成一个罪犯。"

"我看这没有困难。"

"嗳！嗳！"尤利乌斯觉得有困难，就这样说道。

"但是，小说家，谁会阻止您？从您开始想象时起，阻止您随心所欲地想象一切？"

"我想象的事越是奇特，我就越是应该提出此事的动机和解释。"

"要找到犯罪动机并不困难。"

"也许是……但我恰恰不要这样。我不要犯罪动机，我只要促使罪犯去做。是的，我想促使他无缘无故地犯罪，促使他想要犯下完全无动机的罪行。"

拉弗卡迪奥开始更加注意地听他说话。

"咱们把他写成少年：我希望因此能看出他性格高雅，希望他采取行动主要是为了好玩，他常常情愿不要自己的利益，而要自己的乐趣。"

"这也许并不常见……"拉弗卡迪奥大胆地说道。

"是吗？"尤利乌斯欣喜地说道，"咱们再加上一点：他喜欢克制自己……"

"甚至深藏不露。"

"咱们让他爱好冒险。"

"好！"拉弗卡迪奥说道。他越来越感到有趣："如果您的学生能对好奇的守护神言听计从，我觉得他就到火候了。"

就这样，两人依次跳跃，跳过对方，然后又被对方跳过，仿佛一个人在和另一个人玩跳背游戏：

尤利乌斯　我首先看到他在练习。他善于小偷小摸。

拉弗卡迪奥　我想了好多次，这种罪怎么会犯得不多。确实，一般来说，机会只提供给那些不愁吃穿、不会受别人挑动的人。

尤利乌斯　不愁吃穿，他是这种人，我已经说过。但唯有这些机会在诱惑他，并要求他灵活、机智……

拉弗卡迪奥　也许还会让他冒一点险。

尤利乌斯　我说过，他爱好冒险。不过，他讨厌诈骗。他不想把别人的东西占为己有，而是喜欢偷偷地把东西挪个地方。

他干这种事确实有魔术师的才能。

拉弗卡迪奥　另外，逍遥法外又使他受到鼓励……

尤利乌斯　但是，这同时使他的线索被人发现。如果说他没有被抓住，那是因为他让自己做的游戏过于简单。

拉弗卡迪奥　他会让自己做最危险的事。

尤利乌斯　我让他这样思考……

拉弗卡迪奥　您是否能肯定他会思考？

尤利乌斯　（继续说道）犯罪凶手放任自己，是出于他犯罪的需要。

拉弗卡迪奥　我们已经说过，他非常机灵。

尤利乌斯　是的，非常机灵，因为他行动时头脑冷静。您要想想：犯罪动机既不是爱情，又不是贫困。他犯罪的理由，恰恰是没有理由犯罪。

拉弗卡迪奥　这是您在思考他的犯罪，而他只是在犯罪。

尤利乌斯　没有任何理由认为罪犯犯罪是没有理由的。

拉弗卡迪奥　您太钻牛角尖了。在您让他处于的情况之下，他是人们所说的自由人。

尤利乌斯　一有机会就随波逐流。

拉弗卡迪奥　我急于想看到他行动。您要让他干什么？

尤利乌斯　嗯，我还在犹豫。是的，在今天晚上以前，我还在犹豫……突然，在今天晚上，报纸的最新消息向我提供的正是我所希望的例子。这意外事件来得正是时候！真可怕：您想想，有人杀死了我的襟弟！

拉弗卡迪奥　什么！车厢里的矮老头，是……

尤利乌斯　是阿梅代·弗勒里苏瓦尔，车票是我借给他的，是我让他乘上了火车。一小时前，他在我存钱的银行里拿了六千法郎，由于他把这笔钱带在身上，所以他在离开我时有点害怕。他的想法是灰溜溜的，是绝望的，他还有预感。然而，在火车上……那么说，您看了报纸。

拉弗卡迪奥　只是看了"社会新闻"的标题。

尤利乌斯　您听着，我给您念。（他打开他面前的《晚邮报》。）我翻译如下：

警察局在罗马和那不勒斯之间的铁路线上进行了积极的搜查，今天下午在离卡普阿五公里的沃尔图诺河干涸的河床里发现了被害人的尸体，昨天晚上在一节车厢里找到的男上衣可能是属于被害人的。这是个衣着朴素的男人，大约有五十来岁。（他看来比他的实际年龄要老。）他身上没有找到能确定他身份的任何证件。（幸好这使我可以喘一口气。）他显然是被推出车厢的，推的人相当用力，所以他从桥栏杆上面摔了过去，那个地方的桥正在修，只是用几条梁来替代。（是什么风格！）桥面离河流的距离超过十五米，被害人想必在摔下来后立即死亡，因为尸体上没有伤痕。他只穿着衬衫，右手手腕上戴着一个链扣，同在车厢里找到的那个链扣相同，但上面没有扣子……（"您怎么啦？"尤利乌斯停了下来：拉弗卡迪奥不由自主地站了起来，因为他想到，扣子在凶杀时被拉掉了。）尤利乌斯继续念道：他的左手仍紧紧抓住一只软毡帽……

　　"软毡帽！野蛮人！"拉弗卡迪奥低声说道。
　　尤利乌斯抬起头，从报纸后面露出了脸。
　　"什么事使您感到惊讶？"
　　"没什么，没什么！您继续念。"

　　……软毡帽，比他的头要大得多，看来是袭击者的帽子。
帽子里面皮革上的商店商标被仔细地割掉，所以少了一块皮，
形状、大小和月桂树叶相同……

　　拉弗卡迪奥站起身来，在尤利乌斯背后俯下身子，以便在
他肩膀上面看报，也许是为了不让别人发现自己脸色苍白。他
现在已不会再怀疑这点：凶杀已被人修改过，有人在这上面做
了手脚，在这顶帽子里面割掉了一块皮，可能是拿走他手提箱
的陌生人干的。
　　这时，尤利乌斯继续念道：

　　……这似乎说明这次凶杀是预谋的。（为什么恰恰是这次凶
杀有预谋？我的主人公也许是以防万一，采取了预防措施……）
警察确认死亡之后，尸体立即被运往那不勒斯，以确定其身份。
（是的，我知道他们那里有长期保存尸体的方法和习惯……）

"您是否能肯定此人就是他？"（拉弗卡迪奥的声音有点颤抖。）

"当然喽，我今晚等他和我共进晚餐。"

"您是否通知了警察局？"

"还没有。我首先需要把自己的想法理理清楚。已经在戴孝，至少在这方面（我指的是衣服方面），我很平静，但您要知道，在透露被害人的姓名之后，我必须立刻通知我的全家，立刻发电报、写信，我必须立刻处理讣告、丧葬事宜，立刻去那不勒斯要回遗体，立刻……哦！亲爱的拉弗卡迪奥，由于我必须参加那个大会，您是否能接受委托，代替我去要回遗体……"

"这事我们过一会儿再看。"

"要是这事没有使您感到过于震惊。现在，我暂时不让我的小姨子太过痛苦。根据报上模糊不清的消息，她又会怎么想呢？我回到我刚才的话题。当我看了这条社会新闻之后，我心里在想：这次凶杀，我设想得这么好，想象出作案的经过，仿佛亲眼目睹一样，我知道，我知道犯罪的理由，并且知道，如果没有这六千法郎的诱饵，这次凶杀就不会发生。"

"但我们设想一下……"

"是的，对吗？我们设想一下，没有这六千法郎，或者情况更好，这钱凶手没有拿：是我谈的那个人。"

然而，拉弗卡迪奥已经站了起来。他捡起尤利乌斯掉在地上的报纸，翻到了第二页：

"我觉得您没有看最新消息：那个……凶手恰恰没有拿这

六千法郎，"他尽量用冷淡的口吻说道，"给，您看：'这看来至少表明，犯罪动机可能不是抢劫。'"

尤利乌斯接过拉弗卡迪奥递给他的报纸，贪婪地看着。然后，他用手捂住双眼，接着坐了下去，然后又突然站了起来，俯身看着拉弗卡迪奥，并抓住他的双臂。

"动机不是抢劫！"他叫道。他仿佛十分激动，拼命摇着拉弗卡迪奥。"动机不是抢劫！那又是……"他推开拉弗卡迪奥，跑到房间的另一端，给自己扇风，打自己的额头，并且擤着鼻涕，"当然，我知道！我知道那个强盗为什么把他杀死……啊！不幸的朋友！啊！可怜的弗勒里苏瓦尔！那么，他说的是真话！而我却以为他疯了……唉，这真可怕。"

拉弗卡迪奥感到惊讶，等待尤利乌斯发完脾气。他有点生气，觉得尤利乌斯无权这样走开：

"我觉得正是您……"

"住嘴！您什么也不知道。我对您讲作品的构思，十分可笑，是在浪费时间……快！我的手杖，我的帽子。"

"您要跑到哪里去？"

"当然是去通知警察局喽！"

拉弗卡迪奥挡在房门前面。

"请您先对我作出解释。"他用命令的口气说道，"我发誓，您简直疯了。"

"刚才我是疯了。我现在从疯狂中清醒过来……啊！可怜的弗勒里苏瓦尔！啊！不幸的朋友！神圣的牺牲品！他的死使我在不敬重和亵渎神明的道路上及时停了下来。他的牺牲使我浪子回头。我过去却嘲笑他！……"

他又开始走了起来，然后突然停下，把他的手杖和帽子放在桌子上花露水瓶旁边，并在拉弗卡迪奥面前显出傲慢的样子：

"您是否想知道，那个强盗为什么把他杀死？"

"我认为这没有动机。"

于是，尤利乌斯极其激动地说道：

"首先，没有无动机的凶杀。有人除掉了他，是因为他掌握着一个秘密……他把秘密告诉了我，是一个重大的秘密，对他来说又过于重要。有人害怕他，您懂吗？是这样……哦！您很可能会笑，因为您对信仰的事一窍不通。"然后，他脸色发白，挺直身子，"这个秘密，已经传给了我。"

"您要小心！他们现在害怕的是您。"

"您看得很清楚，我必须立刻通知警察局。"

"还有一个问题。"拉弗卡迪奥说道，并再次拦住了他。

"不。您让我走。我心急如焚。这种监视在继续进行，以前曾使我的襟弟心慌意乱，您可以肯定，他们现在监视的是我，他们从现在起就在监视。您无法相信，那些人是多么能干。他们什么都知道，这是我对您说的……您替我去要回遗体，现在，这样做更加合适……我现在受到这种监视，谁也不知道我会发生什么事情。我求您这件事，请您帮个忙，拉弗卡迪奥，我的朋友。"他双手合掌，进行恳求，"我一时间脾气暴躁，但我一定会向警方询问，使您得到符合手续的委托书。我给您送到什么地方？"

"为了方便起见，我将在这家旅馆要一个房间。明天见。您快去。"

他让尤利乌斯走了。他心里感到十分厌恶，这几乎是一种憎恨，恨他自己，恨尤利乌斯，恨一切。他耸了耸肩，然后从口袋里拿出库克旅行社火车本票，本票上写有巴拉利乌尔的名字，他是从弗勒里苏瓦尔的短上衣里拿来的。他把本票放在桌子上显眼的地方，靠在花露水瓶上。他熄了灯，就出去了。

四

虽然尤利乌斯·德·巴拉利乌尔采取了一切预防措施，虽然他在警察局再三叮嘱，他仍无法阻止各家报纸透露他和受害者的亲属关系，甚至不能阻止报纸明确指出他下榻的旅馆的名称。

当然，在前一天晚上，他度过了极为不安的时刻，因为他在将近午夜时从警察局回来后，看到房间里十分显眼的地方放着写有他名字、弗勒里苏瓦尔使用过的库克旅行社火车本票。他立刻拉了铃，走出房间时脸色发白，在走廊里颤抖，他请侍者看看他床的下面，因为他不敢自己去看。他立刻进行的这种侦查没有任何结果，但是，怎么能相信大饭店的那些职工呢？然而，在牢牢地闩上的门里面酣睡了一夜之后，尤利乌斯醒来时感到自在多了，现在他有警察局的保护。他写了许多信和电报，自己拿到邮局去寄发。

他回来时，有人告诉他说，一位女士要求见他，她没有说出自己的名字，正在阅览室等候。尤利乌斯走到那里，见是卡萝拉，感到有点意外。

她不是在第一个阅览室里，而是在一个更加偏僻的阅览室里，那个阅览室比较小，光线也比较暗淡。她侧身坐在边上的一张桌子的桌角旁，为了掩饰窘态，心不在焉地在翻阅一本画册。看到尤利乌斯进来，她站起身来，与其说在微笑，不如说是局促不安。她穿着黑大衣，纽扣没有扣上，里面是深色的胸衣，简朴而又算得上雅致，相反，她帽子虽然是黑色，却杂乱无章，使她有令人不快的感觉。

"您一定觉得我十分放肆，伯爵先生。我不知道我怎么会有勇气走进您的旅馆，并要求见您，但是，您昨天对我施礼时，是多么和蔼可亲……另外，我要对您说的事太重要了。"

她仍站在桌子后面。尤利乌斯走到近前，在桌子上方毫不做作地向她伸出了手：

"是什么事使我能高兴地接待您的来访？"

卡萝拉低下了前额：

"我知道您受到很大的考验。"

尤利乌斯起初没有理解她的意思，但见到她拿出一条手帕，擦着眼睛，就说道：

"什么！您是来表示哀悼？"

"我认识弗勒里苏瓦尔先生。"她接着说道。

"呵！"

"唔！时间不是很长。但我非常喜欢他。他是多么亲切，多么善良……他的链扣是我送给他的，您知道，就是报上描绘的那对链扣，这使我知道是他。但我不知道先生是您的连襟。我感到十分意外，您想想，我是否高兴……哦！对不起，我想说的不是这个。"

"您别慌，亲爱的小姐，您也许想说，您很高兴有机会再见到我。"

卡萝拉没有回答，只是用手帕捂住自己的脸。她抽抽噎噎地哭着，尤利乌斯觉得应该握住她的手。

"我也是，"他用坚信不疑的声音说道，"我也是，亲爱的小姐，您要相信……"

"今天早上，在他离开之前，我叫他要小心提防。但这不是他的性格……他过于轻信，您是知道的。"

"一个圣徒，小姐，他是个圣徒。"尤利乌斯激动地说道，并掏出自己的手帕。

"正是这样，我已经看出。"卡萝拉大声说道，"夜里，他以为我睡着了，就爬了起来，在床脚跪了下来，并且……"

这无意中吐露的隐情，使尤利乌斯感到窘困，他把手帕放回口袋，凑到近前说道：

"请把您的帽子脱掉，亲爱的小姐。"

"不，它没有使我感到不舒服。"

"感到不舒服的是我……对不起。"

但是，由于卡萝拉明显地往后退，他重新坐了下来。

"请允许我问您：您是否有担心的特殊理由？"

"我？"

"是的。当您要我的襟弟小心提防时，我问您，您是否有理由认为……您要说真心话：上午没有人来这儿，不会有人听到我们的谈话。您是否在怀疑一个人？"

卡萝拉低下了头。

"您要知道，这点我特别感兴趣，"尤利乌斯滔滔不绝地继续说道，"您要清楚地看到我的处境。昨天晚上，我去警察局作证，回来时看到我房间的桌子中央放着这可怜的弗勒里苏瓦尔在旅行时使用过的火车本票。本票上写着我的名字。这种环游火车本票纯粹是私人的东西，我借给他是不对的，但问题不在这里……有人利用我外出的机会，把我的本票恬不知耻地送还给我，送到我的房间里，我应该把这件事看做一种挑衅，这是假充好汉，几乎是一种侮辱……如果我没有充分的理由认为我也成为攻击的目标，这当然不会使我感到不安，原因是：这可怜的弗勒里苏瓦尔，即我的朋友，掌握着一个秘密……一个可怕的秘密……一个十分危险的秘密……这秘密我没有问他……我一点也不想知道……他却十分轻率地告诉了我。现在，我要问您：有人为了保守这个秘密，甚至可以杀人灭口……您知道这个人是谁？"

"请放心，伯爵先生：昨天晚上，我已向警察局告发了他。"

"卡萝拉小姐，我对您没有看错。"

"他曾答应我不伤害他，就应该信守自己的诺言，我也会信守自己的诺言。现在，我受够了。他想对我干什么，就让他去干吧。"

卡萝拉十分激动，尤利乌斯走到桌子后面，再次靠近她：

"我们也许最好到我的房间里去谈。"

"哦！先生，"卡萝拉说道，"我想对您说的一切，我现在都已对您说了，我不想再打扰您更多的时间。"

她再次回避，绕过桌子，走到门旁。

"我们现在最好分手，小姐。"尤利乌斯一本正经地接着说道。对这种拒绝，他认为自己要保持尊严。"啊！我还有话说，后天，如果您想到来参加葬礼，您最好不要来认我。"

说完这些话，他们就分手了，两人都没有说出不受怀疑的拉弗卡迪奥的名字。

五

拉弗卡迪奥把弗勒里苏瓦尔的遗体从那不勒斯运回来。放置遗体的运柩车被挂在列车尾部，但拉弗卡迪奥认为自己没有必要亲自登上这节车厢。不过，出于礼节，他乘坐的车厢虽然不是离得最近，因为最后一节车厢是二等车厢，至少在一等车厢中是离开遗体最近的车厢。他早上从罗马出发，必须在当天晚上返回。他不大乐意地承认自己心里很快就产生了新的感觉，因为他觉得只有无聊才是奇耻大辱，而他在少年时代无忧无虑的美好愿望，以及其后的极度贫困，使他在此以前一直没有感到这种内心的苦恼。他走出车厢时心里没有希望和快乐，在车厢过道里从一头走到另一头，心里有一种模糊不清的好奇，犹豫不决地想要尝试某种他也说不清楚的新鲜和荒谬的事情。看来一切都无法满足他的欲望。他不再想出海远航，违心地承认婆罗洲对他没什么吸引力，意大利的其他地方也是如此：甚至他对自己的冒险有什么下文也不感兴趣，今天在他看来，他的冒险是有害和荒唐的。他责怪弗勒里苏瓦尔没有更好地进行自卫。他讨厌那张可怜巴巴的脸，很想把它从自己的思想中抹去。

　　相反，他很想见到拿走他手提箱的男子，那人可是个了不起的笑剧演员……在卡普阿车站，他就像应该找到那个男子那样，在车门口俯身张望，用眼睛搜索着空无一人的站台。但是，他是否能认得出来？他当时只是看到此人的背影，而且距离已远，在昏暗的光线中远去……他想象自己在黑夜中跟随着这个男子，来到沃尔图诺河的河床，看到那丑陋的尸体，抢走他的东西，并出于一种挑衅，在他拉弗卡迪奥的帽子的夹里上，割下"形状和大小同月桂树叶相仿的"一块皮，就像报上简洁地描写的那样。这小小的物证上有他供货商的地址，如果拿走他手提箱的强盗不把这物证交给警察局，拉弗卡迪奥会非常感激。也许这个抢死人东西的强盗不希望引起别人对他的注意，如果他不顾一切地想要利用他割下的这块皮，我可以肯定，同他了结此事将会相当有趣。

　　这时，天色完全黑了。餐车的堂倌从火车的一头走到另一头，前来通知一等车厢和二等车厢的旅客，说晚餐已经准备就绪。拉弗卡迪奥虽说不想吃东西，但觉得他在一个小时的时间里至少可以摆脱无所事事的状态，就跟着其他几位旅客去了，不过同他们保持相当远的距离。餐车位于车头。拉弗卡迪奥穿过的那些车厢里空无一人。在座席上，到处都放着各种物品，如披肩、枕头、书籍和报纸，说明是用晚餐的旅客留着的座位。一只律师公文包吸引了他的目光。他肯定自己是最后一个，就在分隔车室前停了下来，然后走了进去。这只公文包对他并没有很大的吸引力，只是为了问心无愧，他才进行了搜查。

在包里的折叠部分上，用并不引人注目的金字写着这两行字：

波尔多法学院
德富克布利兹

包里放着两本关于刑法的小册子和六本期号不同的《法院判决公报》。

"又是一个去参加大会的畜生。呸！"拉弗卡迪奥想道。他把里面的东西放回原处，然后急忙跟上不长的去餐车的旅客队伍。

排在最后的是一个瘦弱的小姑娘及其母亲，俩人都戴着重孝。她们前面是一位穿礼服的先生，此人头戴大礼帽，留着长长的直发，颊髯花白，显然是公文包的主人德富克布利兹先生。队伍缓慢前进，在火车的颠簸中摇摇晃晃。在过道的最后一个拐弯处，当教授即将冲到连接两个车厢的像手风琴折叠风箱那样的地方时，一次更有力的颠簸使他后仰。为了保持平衡，他突然往前冲，使他的夹鼻眼镜脱落下来，掉到厕所门前的过道形成的狭窄门厅的角落里。当他弯下腰去找眼镜时，那位女士和小姑娘走了过去。一时间，拉弗卡迪奥高兴地观赏着学者在吃力地寻找。此人样子可怜，不知所措，把不安的双手毫无目的地伸向地面，仿佛处于虚无缥缈的状态，就像跖行动物在跳难看的舞蹈，或是他返老还童，在玩"你是否会种菜？"的游戏——来吧！拉弗卡迪奥，发发善心！你的心没有变坏，怎样想就怎样做。你要去帮助身体虚弱的人。把这副必不可少的眼镜递给他，他自己无法找到。他背朝着眼镜，快要把它踩坏……这时，火车又颠簸了一下，这个不幸的人低着的头撞到了厕所的门上，大礼帽起了缓冲的作用，但给弄破了，并一直套到耳朵上。德富克布利兹先生发出一声呻吟，站起身来，脱掉帽子。拉弗卡迪奥觉得闹剧演得够了，就捡起夹鼻眼镜，把它放在寻找者的帽子里，然后迅速走开，因为他不想听到感谢。

晚餐已经开始。拉弗卡迪奥在玻璃门旁边、通道右面的一张桌子前坐了下来，桌上放着两副餐具，他对面的座位空着。通道左面和他一排的桌子旁坐着那个寡妇和她的女儿，但那张桌上放着四副餐具，其他两个座位空着。

"在这种地方多么无聊！"拉弗卡迪奥心里想道。他冷漠的目光在这些旅客头上游动，却找不到一张脸可以停留下来。"所有这些牲畜与其说在享受生活的乐趣，不如说在服单调的劳役，没有很好地领会生活……他们穿得多差！但是，如果赤身裸体，他们会变得丑陋！要是不点香槟酒，我就会在吃餐后点心前死去。"

教授进来了。他显然刚把找眼镜时弄脏的手洗干净，这时在仔细察看自己的指甲。餐车的一个堂倌让他坐在拉弗卡迪奥对面。饮料总管从一张桌子走到另一张桌子。拉弗卡迪奥一言不发，在酒单上指了指二十法郎一瓶的蒙特贝洛微沫香槟酒，而德富克布利兹则要了一瓶圣加尔米埃矿泉水。现在，他用两只手指捏住他的夹鼻眼镜，在上面慢慢地哈着气，然后用餐巾的一角把镜片擦干净。拉弗卡迪奥看着他，见他高度近视的眼睛在发红的厚眼皮下眯着，感到惊讶。

"幸好他不知道刚才是我把眼镜捡给他的！如果他要感谢我，我立刻不告而别。"

饮料总管拿着圣加尔米埃矿泉水和香槟酒走了过来。他先是拔掉香槟酒瓶瓶塞，把酒瓶放在两位客人中间。这瓶酒刚放到桌上，德富克布利兹就抓住瓶子，也不看看瓶里装的是什么，给自己倒了满满的一杯，一饮而尽……饮料总管已经做了个手势，但拉弗卡迪奥笑着制止了他。

"哦！我喝的是什么？"德富克布利兹做着难看的鬼脸大声说道。

"是您对面那位先生点的蒙特贝洛香槟酒。"饮料总管神态严肃地说道，"喏，这是您的圣加尔米埃矿泉水。拿着。"

他把第二个瓶子放在桌上。

"我很抱歉，先生……我视力这么差……我非常惭愧，请您相信……"

"先生，您要是不表示道歉，"拉弗卡迪奥打断了他的话，"即使因第一杯好喝而再喝一杯，也会使我感到十分高兴。"

"唉！先生，我要向您承认，我觉得这酒难喝。我不知道，我在心不在焉之时，怎么会喝下满满一杯。我太渴了……请您告诉我，先生，这酒是不是烈性酒？……因为，我要告诉您……我总是只喝水……只要喝一滴酒，我就一定会头晕……天哪！天哪！我会怎么样呢？……如果我立刻回到我的车厢？……我也许最好还是躺下来。"

他做出要站起来的样子。

"请您坐着！您坐着，亲爱的先生。"拉弗卡迪奥说道，并开始感到好玩，"相反，您最好还是吃点东西，不要去担心这种酒。如果您需要别人扶您，过一会儿我就送您回去，但您不要害怕：您刚才喝的酒，小孩喝了也不会醉。"

"但愿如此。但是，真的，我不知道如何对您……我是否给您一点圣加尔米埃矿泉水？"

"非常感谢，但请您允许我偏爱我的香槟酒。"

"啊！真的，这是香槟酒！那么……您要把这些都喝完？"

"为了使您放心。"

"您太好了，但是，换了我，我就……"

"您只要吃点东西就好了。"拉弗卡迪奥打断了他的话，并自己吃了起来。德富克布利兹使他感到厌烦。

现在，他的注意力集中到那个寡妇身上：

她肯定是意大利女人。也许是军官的寡妇。她的举止多么端庄！目光多么温柔！前额多么纯洁！双手多么灵巧！她衣着十分简朴，却又多么优雅……拉弗卡迪奥，当你心中不再听到这样一种和弦的泛音，你的心可能已经停止跳动！她女儿和她相像，已经相当庄重，有点严肃，可以说是悲伤，但过分的老成因孩子的优美而得到缓解！对于孩子，母亲俯下身去时是多么关心！啊！在这样的人面前，魔鬼也会让步。对于这样的人，拉弗卡迪奥，你也许会全心全意……

这时，堂倌来换盘子。拉弗卡迪奥让人把还剩一半食物的盘子拿掉，因为他现在看到的情景使他突然目瞪口呆：寡妇，那位高雅的寡妇，在桌子外面朝通道那边弯下了腰，放肆地撩起裙子，用十分自然的动作露出她猩红色的长袜和外形非常优美的腿肚。

这热烈的音符出现在庄重的交响乐中，完全出人意料……他是在做梦？后来，堂倌又端来一道菜。拉弗卡迪奥想要去吃，就把目光转到自己的盘子上，但他这时看到的东西，使他感到不安：

在他面前，在盘子的中央，这讨厌的东西不知是从哪里掉下来的，但即使是在千百件东西之中，他也能把它辨认出来……你别怀疑，拉弗卡迪奥：这是卡萝拉的扣子！是弗勒里苏瓦尔第二个链扣上两个扣子中缺少的那个。现在，事情变得像噩梦一样……但是，堂倌拿着这盘菜俯下身子。拉弗卡迪奥用手一拨，把盘子里那个难看的扣子弄到桌布上。他把盘子移到扣子上面，大口大口地吃，在杯子里倒满香槟酒，马上喝干，然后又倒满。现在，如果这个饥肠辘辘的男人已经醉眼……不，这不是幻觉，他听到扣子在盘子下面嘎吱作响，就把它放进他背心的小口袋，放在怀表旁边，又摸了一下，才感到放心：扣子在那里，十分安全……但是，谁能说出它是怎么到盘子里来的？谁把它放在里面？……拉弗卡迪奥看了看德富克布利兹：学者低着头，老老实实地吃着。拉弗卡迪奥想到别的事：他又看了看那个寡妇，但她的举止和衣着又变得端庄、平凡，他现在觉得她没有刚才漂亮。他力图重新想象出挑逗的动作和红色的长袜，但没能做到。他力图再次在盘子里见到扣子。如果他没有感到它在他口袋里，他肯定会怀疑……但是，这个扣子，他为什么要拿掉？……它又不是他的。这个本能的荒谬动作，是供认不讳！是明确承认！他受到了别人的注意，不管此人是谁，也许是警察局的，一定在观察他，窥伺他……这个明显的圈套，他像傻瓜那样直接钻了进去。他感到自己脸色发白。他突然转过头去：在通道的玻璃门后面，一个人也没有……但是，刚才也许有人看到！他迫使自己再吃一点，但他的牙齿在咀嚼时没有食欲。真倒霉！他后悔的不是他可怕的罪行，而是这不合时宜的动作。教授现在为什么对他微笑……

　　德富克布利兹已经吃完饭。他擦完嘴，把两个胳膊肘子支在桌子上，烦躁地揉着他的餐巾，并开始看着拉弗卡迪奥。他奇特地咧嘴强笑，最终忍不住了，就说道：

"先生，我是否能问您要一点酒？"

他胆怯地把自己的杯子移向几乎倒空的酒瓶。

拉弗卡迪奥因不安而心不在焉，很高兴有散心的机会，就把瓶里剩下的酒都倒给了他：

"我要是倒给您很多，会感到不放心……不过，您是否希望我再要一瓶？"

"这样的话，我觉得半瓶就够了。"

德富克布利兹显然已经有点醉，不再讲究礼节。拉弗卡迪奥不会被干葡萄酒吓倒，对此人的天真也感到有趣，就叫人拔出第二瓶蒙特贝洛香槟酒的瓶塞。

"不！不！别给我倒得太多！"德富克布利兹说着举起他那摇摇晃晃的杯子，让拉弗卡迪奥把它倒满，"真奇怪，开始时我觉得这非常不好喝。许多东西，人们在不了解的时候，就是这样被看成怪物的。以前我只要喝圣加尔米埃矿泉水，当时我觉得，圣加尔米埃矿泉水有一种奇特的味道，您要知道。这就像别人给您倒了圣加尔米埃矿泉水，而您却要喝香槟酒，您就会说，是不是：香槟酒有一种奇特的味道……"

他笑自己说的话，然后在桌子上方，朝着也在笑的拉弗卡迪奥俯下身子，低声说道：

"我不知道我会笑得这样，这肯定是您的酒有问题。我还是怀疑这酒发的热比您说的要多。嗨！嗨！嗨！但是，您要把我送回车厢，说定了，是吗？到了那里，我们只有两个人，要是我失礼，您会知道是什么原因。"

"在旅行时，"拉弗卡迪奥随口说道，"这没有关系。"

　　"啊！先生，"对方立刻接着说道，"人在生活中会做出的一切，只要能像您说的那样，可以肯定没有关系就好！只要能肯定这不会使人受到任何约束……喏，就是我现在对您说的话，其实只是十分自然的话，但是，如果我们在波尔多，您是否认为我敢直截了当地说出来？我说波尔多，是因为我住在波尔多。我在那里有名气，受人尊敬，虽说我没有结婚，我在那里过着普通、平静的生活，有着受人尊敬的职业：法学院教授，是的：比较犯罪学，一门新的课程……您要知道，在那里，我不会得到许可，这称之为：喝醉的许可，即使是偶然一天也不行。我的生活应该体面。我要想想：要是我的一个学生看到我喝醉了酒在街上走！……体面，而且不能显得迫不得已。这是关键所在。不能使人认为：德富克布利兹（这是我的姓）先生克制自己极为出色！……不但自己不能做任何稀奇古怪的事情，而且要说服别人不去做任何稀奇古怪的事情，即使这种事是完全允许的，另外，也不能说出任何稀奇古怪的想法。还有一点酒吗？只要几滴，我亲爱的同谋，几滴酒……这样的机会在一生中不会有第二次。明天，在罗马，在把我们聚集在一起的这次大会上，我会见到许多同事，他们严肃、顺从、谨慎，而且拘束，我穿上制服以后，又会变成这样。社会上的一些人，就像您或我那样，必须在生活中伪装起来。"

　　这时，晚餐结束，一个堂倌走过时，结了账，收了小费。

　　餐车里的人越来越少，德富克布利兹说话的声音越来越响。

有时，他的笑声使拉弗卡迪奥感到有点不安。他继续说道：

"当社会不来约束我们时，这帮亲朋好友就已足够，我们不能惹他们生气。他们把我们的一种形象和我们粗野的本相进行比较，对于这种形象，我们只能负一半责任，它同我们的相似之处很少，但我要对您说，超越这种形象是不得体的。现在，事实是：我摆脱了我的形象，我摆脱了自我……哦！骇人听闻的冒险！哦！危险的快乐！……我是否让您听得头脑发胀？"

"您的话我特别感兴趣。"

"怎么不是呢！怎么不是呢……您要我怎么办呢！即使喝醉，还是教授，而这个主题，又挂在我的心上……但是，如果您吃完了饭，您也许想让我挽着您的手臂，在我还站得稳的时候，把我送回车厢。我担心，要是再等一会儿，我会站不起来。"

说到这里，德富克布利兹往前一冲，仿佛想甩掉椅子，但立刻又倒了下来，半倒在撤去餐具的桌上，上半身冲向拉弗卡迪奥，他压低声音，几乎像说悄悄话那样接着说道：

"这就是我的论点：要把一个正人君子变成无耻之徒，需要的是什么？只要改变生活环境，只要遗忘就行了！是的，先生，记忆中有空白，真诚就会出现……一种连续性的中断，只是切断电流。当然，这话我在上课时是不会说的……但是，我们之间说说，当私生子有什么好处！您要想想：这种人的存在只是行为不端的产物，是直线中绕了个弯。"

教授的声音又响了起来，他现在把奇特的眼睛盯着拉弗卡迪奥看，目光有时模糊有时犀利，开始使对方感到不安。这时，拉弗卡迪奥心里在想，这个人眼睛近视是否装出来的，他几乎认出了这个目光。最后，他虽然觉得话没有说错，仍感到十分尴尬，就站起身来，生硬地说道：

"来吧！请挽着我的胳膊，德富克布利兹先生。"他说道，"请站起来。谈得够了。"

德富克布利兹十分困难地离开了他的椅子。两个人沿着过道摇摇晃晃地朝车厢走去，教授把公文包留在那个车厢。德富克布利兹首先进去。拉弗卡迪奥把他安顿好，然后告辞。他刚转过身准备离开，肩上就被重重地打了一拳。他立刻转过身去，只见德富克布利兹已经跳了起来……但这哪里还是德富克布利兹，此人用嘲笑、威严和狂喜的声音大声说道：

"可不能这么快就把朋友抛弃，拉弗卡迪奥·隆涅赛特普卢斯基先生……什么！这是真的！你想要逃跑？"

刚才那个喝醉酒的古怪教授，在这个身强力壮的高大男子身上，已没有丝毫的痕迹。拉弗卡迪奥不再怀疑，认出此人就是普罗托斯。是身材长高、变得魁梧、更加漂亮的普罗托斯，而且令人生畏。

"啊！是您，普罗托斯。"他只是这样说道，"我更喜欢这样。我刚才一直想认出您。"

不管如何可怕，拉弗卡迪奥想要的还是现实，而不是奇特的噩梦，他已在噩梦里挣扎了一个小时。

"我化装得很像，对吗？为了您，我不惜一切代价……但是，应该戴眼镜的仍是您，我的孩子。如果您识别的本领不比那些机灵鬼强，他们就会对您恶作剧。"

"机灵鬼"这个词，在拉弗卡迪奥脑中唤起了多少没有完全遗忘的往事！一个机灵鬼，普罗托斯和他一起住在寄宿学校时，在他们使用的隐语中，一个机灵鬼就是不管由于什么原因，在各种人面前或在各个地方都不是呈现同样面貌的人。根据他们的分类，机灵鬼有许多种，多少都有点风雅，值得称赞。与机灵鬼相对应和相对立的，是唯一的甲壳动物大家族，其代表在社会等级中自上而下地排列。

我们那些同学认为下列公理可以接受：1) 机灵鬼之间能够互相辨认出来；2) 甲壳动物认不出机灵鬼。——拉弗卡迪奥现在想起了所有这些事。由于他的性格能适应各种游戏，所以他只是微微一笑。普罗托斯继续说道：

"不管怎样，在那天，我很高兴能在那里，唔？这也许并非完全是巧合。我喜欢监视新手：这富有想象力，这胆大妄为，这很有意思……但是，没有别人出主意，这样想出来未免有点过于容易。您做的事非常需要别人进行修改，我的孩子！在干活的时候，谁会想到戴这种帽子？物证上有供货商的地址，您不到一个星期就会被关进监狱。但是，对于老朋友，我会真心相待，我也证明了这点。您是否知道，我以前很喜欢您，卡迪奥？我一直想把您培养成出色的人才。您这样漂亮，可以让所有的女人为您效劳，还可以敲诈勒索——这没什么了不起的——不止一个男人。我最终有了您的消息，得知您来到了意大利，是多么的高兴！我可以发誓！那时我们经常去找我们的旧情妇，我急于想知道，您变得怎样了。您还不错，我要知道。啊！卡萝拉没有自命不凡！"

拉弗卡迪奥的恼怒变得越来越明显，他想要掩盖这点的努力也是如此。这些都使普罗托斯感到有趣，但他装出一点也没有看出的样子。他从背心口袋里掏出一小块圆形的皮，仔细地看着。

"我特地割下了这块？！"

拉弗卡迪奥真想把对方掐死。他紧握拳头，他的指甲陷到了他的肉里。对方继续戏弄般地说道：

"帮这个忙，小意思！这值六张一千法郎的钞票……这些钱，您是否愿意告诉我，您为什么没有拿？"

拉弗卡迪奥跳了起来：

"您难道把我当做小偷？"

"您听着，我的孩子，"普罗托斯心平气和地继续说道，"我很不喜欢业余爱好者，我情愿立刻把这点坦率地告诉您。另外，您是知道的，对我不能充好汉，也不能装傻瓜。您有情绪，当然喽，这很明显，但是……"

"您别挖苦了。"拉弗卡迪奥无法克制自己的怒气，就打断了他的话，"您到底想怎么样？有一天，我装扮成一个教士，您难道认为我需要别人来教我？是的，您有对付我的办法。您使用这办法是否明智，我不须多加考虑。您希望我赎回这小小的一块皮。那么，您就说吧！您别再笑了，别再这样盯着我看。您要钱，要多少？"

这话说得斩钉截铁，普罗托斯不由得后退了一步，但他立刻镇静下来。

"很漂亮！很漂亮！"他说道，"我对您说了什么无礼的话？咱们是朋友之间商量，要平心静气。不必激动。我发誓，您变得年轻了，卡迪奥。"

但是，当对方轻轻地抚摸他的手臂时，拉弗卡迪奥蓦地挣脱出来。

"咱们坐下来谈。"普罗托斯接着说道，"这样谈更好。"

他在通往过道的门旁边坐了下来，把两条腿搁在对面的座席上。

拉弗卡迪奥认为，他想堵住出口。也许普罗托斯带着武器。而他身上没有带任何武器。他心里想，如果肉搏，他肯定会处于下风。另外，他虽然一时间曾想逃跑，但好奇心已经占了上风，这种好奇心带有狂热，任何东西都无法压倒，即使是个人的安危也会在所不惜。他坐了下来。

"钱？啊！呸！"普罗托斯说道。他从烟盒里拿出一支雪茄，递给拉弗卡迪奥一支，但对方拒绝了。"烟也许会使您不舒服？……好吧，您听我说。"他抽了几口雪茄，然后十分平静地说道：

"不，不，拉弗卡迪奥，我的朋友，我要从您那儿得到的不是钱，而是服从。看来，我的孩子（请原谅我的直率），您对自己的处境并没有十分确切的了解。您必须勇敢地面对它。请您让我来帮助您。

"是这样，我们所处的社会环境，有一个少年想要从中摆脱出来。这少年讨人喜欢，甚至完全像我所喜欢的那种人：天真，会无缘无故地冲动，因为据我猜想，他对此事没有进行过仔细的算计……我记得，卡迪奥，您在过去对数字是多么内行，但是您对自己花的钱，却从来不想去计算……总之，甲壳动物的做法叫您讨厌。换了别人，听到我这种话都会感到惊讶……但是，我感到惊讶的是，像您这样聪明，卡迪奥，您却认为摆脱一种社会会这样简单，同时又不会陷入另一种社会，或者认为一种社会可以不需要法律。

"'目无法纪'，您记得，我们在什么地方看到过：天上飞的两只鹰，海里游的两条鱼，同我们一样目无法纪①……文学有多美！拉弗卡迪奥，我的朋友，您要知道机灵鬼的法律。"

"您也许可以直说。"

"干吗要着急呢？我们有的是时间。我要到罗马才下车。拉弗卡迪奥，我的朋友，有时犯了罪不会被警察抓住。我来给您解释，为什么我们比他们机灵：这是因为我们在拿生命冒险。在警察失败的地方，我们有时会成功。当然喽，您想这样干，拉弗卡迪奥，事情已经干了，您再也逃不掉了。我还是希望您听我的话，因为您知道，要我把您这样的老朋友送交警察局，

---

① 原文为英文。

我实在感到遗憾。但是，怎么办呢？从此，您要么依靠警察局，要么依靠我们。"

"告发我，就是告发您自己……"

"我希望我们好好地谈谈。您要知道，拉弗卡迪奥：警察局会把那些不听话的人关进监狱，但在意大利，它愿意和机灵鬼和解。'和解'，是的，我觉得是这个词。我有点像警察局，我的孩子。我在注视。我帮助治安。我不行动：我叫别人行动。

"好吧！别再犟了，卡迪奥。我的法律一点也不可怕。您对这些事夸大其词，是这样幼稚，这样耿直！您是否认为，正因为我希望这样，您吃晚饭时在盘子里拿了弗尼泰卡小姐的扣子，已经不是出于服从？啊！缺乏远见的动作：纯朴美妙的动作！可怜的拉弗卡迪奥！对这微不足道的动作，您相当后悔，嗯？讨厌的是，看到这动作的不只是我一人。呵！您别垂头丧气，堂倌、寡妇和女孩都串通一气。真够劲。是否把他们看做您的朋友，那就全看您了。拉弗卡迪奥，我的朋友，您要理智一点。您服从吗？"

也许是因为过于局促不安，拉弗卡迪奥决定一声不吭。他坐在那里，上身挺直，嘴唇紧闭，眼睛呆呆地看着前面。普罗托斯耸了耸肩，接着说道：

"身体僵直！实际上却极其柔软！……但是，如果我一开始就说出我们要您干什么，您也许已经表示同意。拉弗卡迪奥，我的朋友，请消除我的一个疑点：您在我离开时是一贫如洗，现在却不去捡偶然落到您脚边的六张一千法郎的钞票，您觉得这样做合乎情理吗？……弗尼泰卡小姐告诉我，德·巴拉利乌尔老先生去世了。在他去世的前一天，他名副其实的儿子尤利乌斯伯爵去看您，当天晚上，您就抛弃了弗尼泰卡小姐。从此之后，您和尤利乌斯伯爵的关系变得十分密切。请您向我解释一下其中的原因，好吗？……拉弗卡迪奥，我的朋友，过去您有许多舅舅。但到后来，我觉得您的家谱有点巴拉利乌尔化了！……不！您别生气，我是开玩笑。但是，您要别人怎么想呢？……除非您现在的财产是尤利乌斯先生直接给的。如果是这样（请允许我对您说出来，好吗？），即使您十分迷人，拉弗卡迪奥，但我觉得这样显然更加丢脸。不管用哪种方法，不管您让我们有什么看法，拉弗卡迪奥，我的朋友，事情十分清楚，您的任务已经确定：您要对尤利乌斯进行敲诈。喂，您别犟了！敲诈是一项神圣的工作，对维护道德是必要的。咳！什么！您要离开我？……"这时，拉弗卡迪奥已经站了起来。

"啊！您让我过去吧！"他叫道，并从普罗托斯的腿上跨了过去。后者坐在车厢的一个座位上，把腿搁在对面的座位上，没有伸手去抓他。拉弗卡迪奥见自己没被拦住，觉得奇怪，就打开通往过道的门，并退到一边：

"我不会逃走，您不必担心。您可以把我看管起来，就是这样，但我不想再听您说下去……请原谅，我情愿去警察局，也不愿跟着您。您去告吧：我等着。"

六

　　就在这天，晚上的那班火车把昂蒂姆夫妇从米兰送来。由于他们乘坐的是三等车厢，所以他们在到达后才见到巴拉利乌尔伯爵夫人及其女儿，她们乘的是同一班火车，是从巴黎乘卧铺车厢来的。

　　在接到唁电前几个小时，伯爵夫人收到了她丈夫的一封来信。伯爵在信中侃侃而谈，说他同拉弗卡迪奥不期而遇，感到十分高兴。对这种同父异母的兄弟关系，信中肯定没有作任何暗示，因为在尤利乌斯看来，这种关系使年轻人具有一种危险的魅力（尤利乌斯恪守父亲的嘱咐，没有公开对自己的妻子说出此事，对其他人更是如此），但是，某些暗示和缄默使伯爵夫人对事情的真相有足够的了解，虽然我不能十分肯定，在资产阶级的日常生活中缺乏乐趣的尤利乌斯，是否对这件丑事感到好玩，即使烧痛他的手指头也要玩下去。我也不能肯定，热纳维埃芙陪同母亲前往罗马，是否因为或主要因为她希望在那里见到拉弗卡迪奥。

　　尤利乌斯到火车站去接他们。他几乎立刻和昂蒂姆夫妇分手，并将在第二天送葬时和他们见面，然后很快把妻女带到大饭店。昂蒂姆夫妇回到了狮口街，即他们第一次在罗马逗留时下榻的旅馆。

　　玛格丽特给小说家带来了可喜的消息：他的当选已是十拿九稳的事。前两天，安德烈红衣主教非正式地通知了她：候选人甚至不再需要重新进行拜访，法兰西语文学院开门迎接他：他们等待着他。

"你看！"玛格丽特说道。"我在巴黎时对你说了什么？一切都来得正是时候。在这个世界上，只要等待就行了。"

"还要保持不变。"尤利乌斯一本正经地接着说道，并把妻子的手拿到他的嘴唇上，却没有看到他女儿的目光正注视着他，充满了蔑视的神情，"忠于你们、我的思想和我的原则。坚持不懈是必不可少的美德。"

已经离他而去的是对他最近误入歧途的回忆，是正统思想之外的其他思想，是审慎的计划之外的其他计划。他现在知道了这个消息，轻而易举地恢复了镇静。他欣赏这种巧妙的始终不渝，他的思想曾一度因此而误入歧途。他的看法没有变：那教皇是真的。

"相反，我的思想是那么坚定，"他想道，"多么合乎逻辑！困难的是知道坚持什么。这可怜的弗勒里苏瓦尔在了解内幕之后，因此而死去。你如果头脑简单，最简单的办法是别去管你不知道的事。这可怕的秘密把他给害死了。知识只能使强者更加强大……没关系，我很高兴，卡萝拉通知了警察局，这使我能更加自由地进行思考……如果阿尔芒-杜布瓦知道，他的不幸和远离他乡不能归咎于真的圣父，对他来说是何等的安慰！对他的信仰是何等的鼓舞！何等的欣慰！……明天，在葬礼之后，我要和他谈谈。"

这个葬礼没有吸引一大群人参加。三辆马车跟随着柩车。天下着雨。在第一辆马车里，布拉法法斯友好地陪伴着阿尼卡（服丧期满之后，他会立刻娶她为妻，这是毫无疑问的）。他们俩都在两天前离开波城（让这个寡妇独自悲伤，让她独自进行这次长途旅行，布拉法法斯连想也不会去想。即使他不是这家的亲属，他还是戴了孝。有哪个亲属比得上这样一位朋友？），但到达罗马只有几个小时，原因是火车误点。

　　最后一辆马车里坐着阿尔芒-杜布瓦夫人和伯爵夫人及其女儿。乘坐第二辆马车的是伯爵和昂蒂姆·阿尔芒-杜布瓦。

　　在弗勒里苏瓦尔的墓前，对他运气不佳的冒险没有任何暗示。从公墓返回的路上，尤利乌斯·德·巴拉利乌尔见自己又和昂蒂姆乘一辆车，就开始说道：

　　"我曾答应过您为您去向圣父求情。"

　　"天主可以为我作证，我没有求过您。"

　　"正是。由于对教会把您抛弃在贫困之中感到气愤，我只是倾听了我自己的心声。"

　　"天主可以为我作证，我没有丝毫怨言。"

　　"我知道！我知道！您逆来顺受，我感到相当恼火！既然您让我改变自己的看法，我就要向您承认，亲爱的昂蒂姆，我认为您这样做不是圣洁而是傲慢。我最后一次在米兰见到您时，您那种过分的逆来顺受，在我看来与其说是真正的虔诚，不如说更像是在反抗，它大大地动摇了我的信仰。天主并没有要您做得这样多，见鬼！咱们坦率地说！您的态度使我感到难受。"

"我也要向您承认，您的态度使我感到伤心，亲爱的襟弟。要我起来反抗的不正是您，而且……"

尤利乌斯激动起来，就打断了他的话：

"我已由我自己作出足够的证明，并在我整个写作生涯中让别人知道，要当完美的基督教徒，可以不必厌恶社会地位合法地赋予我们的好处，而天主则认为把我们置于这样的地位是明智的。我以前指责您的态度，正是因为它装模作样，仿佛比我的态度要强。"

"天主可以为我作证……"

"啊！您别老是反对！"尤利乌斯再次打断了他的话，"天主在这里无事可干。我正是要对您解释，当我对您说您的态度像是反抗……我的意思是说，像是我的反抗，我指责您的正是这点：在接受不公正行为的同时，让别人为您进行反抗。我不允许教会犯错误，而您的态度看起来没有去触及它，实际上是把它置于错误的境地。因此，我决定替您申诉。您很快就会看到，我气愤是有道理的。"

尤利乌斯的额头上全是汗珠。他把自己的大礼帽放在膝盖上。

"您是否希望通通风？"昂蒂姆说着讨好地把他那边的窗玻璃移了下来。

"到了罗马之后，"尤利乌斯接着说道，"我立刻请求觐见。我受到了接见。我进行的活动可能取得了奇特的成果……"

"啊！"昂蒂姆冷淡地说道。

"是的，我的朋友。虽然我提出的要求在这次觐见中是一无所获，但我在这次拜访中至少取得了一种确信……它使我们的圣父不会受到我们针对他的侮辱性言辞的伤害。"

"天主可以为我作证，我从未有过任何针对我们圣父的侮辱性言辞。"

"我有这种言辞是为了您。我看到您受到损害，感到气愤。"

"请您有话直说，尤利乌斯，您见到了教皇？"

"嗯，没有！我没有见到教皇，"尤利乌斯终于说了出来，"但我知道了一个秘密。这秘密起初使人怀疑，但很快就因我们亲爱的阿梅代的死而突然得到了证实。这秘密可怕而又令人困惑，但是，亲爱的昂蒂姆，您的信仰将能从中受到鼓舞。因为您要知道，对于您所受到的不公正待遇，教皇是没有责任的……"

"嗨！这点我从未怀疑过。"

"昂蒂姆，您要听好：我没有见到教皇，因为谁也无法见到他。现在坐在皇位上领导教会并颁布法令的教皇，对我说过话的教皇，人们在梵蒂冈见到的教皇，我见过的教皇，并不是真的。"

听到这些话，昂蒂姆哈哈大笑，笑得整个身子都摇晃起来。

"您笑吧！您笑吧！"尤利乌斯感到生气，就接着说道。"我起初也笑过。如果我笑得不是这样欢，他们就不会把弗勒里苏瓦尔杀死。啊！圣洁的朋友！心肠好的受害者！……"他的声音消失在啜泣之中。

"喂！您对我说的这些话是不是真的？……啊！……啊！……啊！……"阿尔芒-杜布瓦对尤利乌斯夸大其词感到不安，就这样说道，"这是因为总得知道……"

"他就是因为想要知道而死的。"

"因为总而言之，如果说我没有看重我的财产、地位和科学，如果说我同意别人来耍弄我……"昂蒂姆继续说道。他越来越激动。

"我对您说：对所有这些，真的那个是没有丝毫责任的。要弄您的，是奎里纳尔宫的一个走狗。"

"我是否应该相信您所说的话？"

"即使您不相信我，您也应该相信那个可怜的殉教者。"

一时间，他们俩都默不作声。

雨已经停了。乌云散开，一道阳光射出。马车在缓慢的颠簸中回到罗马。

"在这种情况下，我知道我还应该做什么事。"昂蒂姆用坚定不移的声音接着说道，"我要告密。"

尤利乌斯吓了一跳。

"我的朋友，您使我感到害怕。您肯定会被开除教籍。"

"被谁开除？如果是被假教皇开除，我不在乎。"

"而我是想让您在这个秘密中尝到某种令人快慰的滋味。"尤利乌斯懊丧地接着说道。

"您在开玩笑？……弗勒里苏瓦尔在到达天堂时，是否发现他仁慈的天主也不是真的，这点谁会告诉我呢？"

"得啦，亲爱的昂蒂姆，您在胡说八道。仿佛会有两位天主！仿佛会有另一位。"

"不，但您确实说得太轻巧了，因为您没有为他而放弃任何东西，因为不管他是真是假，您都有利可图……啊！喂，我需要出去透透空气。"

他朝车门俯下身子，用手杖碰了一下马车夫的肩膀，让车停了下来。尤利乌斯准备和他一起下车。

"不！您别下来。我知道该怎么走。剩下的事您就用来写一部小说。至于我，今天晚上，我就给共济会大师傅写信，从明天起我重新开始给《电讯报》的科学专栏撰稿。我会笑得最好。"

"什么！您的腿瘸了。"尤利乌斯说道。他看到昂蒂姆又在一瘸一拐，感到意外。

"是的，几天前，我又开始感到疼痛。"

"啊！您会告诉我许多稀奇古怪的事！"尤利乌斯说道。他没有看着昂蒂姆离去，而是缩在马车里面。

七

普罗托斯是否像他威胁的那样，想把拉弗卡迪奥送交警察局?

我不知道：发生的事却证明，在警察局的那些先生中，他有的不光是朋友。前一天，他们接到卡萝拉的告发，在小老头胡同撒下了网。他们早已对这幢房子了如指掌，知道从最高一层楼可以轻而易举地走到隔壁那幢房子，所以对隔壁那幢房子的出口也严密把守。

普罗托斯不害怕警察，也不害怕起诉和司法机关。他知道自己不大可能被捕，因为他实际上没有犯过任何重罪，只犯过一些微不足道的轻罪，不会被逮捕归案。因此，当他知道自己被包围时，并不感到十分害怕。他很快就知道了这点，因为他具有特殊的嗅觉，那些先生不管如何乔装打扮，他都能认出来。

他只是稍微有点不知所措，起初把自己关在卡萝拉的房间里，等她回来，自从弗勒里苏瓦尔被杀害之后，他还没有见到过她。他想听听她的意见，并给她留下一些指示，以应付他万一被捕入狱的意外情况。

卡萝拉尊重尤利乌斯的意愿，没有在公墓露面。没有人知道，她是撑着伞躲在一座陵墓后面，在远处参加这悲哀的葬礼。她耐心、谦恭地等待着聚集在这座新墓周围的人们离去。她看到送葬行列的形成，看到尤利乌斯同昂蒂姆一起登上马车，看到那些马车在蒙蒙细雨中远去。于是，她走到墓前，从她的方围巾下面拿出一大束紫菀，放在远离家属献的那些花圈的地方，然后久久地待在雨中，一无所视，一无所思，没有祈祷，只有哭泣。

她回到小老头胡同时，清楚地看到门口有两个异常的人影，但不知道房屋已受到监视。她立刻去见普罗托斯，毫不怀疑他是凶手，她现在恨他……

过了一会儿，警察听到叫声，就冲了进去。唉！太晚了。他得知卡萝拉告发了他，十分恼火，就把她掐死。

　　这事发生在将近中午十二点时。各家晚报都刊登了这条消息。由于帽子上割下的那块皮是在普罗托斯身上搜出来的，所以他是这两桩杀人案的凶手，已无人怀疑。

　　然而，在那天晚上以前，拉弗卡迪奥一直在等待和模糊的担惊受怕中度过自己的时间。他害怕的也许不是普罗托斯用来威胁他的警察局，而是普罗托斯本人，或者是他不再想抗拒的某种东西。他处于一种无法理解的麻木状态，这也许只是疲劳的结果：他放弃了。

　　前一天，他见到尤利乌斯只有片刻的时间，当时，尤利乌斯在那不勒斯的火车到达时去那里接收遗体。然后，他穿越城市，走了很长时间，以便使自己的激愤平息下来，在车厢里的谈话之后，依附于别人的感觉使他产生这种激愤。

　　然而，普罗托斯被捕的消息并没有给拉弗卡迪奥带来他应该感到的宽慰。他好像觉得失望。真是怪人！由于他不再断然拒绝犯罪带来的任何物质利益，所以他并非心甘情愿地放弃这场游戏的任何冒险。他不希望游戏马上结束。犹如以前下国际象棋时那样，他非常乐意把车送给对手，仿佛事情的发生突然使他轻而易举地获胜，使他的游戏变得索然寡味。他感到，他不继续进行挑战，是决不会罢休的。

　　他在一家小饭店吃了晚饭，因为在那里无须穿晚礼服。吃完饭，他立刻回到旅馆，透过餐厅的玻璃门看到尤利乌斯伯爵坐在桌旁，他的妻女陪伴着他。他对热纳维埃芙的美貌感到赞叹，自从他第一次登门拜访以来，他还没有见到过她。他在吸烟室里等待，等到晚餐结束。这时有人来通知他，说伯爵已经上楼，在房间里等候他。

他走了进去。尤利乌斯·德·巴拉利乌尔独自在那里，已穿好上装。

"哎，凶手被关起来了。"尤利乌斯说着立刻向他伸出了手。

但是，拉弗卡迪奥没去握尤利乌斯的手。他站在门口。

"什么凶手？"他问道。

"当然是杀死我襟弟的凶手喽。"

"杀死您襟弟的凶手是我。"

他说这话时没有颤抖，没有改变语气，没有压低声音，没有做手势，而且声音十分自然，所以尤利乌斯一开始没有理解他的意思。拉弗卡迪奥只好重复一遍：

"我要对您说，他们没有抓住杀死您襟弟先生的凶手，原因是杀死您襟弟先生的凶手是我。"

拉弗卡迪奥应该是一副凶相，这样尤利乌斯也许会感到害怕，但是，拉弗卡迪奥看起来像孩子一样。他的样子甚至比尤利乌斯第一次遇到他时还要年轻，他的目光同样清澈，他的声音同样清脆。他已把门关上，但靠在门上站着。站在桌子旁边的尤利乌斯倒在一把扶手椅上。

"可怜的孩子，"他首先说道，"您说话的声音轻一点：您这是怎么啦？您怎么会干出这种事？"

拉弗卡迪奥低下头，他已经后悔自己说了出来。

"我难道知道？这事我干得很快，是在我想干的时候干的。"

"弗勒里苏瓦尔是个高尚的人，有许多美德，您和他有什么过不去的地方？"

"我不知道……他当时显得不高兴……这事我自己也说不清楚，您要我怎么对您解释呢？"

令人难堪的沉默把他们分隔开来，他们的话把沉默一阵阵地打破，但接着出现的却是更加难受的寂静。这时，那不勒斯的通俗音乐声像热浪一般从旅馆的大厅里传了上来。尤利乌斯小手指的指甲又尖又长，他用这指甲去扒桌布上一个小小的蜡烛油迹。突然，他发现这漂亮的指甲给弄断了。指甲的横断面像皱纹那样，原来的肉色变得灰暗。他怎么会弄成这样？他怎么没有马上发现？不管怎样，损失已经无法挽回。尤利乌斯没有别的办法，只能把指甲剪掉。他感到非常不快，因为他很注意保养自己的手，特别是这个指甲，他让它慢慢长好，使小手指变得优雅。剪刀放在梳妆台的抽屉里，尤利乌斯想要站起来去拿，但这样必须从拉弗卡迪奥面前走过。他做事很有分寸，就把这件棘手的事放到以后去做。

"那……您现在打算怎么办？"他说道。

"我不知道。也许去自首。我夜里好好想想。"

尤利乌斯让手臂靠在扶手椅上。他对拉弗卡迪奥凝视了片刻，然后用气馁的声音叹息道：

"而我却开始喜欢您……"

这话说得毫无恶意。拉弗卡迪奥不会误解。但是，这句话虽然在无意中说出，却仍然十分残酷，刺痛了他的心。他抬起头，挺直身子，以抵御突然使他感到压抑的焦虑不安。他看了看尤利乌斯。"昨天我觉得他几乎是我的哥哥，他是否真的是这样？"他心里想道。他环视了这个房间，两天前，他虽然杀了人，却还能在这里谈得十分愉快。花露水瓶还放在桌上，但已几乎是个空瓶。

"您听着，拉弗卡迪奥，"尤利乌斯接着说道，"我觉得您的情况还没有到完全绝望的地步。这凶杀案被认定的作案人……"

"是的，我知道他刚被抓住，"拉弗卡迪奥生硬地打断了他的话，"您是否要我让一个无辜者来顶替我的罪名？"

"您称之为无辜者的那个人，刚杀死一位妇女，这位妇女您也认识……"

"这会使我感到舒服，是吗？"

"我说的恰恰不是这个，但是……"

"咱们再补充一点，他恰恰是唯一能告发我的人。"

"并不是完全没有希望，您看得很清楚。"

尤利乌斯站起身来，走到窗前，把窗帘的皱褶拉直，又走了回去，然后往前俯下身子，把交叉的双臂靠在他刚才坐过的扶手椅椅背上：

"拉弗卡迪奥，我不希望不出个主意就让您走：我相信，要成为有教养的人，要在社会上取得地位，您凭自己的出身是能够做到的，但这要看您自己……教会会帮助您的。好吧，我的孩子，勇敢一点：您去忏悔吧。"

拉弗卡迪奥不禁微微一笑：

"对您这些令人愉快的话，我会好好去想想。"他往前走了一步，然后又说道，"也许您不想握杀人犯的手。但我想对您感谢的，是您的……"

"很好，很好。"尤利乌斯说时做了个真挚而又冷淡的手势，"永别了，我的孩子。我不敢对您说：再见。然而，如果以后，您……"

"现在，您觉得没有任何话要对我说？"

"现在没有。"

"永别了，先生。"

拉弗卡迪奥一本正经地躬身施礼，然后走出房间。

他回到自己在上面一层楼的房间。他脱掉外衣，倒在床上。黄昏时天气炎热，天黑后也没有变得凉爽。他的窗子敞开着，但连一丝风也没有。公共浴池广场和他之间相隔着一座座花园，广场上遥远的电灯泡使他的房间里充满青色的漫射光线，看上去犹如月光。他想思考一下，但奇特的麻木状态使他的思想变得极为迟钝。他想的既不是他犯的罪，也不是逃脱罪责的方法。他只是不想再听到尤利乌斯那句残酷的话："而我却开始喜欢您……"如果他不喜欢尤利乌斯，这句话难道值得他流泪？他哭是否真的因为这点？……夜晚是如此温柔，他感到自己只有去死。他够到床边的长颈大肚玻璃水瓶，把手帕浸在里面，把它敷在自己的心口上，因为他感到心痛。

"这个世界上没有任何饮料能滋润他这颗干涸的心。"他心里想道，并听任他的眼泪流到嘴唇上，以品尝其苦涩的味道。诗句在他耳边唱着，他不知在什么地方读到过，他已记不起来：

我的心在痛；麻木不仁
使我感到痛苦 ①……
他迷迷糊糊地睡着了。

他是在做梦？他没有听到有人在敲门？他夜里从来不关房门，这时门慢慢地开了，只见一个纤弱的白色身影走了进来。他听到有人在轻轻地叫唤：

"拉弗卡迪奥……您在这儿，拉弗卡迪奥？"

然而，拉弗卡迪奥在半睡半醒的状态中听出了这个声音。但是，他还在怀疑她令人愉快的出现是不是真的？他担心一句话、一个手势会把她吓跑……他没有出声。

热纳维埃芙·德·巴拉利乌尔的房间位于她父亲房间隔壁，她父亲和拉弗卡迪奥的谈话，她在无意中全部听到。她焦急不安，感到无法忍受，就来到拉弗卡迪奥的房间。现在，既然拉弗卡迪奥没有回答她的叫唤，而她又确信他已自杀身亡，所以

---

① 原文为英文。

她冲向床头，跪倒在地，抽噎地哭着。

拉弗卡迪奥见她这样跪着，就抬起身子，并完全向她俯下身去，看到她漂亮的前额在黑暗中发亮，但仍不敢把嘴唇贴在上面。这时，热纳维埃芙·德·巴拉利乌尔感到自己的意志完全崩溃，就把这已被拉弗卡迪奥的气息抚摸的前额往后缩，她要他不对她非礼，只能求助于他本人。

"请您可怜我，我的朋友。"她说道。

拉弗卡迪奥立刻镇静下来，他既避开她，又把她推开：

"请站起来，德·巴拉利乌尔小姐。请您走吧！我不是……我现在不能做您的朋友。"

热纳维埃芙站了起来，但没有离开她以为已经死去的拉弗卡迪奥半躺着的床。她温柔地摸了摸拉弗卡迪奥滚烫的前额，仿佛是为了确定他还活着：

"但是，我的朋友，您今晚和我父亲说的话，我全都听到了。您以为我是为了这个才来的？"

拉弗卡迪奥几乎挺直身子，并看着她。她散开的头发披落在她的周围，她的脸全处于黑暗之中，因此他看不到她的眼睛，但感到她的目光已把他笼罩。他无法忍受这温柔的目光，就用双手捂住自己的脸。

"啊！为什么我这么晚才遇到您？"他呻吟道，"我怎么会使您爱上我？当我已不能再自由地爱您、不配再爱您的时候，您为什么还这样对我说话？"

她伤心地表示反对：

"我是来看您的，拉弗卡迪奥，而不是来看另一个男人。是来看您这个凶手。拉弗卡迪奥！我们第一天相识时，我感到您是英雄，甚至有点过于鲁莽，从那天起，我有多少次低声叫唤您的名字……您现在必须知道：我看到您如此宽宏大量地作出牺牲之后，就在心中把自己许配给了您。在这以后又发生了什么事？您难道会杀人？您让自己变成了什么人？"

　　她见拉弗卡迪奥没有回答，只是摇着头，就继续说道：

　　"我不是听到我父亲说另一个人被捕了？是一个强盗，刚杀死……拉弗卡迪奥！现在还可以走，您就逃走吧。今天夜里，您走吧！走吧。"

　　于是，拉弗卡迪奥低声说道：

　　"我不能走了。"这时，热纳维埃芙散乱的头发碰到了他的双手，他就抓住她的头发，热情地把头发贴在他的眼睛上、嘴唇上，"逃跑，这就是您给我出的主意？但是，您现在要我逃到哪里去？即使我从警察局的手中逃脱，我也不能从自己的手中逃脱……另外，我要是逃跑，您会看不起我的。"

　　"我！看不起您，我的朋友……"

　　"我以前过着糊里糊涂的生活，我杀人就像做梦一样，是做噩梦，从此我在噩梦中挣扎……"

　　"我要把您从噩梦中拉出来。"她叫道。

　　"为什么要唤醒我？是为了把我唤醒成凶手。"他抓住她的手臂，"您不知道我厌恶逍遥法外？现在我还能做什么？除非等天亮之后去自首。"

"您要向天主去自首，而不是向凡人去自首。如果我父亲没有对您说过，那我现在就来对您说：拉弗卡迪奥，教会会免除对您的惩罚，并帮助您用悔恨来恢复平静。"

热纳维埃芙说得对，拉弗卡迪奥最好还是识时务地顺从。这点他迟早会感到，而其他的出路都已被堵住……遗憾的是，首先给他出这个主意的是尤利乌斯这个蠢货！

"您在给我背什么书？"他怀着敌意说道，"是您在跟我这样说话？"

他把他握着的手臂放开，并把它推开，而当热纳维埃芙避开时，他感到自己心里因怀恨尤利乌斯而产生一种需要，想要使热纳维埃芙离开她的父亲，把她带到更加低下、更接近他的地方。他垂下眼睛时，看到她赤脚穿着丝面高跟拖鞋。

"您难道不知道我害怕的不是内疚，而是……"

他下了床，离开了她，朝打开的窗子走去，感到闷热，就把额头靠在窗玻璃上，用滚烫的双手握住阳台冰冷的铁栏杆。他想忘掉她在这儿，忘掉他在她的身边……

"德·巴拉利乌尔小姐，您已经为一个杀人犯做了名门闺秀能做的一切，甚至做得有点出格，对此，我要衷心地感谢您。您现在最好让我独自待在这儿。请您回到您父亲那里去，仍按您的习惯和义务生活……永别了。谁知道我是否还能见到您？您要知道，我是为了使自己不至于一点也配不上您对我表示的感情，才准备明天去自首的。您要知道……不！别靠近我……您以为我握一次手就足够了？"

热纳维埃芙会无视她父亲的愤怒、世界的舆论和蔑视，但听到拉弗卡迪奥这种冷若冰霜的语调，她真的泄气了。她夜里这样走来，同他说话，这样向他吐露自己的爱慕之情，是要有决心和勇气的，他的爱也许比一声感谢更能使她高兴，这些他难道不知道？……在这天以前，她也仿佛在梦中那样心神不定，但是，她又怎么能对他说呢？只有在医院里，在那些可怜的孩子中间，在替他们包扎真正的伤口时，她才能从这种梦中摆脱出来，感到有时终于接触到某种现实。她身边的父母也在这种平淡的梦中心神不定，他们的世界有着奇特的习俗。对他们的行为也好，看法也好，雄心和原则也好，她都无法看重，她对他们本人也瞧不起。拉弗卡迪奥没有把弗勒里苏瓦尔放在眼里，又有什么奇怪！……他们难道能这样分手？爱情促使她朝他扑了过去。拉弗卡迪奥抓住她，把她紧紧抱住，吻着她苍白的前额……

　　这里是一本新书的开始。

　　哦，欲望的可触知的现实，你把我思想中的幽灵推到了半明半暗之中。

　　在公鸡报晓之时，我们将离开我们的两个情人，到那时，色彩、温暖和生命将最终战胜黑夜。拉弗卡迪奥在沉睡的热纳维埃芙上方直起身子，然而，他欣赏的不是他情人漂亮的脸蛋，不是微湿的前额，不是珠光色的眼皮，不是微微开启的温暖嘴唇，不是完美的乳房，不是懒洋洋的四肢，不，他欣赏的不是这些，而是敞开的窗子外面的晨曦，花园里的一棵树在晨曦中微微抖动。

　　热纳维埃芙很快就要离开他，但他还在等待。他朝她俯下身去。透过她轻微的呼吸声倾听着城里模糊的嘈杂声，这声音已使她开始摆脱迷迷糊糊的状态。远处，军营传来军号声。什么！他不想活了？自从热纳维埃芙更加爱他以来，他对她却不这么青睐了，但是，为了她对他的青睐，他难道还想去自首？